KB243160

臺城 대성

강 위에 비 흩뿌리고 강가의 풀은 가지런한데
육조의 영화는 꿈과 같고 새만 부질없이 울고 있다
무정한 것은 궁성에 늘어진 버드나무이건만
변함없이 연기처럼 십리 제방을 감싸고 있다

江雨霏霏江草齊
六朝如夢鳥空啼
無情最是臺城柳
依舊煙籠十里堤

풍류비공

風流飛功

— 바람의 비기 —

풍류비공 3

지화풍 新무협 판타지 소설

초판 1쇄 찍은 날 § 2006년 2월 20일
초판 1쇄 펴낸 날 § 2006년 3월 2일

지은이 § 지화풍
펴낸이 § 서경석

편집장 § 문혜영
편집책임 § 유경화
편집 § 장상수

펴낸곳 § 도서출판 청어람
등록번호 § 제1081-1-89호
등록일자 § 1999. 5. 31
어람번호 § 제2-0843호

주소 § 경기도 부천시 원미구 심곡1동 350-1 남성B/D 3F (우) 420-011
전화 § 032-656-4452 팩스 § 032-656-4453
http://www.chungeoram.com
E-mail § eoram99@chollian.net

ⓒ 지화풍, 2006

ISBN 89-5831-921-6 04810
ISBN 89-5831-918-6 (세트)

3 심중지루(心中之淚)

風流飛功 |바람의 비기

Fantastic Oriental Heroes

지훠롱 新武俠 판타지 소설

도서출판 청어람

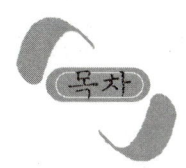

목차

|第一章|

대붕의 날개[大鵬之翼]

조금씩 짙어져 가는 어둠.

사위는 그 어둠에 전염된 듯 조용하기만 하다.

착 가라앉은 눈빛으로 전면을 응시하는 사군우도, 흔들리는 눈빛으로 그에게 시선을 고정한 이들도 그저 말없이 침묵으로 일관할 뿐이다.

"오랜만이오, 검성!"

사군우와 마주 보고 있던 공황식이 나직이 입술을 뗐다.

그사이, 도진 대사가 한 발 한 발 공황식의 옆으로 다가왔고, 공손천량 역시 사비의 멱살을 놓아주고 성큼성큼 걸어왔다.

"자네들이 여긴 웬일인가?"

사군우는 무심한 듯한 어조로 물었다. 하지만 속으로는 약간 당황하고 있었다.

'으음! 굉천자 선배의 뒤를 밟은 자를 일찌감치 처리했어야 하는

데……'

사군우는 후회했다. 세상에 두 사람만이 아는 비밀은 없다. 하물며 자신이 이곳에 있다는 사실을 아는 이는 손으로 꼽을 수 없을 정도로 많다. 자신과 사비, 화무영, 현현, 꽁천자, 그리고 흑화일심대에 속한 동료들까지.

'하긴 이제 내가 할 수 있는 일은 모두 했으니 더 이상 숨어 살 이유도 없지. 앞으로는 저 녀석이 어쩌하느냐에 달려 있을 뿐.'

사군우는 이내 마음을 추스르고 공손천량에게 맞은 배를 문지르고 있는 사비에게 시선을 옮겼다. 사비가 다른 이도 아닌 공손천량에게 당했는데도 저리 멀쩡한 모습을 보일 수 있다는 것은 그동안의 노력이 어느 정도 결실을 맺었음을 증명해 주는 것이다. 이에 사군우는 속으로 흐뭇한 웃음을 지으며 지금까지 방해받지 않은 것만으로도 만족해야 한다는 쪽으로 생각을 고쳐먹었다.

'음! 저 청년과 뭔가 관계가 있나 보군.'

공황식은 사비를 바라보는 사군우의 눈빛에서 뭔가를 느꼈다.

따뜻함. 천하제일이라는 명성에 걸맞게 오만하기 이를 데 없는 사군우가 다른 사람에게 보이는 눈빛치고는 너무도 따뜻했다.

"자네들은 아직 승부라는 벽은 허물지 못한 것 같군. 그런가?"

사군우가 공황식 등을 돌아보며 입을 열자 그들의 얼굴이 일순 굳어졌다.

부끄러웠다. 마치 큰 잘못을 저지르다 들킨 어린아이처럼 마냥 쥐구멍에라도 숨고 싶은 심정. 사군우는 자신들이 찾아온 이유를 알고 있다. 그의 그늘에서 벗어나지 못한 채 지금껏 헤매고 있는 자신들의 몸부림을.

"후후후! 천하제일이란 명예는 한 사람이 평생을 지니고 있을 수 있을 만큼 하찮은 것이 아니지 않소."

공손천량이 피식 미소를 머금으며 전신 공력을 끌어올리자 그의 주변 대기가 삽시간에 잿빛으로 물들기 시작했다.

"환령생멸공으로 이기어검을 펼친다는 건 그렇게 쉽게 할 수 있는 일이 아니지. 대력신장에게 통했다고 내게도 가능할 것이라 보는가?"

"으음!"

사군우가 피식 웃으며 입을 열자 공손천량은 다급히 공력을 거두며 침음성을 삼켰다. 사군우는 자신의 환령생멸공이 아직 제대로 된 성취에 이르지 못했음을 알고 있는 것이다.

'역시 이자는 내가 이기어검을 펼친 것이 아님을 알고 있어. 하지만 한 번 보고 눈치채다니……'

그랬다. 공손천량이 백리준에게 펼쳤던 이기어검은 진정한 이기어검이 아니었다. 그것은 환령생멸공을 통해 얻은 진기가 자성(磁性)을 지녔던 까닭에 보일 수 있었던 것뿐. 하지만 환령생멸공으로 펼치는 검술이 이기어검의 진정한 위력에는 비할 바가 못 되어도 지닌 효용만큼은 그에 못지 않다는 것도 사실이었다. 환령생멸공의 진기를 담은 검을 자신의 의지대로 조종할 수 있다는 점에서는 이기어검과 크게 차이점이 없기 때문이다. 그렇지 않았다면 백리준이 그렇게 맥없이 패할 리 만무했다.

공손천량이 잠시 당황하고 있는 사이 공황식이 조용히 입을 열었다.

"무엇 때문에 무림에서 은퇴한 거요?"

"후후후! 내가 그런 걸 일일이 말해 줘야 하나? 자네들하고는 그 정도의 친분을 쌓지는 않은 것으로 아는데."

사군우가 실소를 흘리며 대꾸하자 공황식이 잔잔한 음성으로 다시 입을 열었다.

"흑화검성과 최후까지 승부를 벌였던 우리요. 적어도 그 사연 정도는 들을 자격이 있다고 생각하오만."

"승부라? 그런 것도 승부라고 할 수 있나?"

"으음!"

사군우의 오만한 말에 이제껏 태연한 표정을 보이던 공황식이 나직한 침음성을 흘렸다.

그래도 명색이 백천맹의 수장이었고, 결승전까지 올라 그와 마지막으로 손을 섞었던 사이다. 그런 자신에게 하는 말치고는 심하다는 생각이 들었다. 하지만 다른 한편으로 사군우에게는 그런 말을 할 자격이 있다는 사실도 인정하고 있었다.

'그렇군. 내게는 죽음을 각오한 승부였지만 당신에게는 아무것도 아니었겠지. 아무것도……'

공황식은 슬펐다. 그리고 초라했다. 그가 평생의 호적수로 여겼던 사군우. 하지만 정작 상대는 자신에게 아무런 의미도 두지 않고 있었다는 사실을 오늘에야 비로소 깨달았기 때문이다.

"더 볼일이 없으면 이만 가겠네. 비야, 엄살 그만 떨고 이제 일어나라."

"예!"

사군우의 손짓을 받은 사비는 씩씩하게 대답한 뒤 그를 향해 득달같이 달려왔다.

사비는 무척 기뻤다. 사군우가 자신을 위기에서 구해준 것 때문이 아니었다. 사군우가 오기 전까지는 하늘 높은 줄 모르고 설치던 공손천량이 그가 나타나자 꿀 먹은 벙어리마냥 아무 말도 하지 못하고, 다른 이들 또한 공손천량과 마찬가지로 사군우의 눈치를 살피고 있는 것이 못내 뿌듯했다.

'역시 아저씨는 이자들과는 비교도 안 될 정도로 강한 무인이었어!'

공손천량을 잠시 겪어본 사비는 이들의 무위가 어느 정도일지 대충 짐작이 갔다. 사군우에게 처음 무공을 배울 때 들은 내용들로 미루어 짐작해 봤을 때 필시 이들은 굉장한 고수임이 틀림없었다.

'아까 보니 검을 마치 손가락으로 조종하는 것처럼 보였는데, 그게 이기어검이라는 거겠지? 그렇다면 사상지경에 오른 고수라는 거잖아. 그런데도 쩔쩔매는 꼴들이라니. 가만, 그러고 보니까 저 인간, 중원사극 중에 하나라는 무영마검이라는 놈과 인상착의가 비슷한 것 같은데?'

사군우의 곁에 선 사비는 공손천량을 보며 고개를 갸웃거렸다.

"꼬마야, 뭘 그렇게 빤히 쳐다보는 것이냐?"

공손천량은 자신을 바라보는 사비의 눈초리가 기분 나쁜지 눈살을 잔뜩 찌푸렸다.

"지랄하네! 누가 쳐다봤다고 그래? 당신이 뭐가 볼 게 있다고!"

"으음!"

사비가 혀를 날름 내밀며 약을 올리자 공손천량이 주먹을 움켜쥐고 전신을 부르르 떨었다.

"뭐 하고 있어? 아까처럼 또 덤벼보시지?"

"닥쳐라! 감히 내가 누군 줄 알고!"

공손천량이 천천히 앞으로 걸어나왔다. 하지만 사비는 이에 아랑곳하지 않고 오히려 앞으로 나서며 주먹을 흔들어 보였다.

"왜? 무영마검이라고 하면 내가 겁먹을까 봐? 천만에! 무영마검이 아니라 무영마검 할아비가 와도 난 겁 안 나! 한주먹거리도 안 되는 게."

"하하하! 사비야, 이제 그만 해라. 그래도 너보다 선배 아니냐?"

옆에서 사비와 공손천량이 옥신각신하는 모습을 지켜보던 사군우가 호쾌하게 웃으며 사비를 말렸다.

"선배는 무슨. 저 인간이 아까 털보를 죽이려고 어떤 짓거리를 했는지는 아저씨도 다 봤잖아요."

사비가 백리준을 손가락으로 가리키자 사군우가 고개를 끄덕이며 천천히 입을 열었다.

"자네도 이제 일어나게. 한 번 졌다고 해서 그리 쉽게 목숨을 저버리려는 행동은 진정한 무인의 자세가 아니야."

"으음!"

마지못한 표정으로 자리에서 몸을 일으키던 백리준이 사군우의 말에 신음성을 토했다. 사비에게 맞은 고통이 아직까지 가시지 않았기 때문이다.

'아무리 대형께 무공을 배웠다고 해도 이런 공력이라니……'

백리준은 속으로 고개를 갸웃거렸다. 자신이 사비에게 받은 충격의 강도로 보아 내공이 적어도 일 갑자 이상은 되리라는 생각이 들었다.

일 갑자라면 사군우에게 직접 무공을 전수받았다고 해도 이렇게 단기간에 얻을 수 있는 것이 아니었다. 사비가 사군우에게 배운 기간이 삼 년에 불과하다는 사실을 알고 있는 그로서는 이런 사실이 당연히 이해가 가지 않았다.

'흠! 광천자 어른이 오셨을 때 기연을 얻은 게로군.'

백리준은 속으로 고개를 끄덕였다. 그는 사군우의 말을 듣고 이미 공손천량에게 패한 충격에서 벗어난 상태였다.

단순해서가 아니다. 사군우가 말한, 그리고 그 전에 사비가 말한 내용을 듣고 자신이 지금까지 생각해 오던 무인에 대한 고정관념이 허물어졌기 때문이다.

'승부에 집착하는 것은 무도가 아니다. 승부를 떠나 자신과의 싸움에서 이기기 위해 수련하는 것이 진정한 무도. 철천지원수가 아닌 다음에야 어찌 한 번의 패함으로 상대를 죽일까? 나는 무영마검에게 진 것이 아니라 내 자신과의 싸움에서 패한 것이야. 처음부터 그를 이기지 못한다는 두려움을 이기지 못한 게지.'

백리준은 사군우를 향해 천천히 걸음을 옮겼다.

"흥! 천하의 대력신장도 명예보다는 목숨이 중요한가 보군!"

공손천량의 조롱 섞인 음성에 백리준이 그를 향해 천천히 고개를 돌렸다.

"잘 봤어. 난 죽음이 두렵다. 하지만 하찮은 명예 따위 때문이 아니야. 난 내 스스로를 저버리는 것 외에 아무것도 얻지 못하고 사라지는 것이 두려운 것일 뿐이지."

백리준의 말에 공손천량의 눈에 이채가 서렸다. 좀 전까지는 한없이 보잘것없게만 봤던 그가 거목으로 성장한 것이 느껴졌기 때문이다.

'제길! 아까 손을 썼어야 했는데. 아쉽군.'

공손천량이 자신을 죽이지 못한 일을 후회하느라 입을 다무는 사이 백리준은 다시 몸을 돌려 사군우를 향해 걸음을 옮겼다.

"이제 떠날 생각인가?"

백리준이 자신의 앞에 이르자 사군우가 빙긋이 웃으며 물었다.

"지난 삼 년간 대형께 참으로 많은 것을 배우고 얻었습니다. 그리고 오늘에야 비로소 진정으로 제게 중요한 것이 무엇인지를 깨달았습니다."

백리준이 고개를 끄덕였다. 사극이 왔으니 사군우는 어떤 식으로든 그들을 상대할 것이다. 이전의 백리준이었다면 이런 싸움을 놓치지 않기 위해서라도 사군우의 곁에 남아 있겠지만 지금 당장이라도 이 자리를 떠나 어느 심산유곡에 들어가 용맹정진하고 싶었다. 자신과의 싸움에서 이기기 위해.

"이만 물러가겠습니다. 그리고 수신(修身)을 다한 뒤에 대형의 진정한 뜻을 이을 제대로 된 흑화일심대를 만들고 기다리겠습니다."

백리준은 사군우를 향해 정중히 허리를 숙여 보인 후 사비를 힐끗 쳐다봤다. 하지만 사군우를 제외한 다른 이들은 그가 기다리겠다는 인물이 사비라는 사실은 미처 짐작지 못하고 있었다.

사군우가 말없이 고개를 끄덕이자 백리준은 곧바로 몸을 돌렸다.

"우리도 이제 가자."

백리준이 장내를 벗어나는 것을 확인한 사군우는 천천히 몸을 돌렸다. 이에 사비 역시 그의 뒤를 따라 걸음을 내디뎠다. 그와 동시에 공손천량이 버럭 고함을 질렀다.

"우리가 당신 얼굴이나 보기 위해 이 자리에 온 것 같소? 정녕 당신은 우리가 안중에도 없는 것이오?"

하지만 사군우는 공손천량의 외침을 들은 척도 하지 않고 계속해서 걸음을 옮겼다.

"이잇!"

공손천량이 막 사군우에게 달려가려는 찰나 공황식이 급히 그의 앞을 가로막았다.

"으음, 공손 회주, 잠시만 기다리시오."

"뭐요?"

공손천량이 눈살을 찌푸리며 물었다.

"조금만 기다려 봅시다."

"뭘 더 기다리자는 거요? 공 맹주는 검성을 저대로 보내자는 게요?"

"그런 것이 아니외다. 난 아직 당도하지 않은 이들이 남아 있으니 조금 더 기다리자는 얘기를 하는 거요."

"다른 이들이라니? 그렇다면 혹시 벽력문주뿐만 아니라 그녀들까지 부른 것이오?"

"물론이오. 삼봉은 흑화검성과 뗄 수 없는 관계. 만일 나중에라도 우리가 흑화검성을 만났다는 사실을 알게 되면 결코 가만히 있을 여인들이 아니오. 난 그런 일을 빌미로 그녀들이 중원에 나서는 상황을 만들고 싶지는 않소이다."

공손천량이 놀란 눈초리로 묻자 공황식이 고개를 끄덕이며 대답했다. 이에 공손천량 역시 천천히 고개를 끄덕였다.

십이제천에 오른 자신들과 달리 삼봉은 지닌 능력에 비해 중원에서 그다지 많은 활약을 하고 있지 않았다. 아니, 오히려 조용히 숨죽이며 지낸다고 보는 것이 훨씬 적절한 표현이었다.

공손천량은 그 이유가 그녀들이 흑화검성을 두고 모종의 약조를 했기 때문임을 알고 있었다. 흑화검성이 아니었다면 벌써부터 중원을 휩쓸고 다녔을 것임을.

'으음! 내가 잠시 삼봉의 존재를 잊고 있었군. 그렇지 않아도 여러 세력이 세 다툼을 벌이고 있는 와중에 삼봉마저 가세한다면……'

공손천량은 생각만 해도 골치가 아파왔다. 그녀들이 지닌 무공이 두려워서가 아니었다. 그녀들의 뒤에 도사리고 있는 배후가 두려운 것일 뿐.

그녀들의 등 뒤에 있는 세력은 천하에 두려울 것이 없는 공손천량조차도 껄끄러워할 정도로 묘한 힘을 지니고 있는 단체들이었다.

천독후 음선부인이 문주로 있는 천독문은 말할 것도 없고, 소향군주가 나선다면 황실이 무림에 개입하는 초유의 사태가 벌어질 수도 있다. 게다가 요미선자는 지닌 무공이나 풍기는 분위기로 보아 앞선 두 여인에 전혀 밀리지 않는 신비 세력에 속해 있을 가능성이 농후했다.

'하긴, 그녀들이라면 흑화검성과 관련된 일이라면 자신들에게 허락을 받아야 한다고 생각하지. 하지만 그녀들이 허락하지 않는다면…….'

공손천량의 얼굴이 일순 어두워졌다.

그사이 사군우는 사비를 데리고 조금씩 멀어져 가고 있었다.

화무영은 당혹했다. 자신의 뒤를 추격하고 있는 여인의 신법이 절륜했기 때문이다.

'으음, 무림에서 가장 강한 여고수는 삼봉뿐이라 알고 있었는데 어쩌면 그 소문이 잘못된 것일지도…….'

자신을 추격하는 여인이 그 삼봉에 속하는 소향군주임을 알 길이 없는 화무영은 전력을 다해 최대의 속도를 내며 청도로 접어들었다.

'역시 예상대로군.'

화무영은 소향군주와의 거리가 조금씩 벌어지기 시작하자 회심의 미소를 지었다. 소향군주가 청도 지리에 익숙하지 않을 것이라는 자신의 생각이 맞아떨어진 것이다. 물론 그런 생각이 아니었다고 해도 사군우의 화기를 가라앉힐 약재를 구하기 위해 청도 현 내로 들어올 수밖에 없었지만.

부지런히 발을 놀려 약재상 앞에 이른 화무영은 곧바로 안으로 들어갔다.

혈매화를 내려놓을 새도 없이 빠르게 안을 살핀 그는 급하게 자신이 필요한 약재들을 주섬주섬 챙긴 후 약재상을 빠져나왔다.

"헛!"

상점 안에서 졸고 있던 주인은 갑작스레 느껴지는 한기에 흠칫 몸을 떨며 자리에서 벌떡 일어났다. 그의 시선이 머문 서탁 위에는 은자 한 냥이 덩그러니 놓여 있었다.

상점 주인이 어리둥절해하는 사이 화무영은 다시 관제묘를 향해 신법을 전개했다. 다행히 주변을 지나는 사람이 없어 마음 놓고 신법을 전개했으나 혹여 행인이 있었다고 해도 화무영은 이를 무시했을 것이다.

'흠! 다시 따라붙었다!'

청도를 막 벗어난 화무영이 눈살을 찌푸렸다. 따돌렸던 여인이 다시 자신의 뒤를 쫓기 시작했기 때문이다.

잠시 망설이던 화무영은 이내 짧은 한숨을 토하며 전력으로 질주했다. 추격을 따돌리느라 시간을 허비했다가는 사군우에게 무슨 사단이 생길지 몰랐다.

그렇게 나는 듯이 달려 막 관제묘에 들어서던 화무영의 눈가에 잔경련이 일었다.

'어찌 이런 고수들이 한꺼번에 몰려왔단 말인가?'

사군우와 사비 말고 다른 이들의 기척이 느껴졌다. 그들의 모습이 시야에 보인 것은 아니었지만 화무영은 분명 이를 느끼고 있었다.

하지만 다른 생각을 할 겨를이 없는 화무영이 막 사당이 있던 자리로 몸을 움직일 때였다.

"왔느냐?"

"어떻게 된 겁니까?"

화무영은 자신을 웃음으로 맞는 사군우를 보며 두 눈을 크게 떴다.

"어떻게 되긴 뭐가 어떻게 돼? 네가 굼벵이처럼 느려 터져서 내가 치료 좀 했지."

옆에 있던 사비가 눈을 흘기며 끼어들었다. 그러나 화무영은 믿을 수 없었다. 사비는 물론이거니와 자신 또한 사군우를 다시 정상으로 회복시킬 능력이 없음을 알고 있었기 때문이다.

'어르신께서는 화류패기의 힘을 빌려 무리하게 움직이고 계신다. 이대로 놔두었다가는 틀림없이 큰 변을 당하실 거야.'

사군우가 왜 이런 무모한 행동을 하는지 알 길이 없는 화무영이 고개를 도리질 치며 막 입술을 떼려는 순간이었다.

"때로는 하지 말아야 함을 알면서도 어쩔 수 없이 해야 하는 경우가 있는 법이다. 어쩌면 이 여인이 그런 상황에 처해 있을 수도 있겠지. 그러니 그녀를 너무 핍박하지 말거라."

"으음, 명심하겠습니다."

사군우가 혈매화에게 시선을 던지며 말하자 화무영은 이내 시치미를 뚝 떼고 고개를 끄덕였다. 사군우가 혈매화를 빗대어 주위를 환기시킨 것임을 깨달았기 때문이다. 하지만 사비는 사군우와 화무영의 연극을 모두 공으로 돌리는 발언을 서슴없이 내뱉었다.

"백색아, 오다가 파리 떼 못 봤어?"

"파, 파리 떼라니요? 보지 못했습니다."

"쳇! 이렇게 냄새가 진동하는데 그걸 꼭 봐야 알아?"

"그렇습니까? 저는 잘 모르겠는데요."

사비의 물음에 화무영이 난처한 얼굴로 고개를 저었다.

'어르신이나 주공께서는 이미 저들의 존재를 알고 계신다. 어르신께서는 저들의 이목 때문에 멀쩡한 것처럼 보이기 위해 애쓰시는 거야. 이런 심각한 상황에서도 농담이 나오다니… 도대체 주공의 머리 속에는 뭐가 들어 있을까?'

화무영은 주변을 쓱 둘러보며 입을 열었다.

"글쎄요. 저는 잘……."

"중원사극이 와 있다."

화무영이 어깨를 으쓱이며 말끝을 흐리자 사군우가 피식 웃으며 입을 열었다.

"사극이요?"

"아하! 역시 그것들이 사극이었군. 그런데 왜 저렇게 쥐새끼들처럼 숨어 있는 거죠?"

화무영이 놀란 눈으로 묻자 사비도 의외의 표정으로 사군우에게 고개를 돌렸다.

"나와 비무를 하고 싶은 모양이지."

사비의 물음이 숨어 있는 저들을 도발하기 위해서임을 눈치챈 사군우는 피식 웃으며 대답했다.

'네가 나보다 낫다. 분명 저들의 실력을 겪어봤음에도 불구하고 전혀 위축되지 않으니……. 그래, 네 생각이 그렇다면 이런 식으로 굳이

저들을 따돌릴 이유가 없겠지.'

사군우는 사비를 바라보며 더 이상 저들과 신경전을 벌이지 않기로 결심했다. 지금까지는 사비와 화무영이 저들의 경계를 사는 것이 싫어서 피할 생각만 하고 있었다. 하지만 사비의 말을 들으니 자신이 잘못된 판단을 하고 있었다는 생각이 들었다. 사비는 사극을 피하려고만 하는 자신이 못마땅한 것이다.

이윽고 사비가 설레설레 고개를 저으며 입을 열었다.

"이해가 안 가요."

"뭐가 이해가 안 간다는 말이냐?"

"아저씨 말대로 저 인간들이 비무를 하기 위해서 왔다면 왜 사내답게 앞으로 나와 정식으로 도전하지 않는 거죠? 더구나 다른 사람도 아니고 십이제천 중에 속한 사극이라면서요? 천하에 두려울 것 없다고 떠드는 인간들이 하는 행동치고는 너무 졸렬하잖아요. 아무래도 아저씨가 잘못 본 걸 거예요."

"하하하! 그럴 수도 있겠구나. 워낙 오래전의 일이라 내가 잘못 봤을 수도 있겠어. 암, 사극이라면 저런 식으로 숨어서 기회를 엿보는 소인배 짓은 하지 않았겠지."

사군우가 호쾌하게 웃으며 고개를 끄덕이자 사비가 피식 웃으며 다시 말을 이었다.

"하지만 어쩌면 저들이 사극일 수도 있을 것 같아요."

"그건 또 무엇 때문이냐?"

"아저씨가 그랬잖아요. 십이제천이라고 불리는 인간 중에 제대로 된 인간이 거의 없다고요. 또 사극이란 작자들은 여자들에게도 쩔쩔맨다면서요. 그 여자들을 뭐라고 하더라?"

사비가 고개를 갸웃거리며 생각에 잠기자 사군우는 속으로 쓴웃음을 삼켰다. 자신이 사비에게 중원사극을 그런 식으로 깔아뭉개는 발언을 한 적이 맹세코 단 한 번도 없었기 때문이다. 사비는 그저 저들을 밖으로 튀어나오게 하기 위해 수작을 부리는 것뿐이었다. 하지만 사군우는 아무래도 상관없었다. 직접 말을 한 것은 아니었지만 사비의 말은 자신의 생각과 크게 차이가 나지 않았기 때문이다.

이윽고 사비가 쐐기를 박으려는 듯 고개를 갸우뚱하며 천천히 입술을 뗐다.

"뭐였더라, 고추 달린 것들이 무서워서 쩔쩔맨다는 여인들이?"

"삼봉(三鳳)이에요!"

"맞다! 삼봉!"

사비가 손뼉을 치며 고개를 돌렸다. 그의 눈에 장검을 늘어뜨린 채 멍한 시선으로 이쪽을 바라보는 여인의 얼굴이 들어왔다. 화무영의 뒤를 밟아 관제묘까지 오게 된 소향군주였다.

"으음, 너는 아까⋯⋯."

사비가 침음성을 삼키며 말끝을 흐리는 사이 사군우가 반가운 얼굴로 입을 열었다.

"군주는 예나 지금이나 변한 것이 없구려. 그동안 잘 지냈소?"

"⋯⋯."

사군우의 음성을 들은 소향군주의 눈이 잘게 흔들렸다.

"전에 말씀드렸죠. 그냥 소향이라 불러달라고⋯⋯."

사비와 화무영은 둘 사이에 흐르는 묘한 분위기에 슬쩍 고개를 돌리고 딴청을 부렸다.

그사이 걸음을 옮겨 사군우 앞에 선 소향군주가 그를 뚫어져라 응시하며 입을 열었다.

"당신도… 여전하시네요."

사군우는 소향군주의 시선이 부담스러운지 화무영과 사비를 향해 고개를 돌렸다.

"이 녀석들, 뭐 하고 있는 게냐? 어서 인사드려라! 대명 황제의 고모 되시는 분이다!"

"헉!"

화무영이 헛바람을 집어삼키며 급히 허리를 숙였다. 하지만 사비는 거슴츠레한 눈으로 소향군주를 힐끔거리기만 할 뿐 가타부타 말이 없었다.

"그럼 이 여자가 황족이란 말이에요?"

"감히 어느 안전이라고 그렇게 고개를 뻣뻣이 들고 있는 게냐? 어서 절이나 올려라! 후후후!"

사비가 소향군주를 손가락으로 가리키며 묻자 사군우가 실소를 흘리며 대꾸했다.

"헥! 미쳤어요? 내가 생전 처음 보는 여자에게 절을 왜 해요? 그러는 아저씨는요?"

사비가 펄쩍 뛰며 두 손을 내저었다.

"험험! 나야 소향군주와는 안면이 있는 사이이니 봐줄 것이다."

"쳇! 그럼 나도 안 할래요! 싫으면 관군들 시켜서 잡아가라고 하든가!"

사비는 소향군주에게 고개를 홱 돌리고 두 눈을 부라렸다. 이를 본 소향군주의 눈가가 살짝 흔들렸다.

사군우가 언제 저런 웃음을 보인 적이 있었던가.

'당신은 여전하신 게 아니라… 많이 변하셨군요.'

소향군주는 사비와 농담을 주고받는 사군우의 행동이 낯설었다.

"저 소협을 보니 당신 젊었을 때를 보는 것 같군요."

"하하하! 그래 보이오?"

소향군주가 사비를 힐끗 쳐다보며 말하자 사군우가 유쾌하게 웃었다.

"엥? 뭐야? 그럼 아저씨도 젊어서는 나처럼 싸가지가 없었다는 거예요?"

"후훗! 글쎄요. 제 오라버니 앞에서 보였던 행동을 말씀하시는 거라면 지금 소협이 제게 하는 행동보다 더하면 더했지 못하지는 않았던 것으로 기억하고 있어요."

사비가 놀란 눈을 치켜뜨고 묻자 소향군주가 살포시 웃음을 머금고 고개를 끄덕였다.

소향군주는 사비와 화무영이 음양마교와 관련이 있을 거라는 생각은 이미 머리 속에서 지워 버렸다. 그들의 곁에 사군우가 있음을 안 이상 그런 의심은 기우에 지나지 않을 것이다. 자신이 아는 사군우는 결코 음양마교와 관련을 맺을 인물이 아니라고 확신하기 때문이다.

한편 소향군주의 말을 들은 사비는 입을 떡 벌린 채 사군우를 쳐다봤다.

"흠! 이 아줌마의 오라버니라면 황제였을 거 아니야? 정말 아저씨가 황제 앞에서 싸가지없게 굴었단 말이에요?"

"험! 그때는 철이 없었다. 쓸데없는 소리 말고 어서 차나 내와라."

사군우가 헛기침을 하며 눈살을 찌푸리자 사비가 화무영을 향해 눈짓을 했다. 이에 화무영은 소향군주에게 고개를 푹 숙여 보인 후 곧바로 몸을 돌렸다.

'큰일이군. 차를 끓여 오라니…… 여기에 차가 어디 있다고…….'

화무영은 수심이 그득한 얼굴로 사비 등을 향해 곁눈질로 힐끔거렸다. 잠시 청도에 다시 다녀와야 하는 고민을 했으나 그는 이내 눈을 빛내며 황급히 걸음을 옮겼다.

"근데… 혹시 아줌마도 저 인간들하고 같이 온 거야?"

사비는 문득 떠오른 생각에 숲을 힐끗 쳐다본 후 소향군주에게 시선을 고정했다.

"아니에요."

"녀석아, 아무리 그래도 그렇지. 하늘 같은 군주님에게 아줌마가 뭐냐?"

소향군주가 고개를 가로젓자 사군우가 사비에게 눈살을 찌푸리며 핀잔을 줬다.

"괜찮아요. 정감있고 듣기 좋은데요, 뭘. 그런데 아까는 왜 그런 걸 물어봤죠?"

사군우에게 고개를 가로저은 소향군주가 사비를 보며 의아한 눈초리로 물었다.

"묻긴 내가 뭘 물었다고 그래요? 그나저나 백색이 녀석은 차를 끓이러 간 거야, 키우러 간 거야?"

사비는 일순 당황한 표정을 하며 화무영이 이동한 쪽을 향해 황급히 걸음을 옮겼다.

"묻다니? 뭘 물었단 말이오?"

"아! 아무것도 아니에요."

사군우의 물음에 소향군주가 얼굴을 붉히며 고개를 저었다. 하지만 사군우는 대충 상황이 짐작이 갔다.

'휴우, 저 녀석, 아직도 포기를 못했나 보군.'

일순 쓸쓸한 표정을 보이던 사군우는 이내 안색을 고치고 다시 소향 군주를 바라보며 물었다.

"그나저나 금정옥녀심공(金貞玉女心功)과 벽운십삼검(碧雲十三劍)은 어찌 됐소?"

"당신 예상대로였어요. 고마워요."

소향군주가 살포시 미소를 머금고 고개를 끄덕였다.

"내가 한 게 뭐 있다고. 그 무공들이야 이미 군주가 익히고 있던 무공들이 아니오?"

사군우가 피식 웃으며 대꾸하자 소향군주가 설레설레 고개를 저으며 입을 열었다.

"아니에요. 당신의 조언이 아니었다면 저는 아직까지도 수많은 황궁 무공을 많이 익혀야 한다는 집착에서 벗어나지 못했을 거예요. 그럼 금정옥녀심공과 벽운십삼검이 상승의 효과를 발휘하는 무공이라는 것을 알지 못했을 테지요."

소향군주의 말은 진심이었다. 그녀는 이십 년 전 사군우와 팔강에서 맞붙은 상대였다. 그때 사군우는 소향군주의 다양한 무공을 보며 조언을 했었다. 그녀가 익힌 무공이 모두 훌륭한 것들이긴 하지만 하나를 완전히 익히지 않은 상태에서는 보약이 아니라 독에 불과할 뿐이니 벽운십삼검만을 익힘이 보다 효과적일 것이라고. 이에 소향군주는 내심 발끈하여 사군우에게 더욱 현란한 무공을 선보였지만 그것은 공허한 몸부림에 지나지 않았다.

결국 패배를 인정하고 물러난 그녀는 그 후부터 사군우의 조언대로 그녀가 가장 자신하는 벽운십삼검의 수련에만 전념했다. 그리고 오래지 않아 금정옥녀심공과 벽운십삼검이 같은 원류에서 비롯된 무공임을 깨달을 수 있었다. 사군우는 처음부터 소향군주가 익힌 두 무공의 진가를 알아봤던 것이다.

"아무튼 성취가 있다니 축하할 일이오."

"의외네요. 당신이 칭찬을 하다니……."

소향군주가 사군우의 얼굴을 바라보며 피식 웃었다.

그녀는 하늘을 날 것 같은 기분이었다. 그동안에도 몇 번 사군우와 대면한 적이 있었지만 그가 오늘처럼 따뜻한 말을 건넨 적은 한 번도 없었다.

'이 사람, 변했어.'

소향군주는 처음에는 낯설게만 느껴졌던 사군우의 변화가 점점 마음에 들었다. 이유는 모르지만 지금의 사군우는 이전과 다른 분위기가 흘렀다. 전의 사군우가 패도적이고 오만한 분위기, 다가서는 것조차 망설여지는 기도를 내뿜었다면 지금의 사군우는 끝없는 망망대해처럼 모든 것을 포용하는 대해와도 같은 기도를 흘렸다.

'어쩌면 이제 긴 기다림을 끝낼 수 있을지도…….'

소향군주는 막연한 기대감과 설렘으로 인해 얼굴에 홍조가 머물렀다.

그사이 화무영과 사비가 하얀 김이 모락모락 피어오르는 차를 내어왔다.

"송구스럽습니다만 식기 전에 드시지요."

"별말씀을요."

화무영이 황송한 표정으로 차를 건네자 소향군주가 짧게 고개를 숙이며 차를 받았다. 하지만 자신의 손에 들린 그릇을 본 소향군주는 피식 실소를 흘리고 말았다. 화무영이 황급히 내온 차는 익은 쌀을 우려 낸 숭늉이었다.

"구수하네요!"

소향군주는 입으로 호호 불며 숭늉을 후루룩 마셨다. 옆에서 이를 지켜보던 사비가 불현듯 떠오른 생각에 숲 쪽으로 고개를 홱 돌렸다.

"어이! 파리 떼들! 어서 나와서 따뜻한 차 한 잔씩 하지 그래? 왜, 삼봉이 와서 더 겁이 났나?"

사비의 말에 사군우와 화무영의 얼굴이 일순 굳어졌고, 숭늉을 마시던 소향군주는 터져 나오는 웃음을 참기 위해 한 손으로 입을 가렸다. 이에 사군우가 막 사비에게 핀잔을 주려 할 때였다.

"검성에게 간이 배 밖으로 튀어나오는 법이라도 배운 것이냐?"

공손천량이 눈을 부라리며 성큼성큼 걸어왔고, 공황식과 도진 대사가 그의 뒤를 따라 나란히 다가왔다.

도진 대사는 여전히 무심한 표정이었으나 공황식은 그렇지가 않은 모양이었다. 그는 사비를 쳐다보며 씁쓸한 미소를 머금고 있었다.

'소향군주 앞에서 이런 꼴을 보이다니 정말 체면이 말이 아니군.'

다른 사람이라면 몰라도 소향군주 앞에서 이런 모습을 보이는 것이 참을 수가 없었다. 그녀가 사군우를 연모하듯 자신 또한 소향군주를 향해 비슷한 마음을 지니고 있었기 때문이다. 이에 공황식은 사비의 행동을 가만히 내버려 두는 사군우가 원망스러웠다.

'아시오? 내가 검성을 없애고자 하는 이유 중 하나가 당신이라는 것을…….'

공황식은 사군우의 곁에 나란히 서 있는 소향군주를 향해 천천히 고개를 숙였다.

"군주님을 뵈옵니다! 그동안 별래무양하셨습니까?"

"오랜만이네요."

공황식의 깍듯한 인사에 소향군주가 짧게 고개를 끄덕였다. 하지만 그것으로 끝이었다. 소향군주는 이내 고개를 돌려 사군우의 얼굴을 훔쳐보기에 바빴다. 다른 사람들의 시선은 전혀 아랑곳하지 않는 모습이었다.

이를 본 공황식은 솟구치는 질투심에 눈이 멀 지경이었다. 하지만 지금은 결코 그런 감정을 표출할 상황이 아니었다.

'좋소! 내 기필코 당신 앞에서 사군우가 무릎 꿇는 모습을 보여주고 말리다! 잠시만… 잠시만 기다리시오!'

공황식은 속으로 하는 다짐과는 달리 겉으로는 한없이 태연한 표정을 지으며 공손천량을 향해 고개를 돌렸다.

"먼저 하시겠소?"

"아니오. 나보다 더 급한 사람이 있는 것 같으니 난 잠시 뒤로 미루겠소."

공손천량이 고개를 저으며 도진 대사를 힐끗 쳐다봤다. 이에 도진 대사가 두 눈을 빛내며 앞으로 나섰다.

"저 벙어리가 아저씨에게 덤빌 건가 본데요?"

사비가 도진 대사를 손가락으로 가리키며 말하자 사군우가 눈살을 찌푸렸다.

"무릇 대장부는 다른 이의 약점을 입에 담지 않는 법이다!"

"이크! 알았어요. 안 그럴 테니까 그런 눈으로 쳐다보지 좀 마요."

사비가 혀를 날름거리며 뒤로 한 걸음 물러서자 공손천량이 조소를 날렸다.

"흥! 천둥벌거숭이 같은 놈이 그래도 검성의 말은 듣는 모양이구나."

"당연하지. 난 너 같은 천둥벌거숭이하고는 차원이 다른 천둥벌거숭이거든."

"이잇!"

공손천량이 치미는 노기에 전신을 부르르 떨었다.

그때였다.

"호호호! 정말 오기를 잘한 것 같아! 공손 회주에게 저런 말을 하는 인간을 보게 될 줄이야! 안 그래요?"

모든 이의 고개가 일제히 한곳을 향해 돌아갔다.

중인들의 시선을 받으며 천천히 다가오는 두 여인.

한 명은 요염한 미소를 머금은 얼굴에, 쫙 달라붙는 흑의가 뇌쇄적으로 보이는 여인이었고, 다른 한 명은 앞선 여인과는 사뭇 대조적으로 땅 끝에 끌리는 청의를 입은 청초한 인상의 여인이었다.

여인들이 누구인지를 확인한 중인들의 얼굴이 삽시간에 굳어졌다.

염기를 흘리고 있는 여인은 천독문(天毒門)의 문주인 천독후(天毒后) 음선부인(陰仙婦人)이었고, 청초한 이슬 같은 분위기를 풍기는 여인은 요미선자(嬈美仙子)였다.

소향군주와 함께 삼봉이라 불리는 천하의 여걸들.

이들이 다가오는 모습을 바라보며 중인들 중 아무도 입을 열지 않자 사비가 고개를 갸웃거리며 사군우를 향해 물었다.

"아저씨, 오늘이 생일이에요?"

"그게 무슨 소리냐?"

"생일이 아니면 왜 이렇게 많은 사람들이 몰려왔겠어요. 안 그래요?"

사비가 자못 심각한 어조로 말하자 사군우가 입가에 고소를 머금고 입을 열었다.

"흰소리 집어치우고 잠시 뒤로 물러나 있어라."

사군우가 사비의 어깨를 툭 밀자 사비의 신형이 주르륵 뒤로 밀려나 화무영과 소향군주의 사이로 이동했다. 이를 본 사극과 삼봉의 눈에 이채가 서렸다.

'으음! 검성이 병환 중이라는 건 역시 헛소문에 불과했군.'

공황식은 사비를 밀친 사군우의 한 수가 이 자리에 있는 어느 누구도 감히 흉내 낼 수 없는 것임을 알아채고 속으로 침음성을 삼켰다. 아무렇게나 밀친 듯 보였지만 그게 아니었기 때문이다.

사람에게는 누구나 고유 영역이 있다. 본능적으로 타인의 접근을 허락지 않는 일 촌의 거리. 타인이 이를 어기고 들어오게 되면 극도의 불안이나 긴장을 느끼게 되는 이 경계는 인간의 자기 보전 본능에 기인한 것이다. 일반인이 그럴진대 이곳에 모여 있는 이들은 무공을 익혔다. 더욱이 무공을 익힌 자들 중에서도 가장 강한 부류에 속한다는 이들이라면 더 말할 것도 없다.

이들 역시 서로를 경계하며 무의식 중에 강력한 기도를 뿜어내고 있었다. 게다가 일반인들처럼 실체가 없는 것이 아니라 본인들의 공력이 가미된 유형화된 기운으로 몸을 감싸고 있었다. 일종의 호신강기(護身剛氣)다.

사군우는 그렇게 서로 얽히고 설킨 호신강기를 무시한 채 소향군주의 옆으로 사비를 이동시킨 것이다.

혹 소향군주가 이를 미리 알고 진기를 거두었다면 모를까 그렇지 않았다면 결코 사비가 무사히 이동키 어려운 상황이었던 것이다. 하지만 사비는 여전히 멀쩡한 모습으로 주변을 살피기에 여념이 없었다.

그사이 음선부인과 요미선자가 장내의 중앙으로 걸어 들어왔다.

"호호호! 어린 친구가 참 재미있네?"

"별말씀을. 호호호!"

음선부인이 자신에게 한쪽 눈을 찡긋하며 배시시 웃자 사비가 두 눈을 거슴츠레하게 뜨고 음흉한 웃음을 흘렸다.

"어머! 망측스러워라! 그 눈빛은 뭐지?"

"망측스럽기는, 사내가 계집 보고 웃는 건 자연의 섭리라고! 안 그래?"

음선부인이 살짝 얼굴을 붉히자 사비가 실눈을 뜨고 대꾸했다. 이를 본 사군우가 속으로 한숨을 토하며 사비에게 눈을 부라렸다. 이에 사비는 찔끔하며 입을 다물었다.

한편 음선부인의 옆에 서 있던 요미선자는 사군우를 뚫어져라 응시하다가 이내 그의 뒤에 서 있는 소향군주를 향해 고개를 돌렸다.

"떨어져!"

요미선자의 싸늘한 음성에 주위가 삽시간에 얼어붙었다. 사비마저 아무 대꾸를 못할 정도로 그녀의 눈에서는 엄청난 살기가 뿜어져 나오고 있었다.

하지만 정작 당사자인 소향군주는 오히려 사군우의 옆으로 조금 더 바짝 다가가며 그녀의 말을 무시했다.

"마지막 경고다! 떨어져!"

요미선자가 입을 열며 소향군주를 향해 걸음을 내딛자 소향군주의 근처에 서 있던 사비는 가슴이 답답해져 왔다.

'윽! 이건 또 무슨 조화래?'

이윽고 사군우가 요미선자의 앞을 가로막으며 한 손을 내저었다. 이에 사비가 느끼던 답답함도 일시에 사라졌다.

"당신까지 올 줄은 몰랐군."

"난 당신이 있는 곳이면 어디든 가!"

요미선자의 무뚝뚝한 대꾸에 중인들의 안색이 또 한 번 굳어졌다.

너무도 대담한 표현. 소향군주 역시 지닌 성정에 비해 대담하게 굴었지만 요미선자의 말과 눈빛은 그에 비할 데가 못 되었다.

"한 번쯤은 보고 싶었는데 마침 잘 왔소."

사군우는 말은 그렇게 했지만 요미선자의 적극적인 말과 눈빛이 부담스러웠는지 슬며시 뒷걸음질치며 사비를 힐끗 쳐다봤다. 사비가 혹시 자신을 오해하지 않을까 하는 쓸데없는 걱정 때문이었다.

하지만 역시 그의 예상대로 사비는 지금 벌어지는 일련의 사태에 크게 놀라고 있었다. 사군우를 두고 세 여인이 미묘한 갈등을 보이고 있다는 것을 대번에 눈치챘기 때문이다.

'흠! 아저씨가 이렇게 인기가 많았어? 거참, 의외네? 저 인간이 뭐 볼 게 있다고……'

사비는 소향군주와 요미선자의 태도도 그랬지만 음선부인의 눈길도 줄곧 사군우에게서 떠나지 않고 있음을 눈치채고 속으로 설레설레 고개를 저었다.

"후후후! 뭘 그리 골똘히 생각하느냐?"

"이건 말이 안 되잖아요. 아저씨같이 멋대가리없는 인간을 어떻게 저런 미인들이……"

"그건 나도 이해가 안 가는 일이다."

사비가 고개를 갸우뚱하며 자신을 응시하자 사군우는 어색한 웃음을 흘리며 어깨를 으쓱해 보였다.

장내의 분위기가 이상하게 돌아가자 공황식이 나직한 음성으로 입술을 뗐다.

"이제 다 모인 것 같으니 본론으로 들어갑시다."

공황식이 중앙으로 걸어나올 때였다.

"헛소리! 내가 안 왔는데 누가 감히 다 모였다는 거야?"

턱!

거대한 체구의 사내가 걸걸한 음성과 함께 장내로 내려섰다. 뇌전권 구양극호였다.

"자네도 왔나?"

사군우가 반색을 하며 앞으로 걸어나갔다.

"내가 아니면 자네 뒤치다꺼리 해줄 사람이 없잖아!"

구양극호가 크게 고개를 끄덕이며 주변을 슥 둘러봤다.

"제자야! 잘 봐둬라! 이 인간들이 내가 말했던 중원사극과 삼봉이란다! 그리고 저 친구는… 아! 이미 봤었지? 흐흐흐!"

구양극호가 사군우를 향해 손가락으로 가리키다 말고 멋쩍은 웃음을 흘리자 그의 큰 체구에 가려져 보이지 않던 한 청년이 고개를 빼꼼히 내밀었다. 장도였다.

그 역시 이전에 광호라 불릴 정도로 커다란 체구였지만 사부인 구양극호의 뒤에 서 있으니 다소 모자란 구석이 있었다.

"장도야!!"

장도를 발견한 사비가 짧게 외치며 앞으로 달려나가자 구양극호의 등 뒤에 가려 보이지 않던 장도 역시 환한 미소를 머금고 달려왔다.

"비… 야!"

사비가 장도의 큰 체구로 몸을 날렸다.

"이 자식이! 연락이라도 할 것이지!"

"헤헤! 미안, 미안! 그동안 무척 바빴거든!"

장도와 사비가 감격에 겨운 얼굴로 얼싸안고 야단법석을 떨자 장내에 모인 사극과 삼봉의 얼굴이 묘하게 일그러졌다. 자신들은 안중에도 없는 두 젊은이의 태도가 무척이나 낯설게 느껴졌다.

당금 천하 최고의 고수들로 알려진 사극과 삼봉이 모여 있는 자리. 게다가 그들마저 발 아래로 굽어본다는 흑화검성 사군우까지.

세상 어느 누구라도 감히 숨조차 쉽게 내뱉지 못할 기라성 같은 고수들이 한 자리에 모여 있는데도 청년들은 이를 전혀 아랑곳하지 않고 재회의 기쁨을 나누기에 바쁜 것이다.

"이거 원 눈꼴사나워서 못 보겠군! 그만들 해라!"

구양극호가 버럭 고함을 치자 장도가 황급히 사비를 떨쳐 냈다. 이에 구양극호는 입가에 만족스런 미소를 머금고 사군우에게 고개를 돌렸다. 이런 멋진 해후의 기쁨을 나누는 건 당연히 자신과 사군우의 몫이었기 때문이다. 하지만 상황은 그의 바람대로 전개되지 않았다.

"이 산적같이 생긴 인간이 네 사부냐?"

"야! 그렇게 말하면……!"

장도가 다급한 목소리로 사비를 말렸지만 이미 때는 늦은 뒤였다.

"방금 뭐라고 했는고?"

구양극호가 불신이 가득한 얼굴로 사비를 향해 고개를 돌렸다.

"네 사부 귀가 좀 어두운 모양이구나. 네가 그동안 고생이 많았겠어.

쯧쯧쯧!"

다시 튀어나온 사비의 발언에 장내에 있는 이들의 얼굴이 일그러졌다. 사비가 심기를 건드린 사람이 사극 중 가장 성질 더럽기로 유명한 뇌전권 구양극호였기 때문이다. 하지만 유독 한 사람은 이를 보고 속으로 쾌재를 불렀다.

'후후후! 놈! 꼴 좋게 됐구나. 구양극호는 나와 달리 애송이라고 봐 주는 일 따위는 하지 않는 인간이거든. 어디 뇌전권의 주먹 맛 좀 봐라!'

공손천량은 자신 역시 구양극호와 같은 부류라는 것은 잠시 잊고 있었다. 자신이 사비를 봐준 이유가 그가 젊어서가 아니라 옆에 사군우가 있기 때문이었다는 것도.

"허허! 자네, 이 녀석 교육에 좀 더 신경을 써야겠군."

모든 이들의 예상을 엎고 구양극호의 입에서 너무도 의외의 말이 튀어 나왔다. 당장이라도 사비의 면상을 갈겨도 시원찮을 구양극호가 오히려 입가에 미소까지 머금고 사비를 흐뭇한 눈길로 바라봤다.

"미안하네. 아직 철이 없어 그러니 이해해 주게."

이마에 한 손을 얹고 설레설레 고개를 젓던 사군우가 고개를 끄덕였다.

"이해하고 말고 할 게 뭐 있나? 그래도 자네 젊었을 때보다는 훨씬 나은 것 같은… 험!"

구양극호는 자신의 실언을 깨닫고 크게 헛기침을 했다.

'도대체 얼마나 싸가지가 없었기에 만나는 사람마다 나보다 더 심했다고 하는 거야?'

구양극호의 말을 놓치지 않은 사비가 실눈을 뜨고 바라봤지만 사군우는 이를 무시하고 장내를 빙 둘러보며 입을 열었다.

"그래, 나를 찾은 이유가 뭔가?"

"……."

"내 괜한 것을 물었나 보군. 자네들이 나를 찾아온 이유야 듣지 않아도 뻔한 것임. 내가 싫다고 해도 자네들은 나를 가만히 내버려 둘 리 없을 테고. 그럼 난 어쩔 수 없이 자네들과 손을 섞어야 한다는 말인데. 안 그런가?"

"……."

사군우의 질문에 어느 누구도 입을 열지 않았다.

무언의 긍정.

사군우는 이들의 속내를 이미 알고 있었다. 심지어 자신의 친구인 구양극호조차도 자신을 뛰어넘기 위해 절치부심 무공 연마에 몰두했을진대 다른 사람은 더 말해 무엇 하랴.

그나마 다행이라면 삼봉은 자신에게 검을 겨누기 위해 온 것이 아니리라는 짐작이었지만 그녀들 역시 자신과 사극의 싸움을 말릴 리 만무했다. 아니, 어쩌면 이 여인들은 오히려 지금의 싸움을 통해 사군우가 여전히 천하제일이라는 사실을 입증해 주기를 바라고 있을 것이다.

하지만 사군우는 모르고 있었다. 그녀들이 이곳에 온 가장 큰 이유는 그가 사극을 누른 뒤 자신들 중 하나를 선택하라는 말을 하기 위해서임을. 한 사내를 놓고 무려 이십 년간 치열하게 다퉈온 삼봉. 그녀들은 역시 무인이기 이전에 한 사내를 연모하는 여인이었다.

한참이 지나도록 고요한 침묵만이 장내를 휩쓸자 사군우가 다시 입을 열었다.

"그럼 내일 새벽에 시작하지. 비무 방법은 자네들의 뜻에 따르겠네."

말을 마친 사군우가 곧바로 몸을 돌리자 사비와 화무영이 그의 뒤를 따라 걸음을 옮겼다.

이윽고 장내에 모여 있던 이들이 하나둘 자리를 뜨기 시작했다.

함께 왔던 공황식과 공손천량, 그리고 도진 대사는 뿔뿔이 흩어져 각자 숲 속으로 들어갔고, 사군우의 뒷모습을 물끄러미 바라보던 요미선자가 몸을 휙 돌리자 음선부인이 그녀의 뒤를 쫓았다. 마지막까지 남아 있던 소향군주는 잠시 망설이다가 청도 쪽으로 움직였다. 뒤늦게 자신이 타고 온 나귀가 생각난 것이다.

"사부님, 우리는 어떻게 하죠?"

"어쩌긴 뭘 어째? 친구를 만났으니 회포부터 풀어야지! 하하하!"

장도의 물음에 구양극호가 그의 머리통을 쥐어박으며 크게 웃었다. 그는 품속에서 꺼낸 호로병을 흔들며 사군우가 걸어간 사당 쪽으로 몸을 움직였다. 이에 머리를 감싸쥐고 있던 장도도 기분 좋은 미소를 흘리며 구양극호의 뒤를 쫄레쫄레 따라갔다.

관제묘에는 실로 오랜만에 화롯불이 밝혀졌다. 하지만 사비의 수련을 위해 이용되던 이전과 달리 이번에는 화무영이 잡아온 토끼를 굽기 위해서였다.

"몸은 좀 어떤가?"

"많이 나았어."

구양극호가 근심스런 기색으로 묻자 사군우가 피식 웃으며 대답했다. 이에 장도와 도란도란 얘기를 나누던 사비가 힐끗 고개를 돌렸다.

사비의 안색은 이전과 달리 조금 어두워 보였다. 좀 전의 그의 행동, 다른 사람들은 아무 생각 없는, 그저 겁없이 설쳐 대는 것으로 봤을 테지만 사비의 의도는 그게 아니었다. 공손천량에게 맞아 약간의 내상을 입은 것도, 사극과 삼봉의 가공할 기도에 짓눌려 약간은 겁을 집어먹었었다는 것도 그런 속내를 들키고 싶지 않아 과장된 행동을 한 것뿐이었다.

사비가 행한 좀 전의 행동에는 사군우를 실망시키고 싶지 않은 그의 바람이 깃들어 있었다.

"왜 그래? 무슨 일 있는 거야? 아니면 어디가 아파?"

"입 좀 닥치고 있어줄래?"

걱정스러워 물었던 장도는 사비의 싸늘한 눈빛을 보며 어깨를 움찔 떨었다. 그러나 다른 한편으로는 자신의 이런 행동에 강한 의혹이 일었다. 이전과 달리 지금의 자신이라면 사비의 눈빛 한 번에 이렇게 겁을 집어먹지 않아도 되는데 하는 생각이 들었기 때문이다. 하지만 장도는 이내 그런 생각을 떨쳐 버렸다.

'그래, 지금의 내가 어떻든 간에 넌 언제나 내 친구이자 우상이야. 넌 역시 이 모습이 어울려.'

장도가 자신을 흐뭇한 눈길로 바라보자 사비가 눈에 쌍심지를 켜고 주먹을 들어 보였다.

"이게 허파에 바람이 들어갔나? 왜 그렇게 실실 쪼개는데?"

"아, 아니다! 히히!"

장도는 황급히 두 손을 저으며 환하게 웃었다. 그는 그동안 모진 수련을 감내하느라 잊고 지냈던 웃음을 다시 짓는 중이었다. 처음에는 무척 어색하게 느껴지던 웃음이 사비를 바라보고 있자니 점점 익숙해져 갔다.

하지만 장도의 웃음을 보며 눈을 흘기는 사비는 지금 속으로 그 어느 때보다 심각한 고민에 휩싸여 있었다.

'아저씨가 그 인간들하고 비무하는 걸 그냥 내버려 둬야 하는 건가?'

사비는 한 손을 턱에 괴고 짧은 한숨을 토했다. 지금은 비록 저렇게 멀쩡해 보이지만 오늘 낮까지만 해도 다 죽어가던 인간이 갑자기 정상으로 돌아왔을 리 없다.

'아저씨는 지금 참고 있어. 그런데 왜 참는 거지? 그냥 지금은 몸이 말이 아니니까 나중에 붙자고 하면 되잖아. 저게 무인들의 자존심이라는 건가?'

사군우를 힐끗 쳐다본 사비는 이내 설레설레 고개를 저으며 다시 장도에게 고개를 돌렸다.

"그동안 뭐 하고 지냈어? 네가 말했던 그 엄청난 무공이라는 거, 배우긴 배운 거냐?"

"말도 마라!"

장도는 한 손을 내저으며 구양극호를 향해 슬쩍 곁눈질을 했다. 장도의 눈에 사군우와 담소를 나누는 구양극호의 모습이 들어왔다. 하지만 장도는 그래도 안심이 안 되는지 사비의 귀에 대고 나직한 목소리로 소곤거렸다.

"너… 벼락 맞아봤어?"

"벼락?"

"쉿!"

사비가 두 눈을 동그랗게 뜨고 묻자 장도가 그의 입을 틀어막으며 구양극호를 향해 고개를 돌렸다.

그리고 잠시 후 장도는 자신이 겪은 파란만장한 일대기를 풀어놓기 시작했다. 대륙상회의 쟁자수로 있으며 빙월마궁의 습격을 받았던 일부터 시작해서 이곳에 오기 직전까지 겪은 수련 과정에 이르기까지. 하지만 사비의 무심한 반응에 장도는 의아한 생각이 들었다.

'이 녀석이 이런 반응을 보일 놈이 아닌데. 이상한걸.'

이윽고 지금껏 말이 없던 사비가 두 눈을 빛내며 천천히 입술을 뗐다.

"고생 좀 했네. 하지만 너, 불에 지져 본 적은 없지?"

"지지다니? 뭘?"

장도의 물음에 사비가 씁쓸한 표정으로 다시 말을 이었다.

"난 지져 봤다. 그것도 아주 지긋지긋할 정도로."

사비는 자신의 양손을 들어 장도의 눈앞에 가져가 보였다.

고개를 갸웃거리는 장도의 눈동자에 하얀 이를 드러내며 웃는 사비의 얼굴이 비쳤다.

구양극호는 새벽녘이 되어서야 사군우를 놔주고 잠을 청했고, 마찬가지로 사비와 대화에 여념이 없던 장도 역시 그의 옆으로 가 누웠다. 그들이 잠을 청하는 것을 확인한 화무영은 의식 없는 혈매화를 둘러메고 관제묘를 나섰다.

그리고 남은 두 사내는 화롯불을 사이에 두고 마주 앉아 있다.

틱! 틱!

화로 속에 담긴 숯이 타 들어가며 장작 쪼개지는 소리가 얇게 울렸고, 그 모습을 물끄러미 바라보던 사비가 천천히 고개를 들었다.

"정말 그 지경을 하고 싸울 생각이에요?"

"……"

사비의 걱정 어린 음성을 들은 사군우의 입가에 엷은 미소가 번졌다.

"정 싸우고 싶으면… 다 낫고 해요. 사람 애간장 태우지 말고."

"난 저들과 싸우지 않는다."

"엥? 정말이요?"

사군우가 고개를 젓자 사비가 두 눈을 빛내며 다시 물었다.

"난 저들이 아니라 나를 상대로 싸워볼 생각이다. 과연 내가 흑화검법을 쓰지 않아도 저들을 이길 수 있는지를 확인해 보고 싶다. 어쩌면 저들이 이곳으로 온 건 저들의 의지가 아니라 내 바람이었는지도 모른다는 생각이 드는구나."

"피이! 그 말이 그 말이잖아요."

사비가 입술을 삐죽 내밀며 짧은 한숨을 토하자 그의 심란한 마음을 느낀 사군우가 피식 웃으며 천천히 입을 열기 시작했다.

"저들은 비구름이다. 내 몸을 적시기 위해 이곳으로 흘러온 구름이지."

"하여간 멋있는 척은 혼자 다한다니까. 저 인간들이 비구름이면 아저씨는 뭔데요?"

"난 새다. 끝이 없는 창공을 향해 날아오르고 싶어하는 새. 지금껏 천하제일이라는 이름의 새장 속에 갇혀 있다가 이제야 비로소 자유로운 날갯짓을 할 수 있게 된 새다. 저들은 내 날개를 적셔 나를 다시 새장 속에 가두고 싶어하는 비구름이고."

사군우는 잔잔한 음성과 더불어 천천히 하늘을 향해 고개를 들었다.

사비는 문득 하늘을 바라보는 사군우의 모습이 무척 쓸쓸해 보인다는 생각이 들었다. 마치 정말 새가 되어 하늘을 날고 싶은데 이를 못해 답답해하는 것 같은 그런 얼굴이었다. 하지만 그것도 잠시, 사비는 속으로 고개를 도리질 치며 빠르게 말을 뱉었다.

"하지만 새들도 비가 오면 날개를 잠시 접고 둥지로 가서 쉬기 마련이지요. 그리고 그 둥지가 꼭 새장일 이유도 없고요."

"하하하! 네 말도 틀린 말은 아니구나. 하지만 붕조(鵬鳥)는 다르지. 세상에는 대붕을 가둘 만한 새장이 없을뿐더러 대붕이 지닌 날개 또한 비에 젖지 않는다. 대붕은 다른 새들처럼 둥지로 가서 비를 피하는 대신 비구름 위로 솟구쳐 오르지. 아니, 한 번의 날갯짓으로 하늘을 가린 비구름을 날려 버린다. 나는… 그런 대붕이기를 원한다. 그리고 너 또한 그런 붕조가 되기를 바라고."

"……."

사군우의 눈이 자신에게로 향했지만 사비는 대답하지 않았다. 사군우의 눈빛에 담긴 수많은 뜻을 모두 헤아릴 수가 없었기 때문이다.

'아저씨는 내게 보여주고 싶은 거야. 비구름을 날리는 대붕의 힘을. 하지만 그런 게 뭐가 중요하지? 그게 목숨을 담보로 할 만큼 중요한 걸까?'

사비는 다시 하늘로 시선을 옮긴 사군우의 얼굴을 응시하며 속으로 자문했다. 과연 그가 보여주고 싶은 것이 무엇일까. 도대체 무엇을 보여주기 위해 자꾸만 스스로를 죽음으로 몰아가는 것일까. 그리고 왜 처음 만났을 때부터 지금까지 자신에게 뭔가를 주기 위해 저리도 발버둥을 치는 것일까.

"아저씨."

사비가 나직한 목소리로 자신을 부르자 사군우가 천천히 고개를 내리고 사비를 향해 시선을 던졌다.

"이제… 충분히 알았거든요. 사내가 어때야 한다는 것도 알았고, 아저씨가 어떻게 살아온 사람이라는 것도 알았어요. 그러니까 이제 그만 하세요. 이건 결코 아저씨가 생각하듯 그렇게 멋있어 보이지 않는다고요.”

사비의 말을 들은 사군우는 잠시 생각에 잠긴 듯 멍한 눈으로 사비를 바라보다가 천천히 고개를 끄덕였다.

“그래, 네 말이 맞을지도 모르지. 하지만 내게 있어서는 이게 최선의 길이란다.”

“…….”

사비는 잠시 사군우를 물끄러미 응시하다가 설레설레 고개를 저었다.

“휴우! 저는 아저씨가 말한 최선의 길이 뭔지는 잘 몰라요. 하지만 이것만은 명심하세요. 사극같이 하찮은 놈들에게 지면… 그땐 정말 상종도 하지 않을 거예요.”

사비가 또박또박 힘을 주어 말하며 자신을 응시하자 사군우가 미소로 화답하며 천천히 고개를 끄덕였다.

“믿어라.”

|第二章|
심중지루(心中之淚)

해가 떠오른다.

눈부신 빛살을 흘리며 떠오르기 시작한 해는 아직까지 밤의 찬 기운
에 얼어 있는지 온기라고는 전혀 느껴지지 않는다.

그 해를 등에 인 채 전면을 물끄러미 응시하던 화무영이 천천히 입
을 열었다.

"후후후! 이만 하면 얼마간은 버텨주겠지?"

화무영은 눈앞에 놓인 봉분을 바라보며 피식 미소를 머금었다.

사군우의 조언과 자신이 익힌 의술을 근거로 혈매화가 사령마혼술
을 시전했음을 확신한 그는 그녀를 양지 바른 곳에 파묻어 버렸다. 그
녀의 몸 주변에 벌레들이 끼지 않도록 목관을 짜고 그녀가 숨 쉴 수 있
는 공간을 마련해 주느라 시간이 꽤 걸리긴 했지만 이 정도면 외부의
침입이나 내부의 저항을 무마시키기에는 충분했다.

졸지에 시체와 다름없는 신세로 전락한 혈매화가 지금 무슨 생각을 하고 있을지는 알 길이 없었지만 화무영에게 있어서는 선택의 여지가 없었다. 사극과 사군우가 싸우는 와중에 어떠한 불상사가 생길지는 아무도 모른다. 자신은 사비의 곁에서 그를 살펴야 하고, 그렇다고 다른 이들에게 자신조차 정체를 알 길이 없는 여인을 보호해 달라고 부탁할 수도 없는 노릇. 혈매화가 절정고수들의 싸움에 피 떡이 되어도 아무도 신경쓰지 않을 것이 분명했다. 결국 그는 그녀에게 무덤 아닌 무덤을 마련해 준 것으로 그녀를 보호하기로 결정한 것이다.

"후후후! 그럼 쉬고 있으라고. 일이 끝나는 대로 다시 데리러 오지."

화무영은 오른발을 들어 봉분을 두어 번 토닥거린 후 곧바로 몸을 돌렸다.

관제묘에 들어선 화무영은 주변을 둘러봤다. 자신에게는 집이나 다름없던 관제묘의 주변 정경이 무척 낯설게 다가왔다.

일렬로 서서 전면을 뚫어져라 응시하는 사극과 그 패도적인 시선을 받으면서도 줄곧 오만한 자세를 유지한 채 당당히 서 있는 사군우. 그리고 그들과 조금 떨어진 가장자리에서 마치 응원단이라도 되는 양 나란히 선 채 사군우와 사극을 향해 시선을 고정하고 있는 삼봉과 장도.

'주공은? 으음!'

사비를 찾기 위해 빠르게 눈알을 굴리던 화무영은 사당이 있던 자리에 시선을 멈추고 속으로 나직한 침음성을 삼켰다. 자신이 관제묘를 벗어나던 좀 전과 마찬가지로 꼼짝 않고 누워 있는 사비가 눈에 들어왔다.

'저런 것도 배포라고 해야 하나?'

화무영은 일순 씁쓸한 얼굴로 고개를 저으며 사비를 향해 빠르게 걸음을 놀렸다.

화무영이 사비를 깨우기 위해 움직이는 사이 음선부인이 중앙으로 걸어나왔다.

"우리는 사극의 제안을 받아들이기로 했어요. 사 대협께서는 어떤 형식이라도 개의치 않는다고 하셨으니 다른 말씀은 하지 않으실 테고, 또한 그런 치졸한 대결 방식이 아니면 사극이 사 대협을 이길 기회가 없으리라는 것에도 동의했어요. 호호호!"

음선부인은 까르르 웃으며 사극을 힐끗 쳐다봤다.

"으음!"

음선부인의 말에 사극의 얼굴이 일순 굳어졌다. 자존심이 상했으리라. 하지만 그녀는 이에 아랑곳하지 않고 계속해서 말을 이어갔다.

"비무 순서는 도진 대사, 구양 문주, 공손 회주, 공 맹주 순으로 하고 중간에 휴식은 없는 것으로 합니다. 그리고 한 가지 더. 이 비무에서 패하는 측은 무조건 무림의 일에 일체 개입하지 않는다는 맹세를 해야 합니다."

"으음! 그 조건은 좀 곤란하군. 우린 그런 조건을 내건 적이 없는 것 같소만."

공손천량이 눈살을 찌푸리며 다시 말을 이었다.

"그리고 검성은 이미 무림에서 은퇴한 몸이오. 따라서 이 조건은 그에게 아무런 영향력을 발휘할 수 없지 않소이까? 이런 빌어먹을 조건을 내건 의도가 너무 빤히 보이는군."

"말씀 한번 잘하셨어요. 그럼 무림에서 은퇴를 선언한 분에게 도전을 한 당신들의 의도는 뭐죠?"

"……"

음선부인은 자신의 물음에 공손천량이 일순 입을 다물고 주저하는 사이 사군우에게 고개를 돌리고 다시 입을 열었다.

"또한 사 대협께서도 이번 비무를 끝내신 후, 가부간의 결정을 내려주셔야 합니다."

"무슨 말이지?"

"만일 당신이 이기면… 그땐 무림으로 복귀하셔야 한다는 뜻이에요."

"흠! 나도 그건 좀 곤란하군."

사군우가 난감한 표정으로 고개를 젓자 음선부인이 그럴 줄 알았다는 듯 피식 웃으며 고개를 끄덕였다.

"곤란하신 건 알지만 중원사극의 체면도 생각하셔야지요. 대협께서 아무리 저들을 상대할 가치가 없다고 여기셔도 저분들은 대협을 제외하면 천하제일이라 일컬어지는 분들입니다. 그런 분들이 모든 명예를 걸고 비무에 임하는 것이온데 어찌 저분들의 뜻을 외면하시렵니까? 만일 정히 싫으시다면……."

음선부인이 말끝을 흐리자 사군우가 눈을 빛내며 고갯짓을 했다.

"계속해 보시오."

"대협께서 군이 무림 일에 개입하지 않으시려는 뜻을 굽히기 싫으시다면 저희가 대신 나서지요. 그 대신 대협은 저희 중에 평생을 함께할 사람만 정하시면 됩니다. 그렇게만 하시면 나머지 두 명은 지난 이십 년간 대협의 선택을 기다렸던 보상을 무림에서 받게 될 테지요."

음선부인이 씁쓸한 얼굴로 말을 맺자 사극과 사군우의 얼굴이 일순 굳어졌다.

'으음! 드디어 슬슬 본색을 드러내시는군. 하지만 검성을 이용해 무림에 나올 생각이라니, 이건 약속과 다르지 않은가! 그나저나 도대체 이 인간은 왜 꿰다 놓은 보릿자루처럼 말이 없는 거야?

공손천량은 이맛살을 찌푸리며 공황식을 힐끗 쳐다봤다. 도진 대사는 불가에 귀의한 몸이니 세상의 명리에 초월했고, 뇌전권 구양극호는 벽력문의 문주로 있긴 했지만 세력을 키우는 일보다는 개인의 무공 수련에 치중하는 인물. 삼봉이 내건 조건은 자신과 공황식을 목표로 한 것임이 분명했다. 하지만 공황식의 얼굴만 봐서는 그의 의중을 알아내기가 여의치 않았다.

"어쩔 거요?"

공황식을 바라보던 공손천량이 결국 참다못해 물었다.

"합시다! 단, 순서는 우리가 정하겠소!"

공황식의 대답에 중인들의 얼굴에 놀란 빛이 역력했다. 항상 수십 번을 생각한 끝에야 입을 연다고 알려진 그의 성정과는 확연히 다른 태도였기 때문이다.

당황한 공손천량이 다른 이들을 향해 고개를 돌렸다. 도진 대사는 지그시 두 눈을 감고 있었고, 구양극호는 재미있겠다는 표정으로 고개를 끄덕였다. 이에 잠시 고민하던 공손천량이 이내 입술을 질끈 깨물었다.

"좋소! 어차피 검성을 넘어서지 못하고 얻는 천하는 내게도 아무런 의미가 없지!"

공손천량을 끝으로 사극의 수락이 떨어지자 음선부인은 다시 사군우를 향해 눈을 돌렸다.

"대협께서는요?"

그녀의 시선을 받은 사군우는 잠시 입을 다물고 주저했다. 터무니없는 조건이었지만 삼봉에게는 감히 이런 조건을 사양할 수 없는 빚을 지고 있었기 때문이다.

이십 년 전 천하제일비무대회를 마친 사군우는 그에게 반한 주첨기에 의해 소향군주와 맺어질 위기(?)에 처했었다. 물론 사군우는 극구 사양했지만 주첨기가 황제의 칙령까지 들먹이며 몰아붙이는 통에 결국 수락할 지경에 이르게 된 것이다.

이런 그를 위기에서 구해준 것은 다름 아닌 소향군주를 제외한 나머지 삼봉이었다. 요미선자와 음선부인, 그녀들 역시 사군우를 연모하고 있었던 것이다.

사군우는 이를 빌미로 아무 탈 없이 황궁을 빠져나올 수 있었고, 그 후 사군우를 향한 삼봉의 추격이 시작됐다.

이후 그녀들은 서로를 잡아먹지 못해 안달이 난 사이가 되어버렸고, 서로에게 족쇄를 채우는 지경까지 이르렀다. 사군우를 포기한 자만이 무림사에 개입하기로 합의를 본 것이다. 바로 이것이 그녀들이 몸담고 있는 세력이 무림에 나오지 않는 이유였다.

사군우는 속으로 잠시 고민에 휩싸였다.

본인의 의도는 아니었다 해도 그녀들은 자신을 위해 이십 년의 세월을 숨죽이며 살아왔다. 그것이 사군우를 향한 순정인지, 아니면 한번 뱉은 말을 주워 담지 않으려는 여인의 자존심 때문인지는 알 수 없었지만.

'젊었을 때의 일시적인 감정으로 인해 이십 년을 보낸 여인들이다. 그렇게라도 해서 얽힌 매듭을 풀 수만 있다면……'

사군우는 어쩌면 오늘이 삼봉이 자신에게서 벗어날 수 있는 유일한 기회일지도 모른다는 생각이 들었다. 물론 삼봉 중 한 여인을 택하는 일은 하지 않을 생각이다. 하지만 음선부인의 조건을 수락한다면 그녀들이 스스로에게 채운 족쇄를 풀기에는 충분한 열쇠가 되고도 남을 터. 굳이 사극은 생각하고 싶지 않았다. 그들이 자신을 찾은 이유와 삼봉이 자신을 찾은 이유는 엄연히 다르니까.

"좋소!"

마음의 결정을 내린 사군우가 천천히 고개를 끄덕였다.

"고마워요."

음선부인은 사군우에게 살며시 머리를 숙여 보인 후 다시 입을 열었다.

"그럼 이제 시작하지요."

"흥! 이렇게 되면 당신들에게는 심사의 자격이 없소. 당신들이야 검성이 이겨야 이십 년의 한을 풀 수 있는 사람들이 아니요? 후후후!"

공손천량이 삼봉을 쓸어보며 조소를 흘리자 음선부인이 싱긋이 웃으며 입을 열었다.

"좋아요. 어차피 비무의 승패는 굳이 우리가 심사하지 않아도 본인들 스스로가 잘 알 테니 우리는 지켜보기만 하죠. 됐나요?"

"좋으실 대로!"

공손천량이 고개를 끄덕인 후 옆으로 시선을 돌렸다. 이에 그의 시선을 받은 도진 대사가 천천히 앞으로 걸어나왔다.

'일체유심조(一切唯心造). 검성과의 지난 승부로 인해 처음의 마음을 잃었으니 이 어찌 슬프지 않으리오. 오늘 기필코 그대가 가져간 내 첫 마음을 찾아오겠소.'

도진 대사는 악몽과도 같은 지난 이십 년을 곱씹고 또 곱씹으며 한 발 한 발 사군우의 면전으로 다가갔다.

이윽고 사군우와 오 장의 거리를 두고 대치한 도진 대사가 천천히 고개를 들어 올렸다. 자신을 바라보는 사군우의 담담한 눈빛이 보였다.

저 눈빛으로 인해 자신의 혀를 잘라야 했다.

저 담담함으로 인해 자아를 잃고 지난 이십 년간을 방황해야 했다.

도진 대사에게 있어 오늘의 승부는 다른 이들이 지니고 있는 의미보다 더욱 깊은 것이었다.

도진 대사가 두 손을 모으고 합장하자 사군우가 천천히 입술을 뗐다.

"대사에게는 그동안 여러모로 미안한 마음을 지니고 있었소."

"……."

사군우의 음성에 도진 대사의 눈썹이 꿈틀했다.

'미안한 마음? 그게 전부인가? 내 명예를… 그리고 소림의 명예를 짓뭉갠 자가 내뱉는 말이 저게 다란 말인가? 허허!'

도진 대사는 잠시 허탈한 표정으로 하늘을 보다가 고개를 내렸다.

그의 눈동자에 찰나지간 빛이 일었다.

휘익……!

도진 대사의 신형이 흔들리자 사군우의 눈에 남은 그의 잔상 역시 미세하게 흔들리기 시작했다.

순식간에 오 장 거리를 단축한 도진 대사의 치렁한 긴 머리가 뒤에서 앞으로 풀썩 쏠렸고, 이와 동시에 도진 대사의 양손이 열여덟 개로 늘어났다.

"십팔나한수라…… 과연 명불허전이요!"

도진 대사의 무공을 알아본 사군우는 짧은 외침과 동시에 한 손을 앞으로 내밀었다.

퍼퍽!

짧은 격타음이 관제묘 내에 울렸고, 장내에 있던 모든 이들은 하나같이 놀란 눈으로 싸움을 관전했다.

그들의 놀라움의 대상은 사군우가 아닌 도진 대사였다. 여태껏 이 초 이상을 쓴 적이 없다던 사군우가 어느 새 도진 대사와 수십 초식을 주고받고 있었기 때문이다.

그렇게 시간이 흐르는 사이 수십 초를 주고받은 사군우와 도진 대사는 그 후로도 약속이라도 한 것처럼 붙었다가 떨어지기를 반복하며 엄청난 속도로 공방을 이어갔다.

파파파팡!

도진 대사의 초식은 엄청나게 빠르고 정확했다. 하지만 그보다 더 놀라운 것은 그가 소림의 무공이라고 보기에는 너무나 패도적이고 변화막측한 초식들을 쏟아낸다는 점이었다. 하지만 중인들은 도진 대사가 펼치는 절학들이 소림의 것임을 알고 있다. 그가 연이어 펼친 초식들을 알아봤기 때문이다.

지금도 도진 대사는 도약하는 순간에는 나한십팔수를, 허공 중에서는 일지금강선을, 사군우와 지척에 이른 상태에서는 용조수를 연달아 펼치며 사군우를 몰아붙이고 있었다. 워낙 빠르게 움직여 한 초식으로 보일 뿐 그는 분명 자신이 익힌 칠십이종절예를 골고루 섞어 쓰고 있는 것이다.

한편 사군우와 손을 섞고 있는 도진 대사는 희열에 들떠 있었다.

'내가 당신에게 패한 건 소림의 무공이 약했기 때문이 아니었소. 내가 당신에게 아무런 저항 없이 무릎 꿇었던 이유는······.'

도진 대사는 아무 말 없이 자신의 공세를 받고, 다시 반격을 가해오는 사군우의 얼굴을 응시하며 혼신의 힘을 다한 일장을 날렸다.

슈우욱!

퍼어엉!

자욱한 흙먼지와 함께 중인들의 시선이 가려졌다.

잠시 후 먼지가 걷혔는데도 불구하고 비틀비틀 계속해서 뒤로 물러나고 있는 도진 대사가 그들의 눈에 들어왔다. 하지만 사군우는 여전히 처음의 자리에 그대로 서 있었다.

승패는 명확했다.

하지만 중인들의 도진 대사를 바라보는 표정에는 불신의 기색이 역력했다. 도진 대사가 패해서가 아니라 그가 지금까지 버텼다는 사실에 대한 불신이었다.

도진 대사는 입가에 주르륵 흘러나온 핏물을 닦아내지도 않고 천천히 머리를 숙이며 합장했다.

'내가 질 수밖에 없었던 이유는… 당신이 강했기 때문이오. 소림의 무공 때문이 아니라 내가 약했을 뿐. 아미타불!'

이윽고 도진 대사는 말없이 몸을 돌렸다. 또다시 패배의 고배를 마신 것이었지만 이전과 달리 지금 그의 심정은 벅차 오르는 감동으로 일렁였다.

사군우는 사군우일 뿐이다. 그가 강하면 그뿐인 것이다. 자신이 그로 인해 절망하고 소림의 무공을 한탄할 이유는 전혀 없다. 오직 절치부심 노력하고 고련에 고련을 거듭한 수련을 통해 이를 극복하고자 하는 마음이 필요할 뿐.

그 마음, 그것은 처음 자신이 배웠던 소림의 진정한 힘이었다.

"득오를 감축드리오."

도진 대사의 멀어져 가는 뒷모습을 물끄러미 바라보며 조그맣게 중얼거리던 사군우가 힐끗 고개를 돌렸다. 불만 가득한 표정으로 자신을 노려보는 사비의 얼굴이 들어왔다. 마치 왜 사가권법을 사용하지 않았느냐고 따지는 것 같았다.

사비는 화무영이 오기 이전부터 깨어 있었다. 아니, 잠을 자지 않았다고 보는 것이 옳았다. 그저 사군우가 다치는 꼴이 보기 싫어 자는 척했을 뿐이다. 하지만 막상 사군우와 도진 대사의 비무가 벌어지자 본인의 의지와는 달리 절로 고개가 돌아가는 것은 어쩔 수가 없었다.

그리고 사군우가 도진 대사를 상대로 펼치는 무공들을 똑똑히 지켜봤다. 사비는 다른 이들이 도진 대사의 무위에 감탄하는 와중에도 사군우가 펼치는 무공에 온 신경을 집중했다.

다른 이들과 달리 사비에게 있어서는 사군우가 펼치는 권법이 그의 독문절학으로 알려진 흑화검법보다 훨씬 익숙했기 때문이다. 또한 그래서 그런지 사군우의 무공을 통해 적잖은 심득을 얻을 수 있었다.

[후후후! 녀석, 말하지 않았느냐? 사가권법은 더 이상 내 것이 아니라 네 것이라고. 굳이 사가권법이 아니라도 나는 이 비구름을 걷게 만들 힘이 있으니 걱정하지 말거라. 그러니 너는 그저 대붕의 날갯짓이 어떤 것인지만 지켜보면 되는 거다.]

사군우가 전음을 날리자 사비가 몸을 흠칫 떨었다. 사군우는 역시 자신을 위해 비무에 나섰다.

'나와 비무할 때는 한 번도 시도하지 않던 무공들이야. 하지만 그렇다고 사가권법이 아니라고 볼 수도 없어. 사가권법에는 모든 무공의 초식이 담겨 있고, 또… 모든 초식을 버린 무공이니까.'

사비는 도진 대사에게 펼친 사군우의 권법이 사가권법이면서도 사가권법이 아님을 알아챘다. 수일 전 자신을 고민에 싸이게 만들었던 그 초식도 분명 사군우가 도진 대사를 상대로 펼친 무공에 포함되어 있었기 때문이다. 사군우는 지금 자신에게 아직 다 가르치지 못한 사가권법의 응용, 나아가 상대에 따라 무공을 어떻게 사용해야 하는지에 대해 온몸으로 말해 주고 있었다.

얼마 후 사비는 역시 자신의 예상이 적중했음을 확신하며 두 눈을 빛냈다. 도진 대사가 떠나고 오래지 않아 뇌전권 구양극호가 튀어나왔고, 이와 더불어 그를 상대하는 사군우의 권법이 또 변했기 때문이다.

이번에는 사비뿐만 아니라 사극과 삼봉 역시 사군우의 무공을 주시했다. 흑화검성이라는 그의 별호와는 전혀 어울릴 것 같지 않은 그의 권법이 그에게 너무나도 잘 어울린다는 생각을 하면서.

반면 사비는 더욱 눈을 떼지 못했다. 사군우의 손끝에서 시작해 발끝에 이르기까지 변화하는 그의 움직임 하나하나를 가슴속 깊이 새기기 위해 사력을 다했다.

'흠! 그 벙어리 중의 현란한 무공을 상대할 때는 될 수 있는 대로 움직이지 않더니 저 산적 두목 같은 인간에게는 오히려 화려하게 몰아붙인다.'

사비가 한 손으로 턱을 어루만지며 사군우와 구양극호의 싸움을 지켜보는 사이 공황식은 깊은 고민에 휩싸여 있었다.

'으음! 이젠 흑화검법은 아예 펼칠 생각도 않고 있어. 더 이상은 넘볼 수도 없는 세상에 닿은 인간이라는 건가? 하늘은 어찌 저런 인간을 인세에 내렸단 말인가? 휴우! 결국……'

공황식은 구양극호의 전신 곳곳에서 번쩍번쩍 일어나는 섬광과 이

보다 훨씬 더 빠르고 기민하게 움직이며 그에게 주먹과 발을 날리는 사군우를 보며 속으로 장탄식했다. 하지만 그는 이렇게 절망하고 있을 시간이 없다는 것을 잘 알고 있었다. 한시라도 빨리 양단간의 결정을 내려야 했기 때문이다.

'이런 기회는 결코 두 번 오지 않는다. 역시 검성을 제거할 수밖에.'

순간, 공황식의 눈빛이 잘게 흔들렸다. 그와 동시에 구양극호가 버럭 기합성을 토하며 이전과는 전혀 다른 위력이 깃든 일권을 내질렀다.

지지지지징…!

"벽력칠권! 과연 명불허전이군!"

"거기에 뇌화대공까지 접목시켰어요!"

구양극호의 주먹에서 쏟아져 나온 하얀 기류가 사군우의 온몸을 감쌌고, 동시에 공손천량과 음선부인의 입에서 감탄과 충격이 뒤섞인 탄성이 터져 나왔다.

구양극호의 주먹에 닿자 감전된 사람처럼 전신을 부르르 떨던 사군우가 허공으로 솟구쳐 오르며 급회전하기 시작한 것도 바로 그때였다.

쉬이잉!

팽이처럼 온몸을 회전시키던 사군우가 구양극호를 향해 온몸을 부딪쳐 갔다.

"헛!"

벽력권에 격중당한 사군우를 보고 승리를 확신하던 구양극호는 헛바람을 집어삼키며 급히 뒤로 물러났다.

잠시 주춤했던 그 짧은 순간 사군우는 구양극호의 어깨에 가볍게 손을 얹었다. 하지만 구양극호는 이를 보고도 막을 수 없는 기이함에 아연실색해야 했다.

"으음!"

구양극호는 짧은 신음성을 터뜨렸다. 사군우의 손을 통해 자신이 발출했던 뇌전기가 회수됐기 때문이다. 이에 구양극호는 신형을 덜덜 떨며 이를 악물었다. 제자가 보는 앞에서 고통성을 터뜨리고 싶지 않았다.

"뇌전일섬인가?"

구양극호의 심사를 눈치챈 사군우가 피식 웃으며 손을 뗐다.

구양극호는 고개를 끄덕이며 삼봉 곁에 서 있는 장도를 힐끔 곁눈질했다. 다행히 장도는 구양극호가 패했다는 것보다 스승이 좀 전에 펼친 뇌전일섬이라는 초식을 되뇌기에 급급했다.

'그렇… 구나! 뇌전일섬은 저렇게 해야 하는 거구나!'

구양극호는 장도의 표정을 보며 속으로 긴 한숨을 내쉬었다. 아무리 친구에게 진 것이라고 해도 제자가 보는 앞에서 패배를 당한 심정이 이루 말할 수 없이 착잡했다.

"자네 덕분에 자칫하면 저 친구들은 상대하지 못할 뻔했어."

"하하하! 그, 그랬나?"

사군우의 말에 구양극호가 멋쩍은 표정으로 머리를 긁적이며 뒤로 물러섰다.

"이제 둘이 남았군. 누구부터 시작하겠나?"

사군우가 공황식과 공손천량을 번갈아 쳐다보며 물었다.

"공 맹주는 전에도 겨뤄본 적이 있으니 오늘은 내가 먼저 하겠소!"

공황식의 대답도 기다리지 않고 앞으로 성큼성큼 걸어나온 공손천량은 검을 땅 끝에 살짝 늘어뜨리며 피식 웃었다. 어느새 그의 검은 검집에서 뽑혀진 채 붉은 핏빛을 토해내고 있었다.

'분명 뇌전권과의 싸움으로 많은 진기가 소모됐을 터! 지금이 기회다!'

공손천량은 사군우의 표정을 살피며 열심히 염두를 굴렸다. 도진 대사도, 좀 전의 구양극호도 사군우에게 패한 것은 사실이었지만 분명 오늘의 승부는 이십 년 전과는 전혀 다른 양상을 보였다. 그는 사군우의 실력이 이 정도라면 승산이 있을 수 있다는 기대감이 들었다.

"이젠 검을 들 때가 된 것 같은데……."

"흑화검법은 더 이상 쓰지 않을 생각이네. 그리고 이젠 흑화검법보다는 이 권법이 더 익숙하다네."

공손천량이 자신을 바라보며 말끝을 흐리자 사군우가 피식 웃으며 고개를 저었다.

"뭐, 아무렴 어떤가? 그냥 자신있는 걸 쓰게."

"병신 새끼, 아저씨가 봐주는 것도 모르고 설쳐 대는 꼴이라니."

공손천량이 거만한 표정으로 고개를 끄덕이자 멀찍이 떨어져 비무를 관전하던 사비가 불쾌한 표정으로 투덜거렸다. 나직한 음성이었지만 사군우와 공손천량의 대치 상황을 보며 숨을 죽였던 이들이 듣기에는 충분한 크기였다.

공손천량이 이를 못 들었을 리 없었다. 하지만 어찌 된 일인지 그는 사비의 말에도 전혀 개의치 않았다. 아니, 신경을 쓸 여력이 없었다. 사군우와 삼 장의 거리를 두고 마주 섬과 동시에 공손천량으로서도 처음 겪어보는 감당할 수 없는 거력이 몰려왔기 때문이다.

'젠장, 도대체가 숨을 쉬기 힘들 정도라니…….'

공손천량은 어쩌면 이전 도진대사나 구양극호를 상대로 했던 사군우의 싸움이 그저 몸을 푸는 정도에 지나지 않았을지도 모른다는 불안감이 엄습해 왔다. 게다가 멀쩡한 모습으로 자신과 사군우를 바라보고 있는 구양극호는 그런 예감에 신빙성을 더해주고 있었다.

'도진 대사와 뇌전권의 무공 고하가 그렇게 극명하게 갈릴 리 없다. 역시 저 인간이 사군우를 배려한 게로군.'

공손천량은 그제야 아무리 친분이 두터운 사이라고 해도 서로 간에 한 치의 양보도 없었을 싸움이 너무 일방적으로 끝났다는 생각이 들었다. 이에 공손천량은 못마땅한 눈초리로 구양극호를 힐끗 쳐다봤다.

공손천량의 눈빛에 담긴 의미를 눈치챈 구양극호가 슬며시 고개를 돌리며 그의 시선을 외면했다.

공손천량의 검신에서 뿜어져 나오는 핏빛 광채를 보던 사군우는 화무영을 향해 살며시 고개를 돌렸다.

[잠시 후 저자가 펼칠 마공을 잘 보아둬라. 아마 큰 도움이 될 것이다.]

사군우의 전음을 들은 화무영이 보일 듯 말 듯 고개를 끄덕였다.

다시 고개를 돌린 사군우의 눈에 공손천량의 몸 주위로 옅은 잿빛 기운이 느껴졌다. 마기였다.

'호오! 환령생멸공의 성취가 예상보다 뛰어나군.'

사군우는 슬며시 화류패공을 운용했다. 전신 혈관을 통해 따끔한 통증이 치밀어 올랐지만 전력을 다한 것이 아니었기에 어느 정도는 참을 만했다. 하지만 사군우는 곁에서 자신을 주시하던 공황식의 눈이 찰나지간 빛을 발했음은 미처 발견하지 못했다.

이윽고 공손천량의 얼굴에서 오만하던 표정이 사라지고 싸늘한 기운이 어리기 시작하자 이와 함께 그의 옷자락이 조금씩 부풀어올랐다.

'저것이 아저씨가 말한 마공이란 건가?'

사비의 눈에 이채가 어렸다. 사군우에게 배운 화류패공은 정도나 마도 같은 강호의 무공들과는 그 궤가 다르다. 또한 화무영이 사용하는 마공은 이미 마공이라는 개념을 뛰어넘은 것이기에 제대로 된 마공을 본 적이 없었다. 이에 사비는 점점 부풀어오르는 공손천량의 옷자락을 보며 마른침을 꿀꺽 삼켰다.

스슷!

공손천량의 신형이 미끄러지듯 전면으로 쏘아졌다. 사비는 몰랐지만 지금 그는 사군우의 시야에서 몸을 감춘 상태. 그저 개구리가 도약하기 위해 몸을 웅크리듯 양 무릎을 살짝 굽힌 채 좌우로 미끄러지는 그의 신법이 특이하다고만 생각되었다.

"타앗!"

공손천량의 검이 사군우의 천령혈을 향했다. 전후, 좌우 마구잡이로 흔들리는 듯 보였지만 그의 검극은 정확히 천령혈을 향하고 있었다. 적어도 사비가 보기에는 그랬다.

그와 동시에 사군우도 움직이기 시작했다. 하지만 그는 공손천량과 달리 오른발을 앞으로 힘차게 구르는 동작 외에는 더 이상 움직이지 않았다.

'뭐야? 저런 짓으로 어떻게 막겠다는 거야?'

사비가 놀란 눈을 깜빡이며 사군우의 다음 동작을 기다렸다. 하지만 사군우는 여전히 움직이지 않았다.

공손천량의 검에서 뻗어 나온 기류가 마치 살아 있는 생명체처럼 사군우를 향해 짓쳐 들어갔다. 이를 본 사비의 심장이 거세게 뛰기 시작했다. 공손천량이 펼치는 환령생멸공이 상대의 공포심까지 자극한다는 사실을 미처 모르고 있다가 일순 기이한 기분에 사로잡힌 것이다.

이에 마음이 다급해진 사비가 막 소리를 지르려 할 때였다.

[녀석! 쓸데없는 생각 말고 두 눈 크게 뜨고 똑똑히 지켜보아라!]

사군우의 전음이 사비의 머릿속을 뒤흔들었다.

'뭐지? 갑자기 내가 왜 그랬던 거지?'

다시 정신을 차린 사비는 두 주먹을 꼭 쥐고 사군우와 공손천량을 향해 시선을 고정했다. 조금 전까지만 해도 득의의 웃음이 가득하던 공손천량의 얼굴에는 당황의 기색이 역력했다. 그제야 마음의 안정을 찾은 사비의 눈이 살짝 커졌다.

'화, 화류패공이야! 아저씨가 화류패공의 사 단계를 운용하기 시작했어!'

사군우의 주먹에서, 그리고 잠시 후 그의 몸에서 화류패기가 쏟아져 나오기 시작했다. 이전 흑화검법을 펼칠 때처럼 막대한 진력을 쏟아 붓고 있는 것은 아니었지만 이 정도만 해도 공손천량은 충분히 제압할 수 있을 것이라는 확신이 들 정도로 엄청난 힘이 느껴졌다. 이에 한결 여유로워진 사비는 다른 이들을 향해 힐끗 곁눈질을 했다.

삼봉과 구양극호의 얼굴에는 조바심이 가득했고, 공황식은 착 가라 앉은 눈빛으로 공손천량과 사군우에게서 시선을 떼지 않고 있었다. 장도나 화무영은 넋이 빠진 사람마냥 입을 벌린 채였다. 하지만 한 가지 공통된 사실은 그들의 눈빛에 하나같이 긴장과 초조가 뒤섞여 있다는 것이었다.

'으음! 이 인간들은 아저씨의 무공이 변했다는 걸 모르는 모양이군. 하지만 이상한걸. 아무리 화류패공을 몰라도 그렇지, 이렇게 온몸으로 느껴지는데도 왜 모르고 있는 거지?'

사비는 속으로 고개를 갸웃거렸다. 사군우는 도진 대사와 구양극호를 상대할 때 양손에 화류패기를 담는 화류패공의 삼 단계만을 사용했다. 하지만 지금은 전혀 다르다.

그의 양손뿐만이 아니라 온 전신에서 막대한 양의 화류패기가 쏟아져 나오고 있었다. 이때부터 공손천량의 얼굴에도 패색이 짙어지기 시작했는데 이들은 그것조차 전혀 눈치채지 못하고 있는 것 같았다.

'으음, 정말 화류패기를 느끼지 못하는 건가? 어디!'

사비는 사군우와 공손천량에게 시선을 떼지 않고 옆으로 슬쩍 화류패기를 흘려보내 봤다. 천명음양단으로 인해 화류패기를 쓸 수 없는 상태이긴 했지만 이 정도의 소량이라면 별 무리가 없었다.

사비의 손을 떠나 스멀스멀 중인들의 주변을 휘돌던 화류패기가 갑자기 음선부인에게로 향했다.

"어머!"

엉덩이에 뜨거운 기운을 느낀 음선부인이 화들짝 놀란 표정으로 곁에 있는 구양극호에게 눈을 흘겼다. 하지만 구양극호가 시치미를 뚝 떼고 비무 관전에 여념이 없자 이내 얼굴을 붉히며 다시 사군우에게로 시선을 옮겼다.

'이 늙은 영감탱이가! 내게 흑심이 있다는 건 진작 알았지만 이렇게 노골적으로 나오다니! 어디 두고 보자고!'

음선부인은 속으로 중얼거리며 이를 빠드득 갈았다.

이를 본 사비가 눈을 빛내며 고개를 끄덕였다. 역시 예상대로 화류패기는 당하는 상대 외에 다른 이들에게는 전혀 느껴지지 않았다.

'이렇게 뜨거운 기운이 닿았는데도 다른 사람들은 느끼지 못하고 있어. 이게 이번에 아저씨가 말해 주고 싶었던 거였나? 하지만 굉천자 도사야 그렇다 쳐도 현현인가 하는 계집애도 한눈에 알아봤잖아. 역시

그 계집애에게 뭔가 구린 구석이 있는 게 분명해.'

눈을 빛내며 생각에 잠겼던 사비가 다시 사군우에게 고개를 돌렸다.

공손천량은 얼굴이며 팔, 다리 할 것 없이 전신 곳곳이 불에 그을린 흔적이 역력했다. 조금만 있으면 패배를 인정할 것이 분명했다. 그렇지 않으면 죽음을 면치 못할 테니까.

'으음! 나를… 가지고 놀고 있다!'

공손천량은 절망에 찬 침음성을 삼켰다. 사군우와 직접 손을 섞어본 것은 이번이 처음이지만 곁에서 지켜본 바로도, 그리고 손을 섞어본 자들의 얘기를 통해서도 그에게 이런 기이한 힘이 있다는 사실은 들어본 적이 없었다.

참을 수 없는 뜨거움. 그 뜨거움은 사군우의 전신에서 쏟아져 나와 자신을 엄습해 왔다. 그의 주먹과 발을 통해 전해진다면 그나마 이해가 가겠지만 도대체 어디서 어떤 모습으로 튀어나올지 모르니 막을 엄두조차 나지 않았다. 이에 결국 자신이 자랑하는 환령생멸공과 추혈검법은 채 반도 펼쳐 보지 못한 채 패배를 시인할 수밖에 없는 상황에 이른 것이다.

'볼 수도 느낄 수도 없으니 막거나 피한다는 것은 생각할 수조차 없다! 세상에 이런 무공이 존재하다니! 이건… 불패의 무공이야!'

공손천량이 속으로 장탄식을 토하며 막 뒤로 물러설 때였다.

턱!

공황식이 공손천량의 곁으로 날아 내렸다.

"뭔가?"

사군우가 눈살을 찌푸리며 묻자 공황식이 씁쓸한 어조로 입을 열었다.

"당신의 상대가 되지 못함은 인정하겠소. 하나 이대로 돌아간다면 공손 회주나 내게는 더 이상 미래가 없소. 우리는 벽력문주나 도진 대사와는 처지가 다르기 때문이오. 그래서 이대로 물러설 수가 없소."

"……."

사군우는 공황식의 입에서 튀어나온 말을 생각하느라 잠시 입을 다물었다. 패배를 자인한다고 하면서도 물러설 수 없다니.

"무슨 뜻인지 모르겠군."

"죽기를 각오하겠다는 뜻이오!"

공황식은 입을 엶과 동시에 검을 뽑아 들고 검집을 땅에 버렸다.

결사의 의미.

공황식은 지금까지 사군우를 지켜본 결과, 자신도 공손천량과 다름없는 처지에 몰릴 것이 자명하다고 판단했다. 하지만 삼봉이 내건 조건은 패배를 인정하는 선에서 끝나는 것이 아니다. 그런 일은 결코 따를 수가 없었다. 물론 억지를 부리고 있는 것임은 누구보다 더 자신이 잘 알고 있었지만 이렇게라도 하지 않으면 더 깊은 후회를 남길 것이다.

"공 맹주가 그런 쓸데없는 말씀을 하지 않아도 사 대협께서는 당신의 상대가 되어드릴 것입니다. 하지만 공손 회주는 이미 패하셨으니 이제 물러나시지요."

음선부인이 한 걸음 앞으로 나오며 말했다.

"아니오. 공손 회주는 패한 적이 없소. 다만 순서를 바꿔 내가 먼저 싸우게 된 것뿐이오."

공황식이 고개를 가로저으며 공손천량을 힐끗 쳐다봤다.

"호호호! 그런 억지를 부리시다니 맹주께서도 궁지에 몰리니 별수 없군요."

"좀 전에 분명 순서는 우리가 정한다고 했소만."

"흠! 당신 눈에는 삼봉이 안중에도 없나 보군요?"

음선부인은 자신의 뒤에 서 있던 요미선자와 소향군주를 슬쩍 쳐다봤다. 그녀들은 묵묵부답 말이 없었지만 표정과 눈빛으로 보아 못마땅한 기색이 역력했다.

"난 삼봉이 아니라 검성과 싸우기 위해 이 자리에 섰소. 그러니 부인의 말보다는 검성의 대답을 들어야겠소. 어떻소?"

공황식이 사군우의 두 눈을 응시하며 물었다. 이에 그의 곁에서 참담한 표정으로 있던 공손천량이 천천히 고개를 들었다.

"제길! 구차하군. 하지만 나도 이대로 물러설 순 없다!"

"허허허! 천하의 십이제천이 어쩌다가 이 지경이 됐을꼬?"

"당신 말대로 난 십이제천 자격이 없는지도 모르오. 하지만 나는 내 밑에 딸린 식구를 외면할 수 없는 처지요."

구양극호가 허탈하게 웃으며 입을 열자 공황식이 쓴웃음을 삼키며 희미하게 고개를 끄덕였다.

"명예보다는 실리라……. 누구보다는 낫군. 후후후!"

이제껏 잠자코 있던 사비가 피식 웃으며 앞으로 걸어나왔다.

"어쩔 거예요?"

"뭘 말이냐?"

"못 들었어요? 저 싹퉁머리없는 것들이 아저씨한테 죽기 살기로 덤빈다잖아요! 그런데 뭘 망설이는 거예요? 저런 인간들하고의 비무가 더 이상 무슨 의미가 있냐고요!"

"으음!"

잠시 눈을 감고 생각에 잠겼던 사군우가 이내 두 눈을 번쩍 뜨고 물었다.

"비야, 너는 내가 어떻게 하길 바라냐?"

"나야 아저씨하고 오래오래 행복하게 살기를 바라죠."

"하하하! 녀석, 알았다."

사비가 피식 웃음을 머금자 사군우가 환한 미소를 지으며 공황식을 향해 고개를 돌렸다.

"오늘 약속은 없던 것으로 하지. 가보게."

"안 돼요! 어떻게 그리 쉽게 약조를 어길 수 있죠? 우리는 당신을 놓고 한 약속을 지키기 위해 무려 이십 년을 참고 살아왔다고요!"

음선부인의 뾰족한 외침이 관제묘에 울려 퍼졌다. 그녀의 뒤에 있는 요미선자와 소향군주의 얼굴에도 실망이 가득했다.

"그건 당신들 사정이지. 누가 그렇게 살라고 등 떠밀었어? 아저씨가 그렇게 하라고 시켰냐고!"

말이 없는 사군우를 대신해 사비가 앞으로 나서며 눈을 부라렸다. 이에 음선부인이 싸늘한 눈빛으로 사비를 쏘아보며 천천히 입술을 뗐다.

"귀엽다 귀엽다 했더니 네가 정녕 사람 무서운 줄 모르는 모양이구나!"

입을 열던 음선부인이 막 입술을 오므리는 찰나 사군우가 안색을 굳히며 사비의 앞을 가로막았다.

"이 녀석을 건드리면 당신이라도 용서하지 않겠소!"

"으음!"

사비에게 막 암기를 발사하려던 음선부인은 사군우의 외침에 나직한 침음성을 토하며 뒤로 물러섰다.

"도대체 왜 이러시는 거죠? 내가 아는 당신은 이런 하찮은 인간 때문에 경중을 구분 못하는 분이 아니었어요."

"후후후! 뭐가 경이고 뭐가 중이지?"

음선부인의 원망 어린 목소리에 사군우가 씁쓸하게 웃으며 되물었다.

"우리가 많은 걸 바랐나요? 이십 년의 세월을 썩어 지냈어도 그저 당신의 웃음 한 번, 그리고 당신이 강하다는 사실 한 번만 확인하면 그 것으로 만족하려고 했다고요. 그런데 당신은 뭐죠? 저 어린 놈의 말 한 마디를 듣고 우리와 맺었던 약속을 헌신짝처럼 저버리는 당신은 뭐냐 고요? 저 젊은 놈이 숨겨놓은 자식이라도 돼요?"

"갈(喝)! 천독문이라는 이름을 이 땅에서 지우고 싶은 거냐?"

사군우의 고함에 주변의 나무가 우수수 흔들렸다.

이윽고 내장이 진탕된 음선부인이 넘어오는 핏물을 삼키며 처연한 표정으로 입을 열었다.

"호호호! 그래요! 그래야 당신답죠! 당신은 이렇게 오만하고 자신밖 에 모르는 그 모습이 어울린다고요! 당신은… 천하제일인이니까요!"

"이제 그만 물러들 가라!"

사군우는 음선부인의 눈을 모질게 외면하며 몸을 돌리고 천천히 걸 음을 옮겼지만 이내 걸음을 멈춰야 했다. 공황식이 자신의 앞을 가로 막았기 때문이다.

"뭔가?"

사군우가 눈썹을 꿈틀하며 묻자 공황식이 고개를 가로저으며 입을 열었다.

"나는 나를 이대로 보내달라는 게 아니오! 나 아니면 당신 둘 중 하나가 죽어야 한다는 뜻이었지."

"후후후! 이제 보니 너는 처음부터 나를 제거하기 위해 이곳에 온 것이로군. 처음부터 그랬던 거였어."

"내 보잘것없는 실력으로 어찌 감히 그런 생각을 품고 왔겠소. 그저 공손 회주와 나 둘이라면 한번 해볼 수 있겠다 싶은 생각에 마음을 달리 먹은 게지요."

"그럼 숲에 숨어 있는 자들은 뭔가?"

"그들은 의천단(義天團). 백천맹의 맹주를 호위하는 임무를 수행하고 있을 뿐이오."

공황식의 말에 공손천량을 제외한 중인들의 안색이 대번에 굳어졌다. 그들은 누가 뭐래도 당금 천하를 호령하는 절정고수들. 그런 자신들이 알아채지 못할 정도의 실력이라면 숲 속에 숨은 자들은 필시 상당한 실력을 지닌 고수임이 분명했다.

"그럼 내가 자네와 죽기를 각오하고 싸우면 저들 역시 나설 수 있다는 말이로군. 하지만 나를 위해 준비한 인원치고는 약소한걸."

사군우는 씁쓸한 어조로 말하며 공손천량을 향해 고개를 돌렸다.

"자네도 날 위해 준비한 게 있을 테지?"

"크크! 글쎄, 준비랄 게 뭐 있나? 나는 그저 당신에게 이걸 줬을 뿐이야."

사군우의 시선을 받은 공손천량은 자신의 검을 들어 보이며 다시 말을 이었다.

"이곳에 오기 전에 군자산(君子散)을 듬뿍 먹여놨지. 하지만 흔해빠진 다른 군자산과는 비교하지 말게. 자네를 위해 특별히 조제한 거니까. 크크크!"

"으음!"

사군우는 침음성을 삼켰다.

군자산은 인체에 해를 입히지 않고 일시적으로 공력을 일으킬 수 없도록 만드는 효능을 지닌 독이지만 이 또한 독의 한 종류이기에 만독불침인 자신이 중독됐을 리 만무했다. 하지만 공손천량의 자신감에 찬 어조가 불안하다. 그는 싱글싱글 웃으며 자신에게 조소를 흘리고 있고, 공황식 또한 이전과 달리 담담한 표정으로 주위를 둘러보고 있다. 사전에 철저히 준비하지 않았다면 부릴 수 없는 여유를 보이고 있는 것이다.

"그렇군. 자네들 말고 나를 없애고 싶은 다른 동조자가 있었어. 누구지?"

사군우는 고개를 끄덕이며 삼봉을 향해 고개를 돌렸다. 이미 관제묘를 떠난 도진 대사나 남아있는 구양극호는 그런 일에 동조할 사람이 아니다. 하지만 삼봉이라면 다르다. 비록 그녀들이 자신을 연모한다는 사실이 공공연한 비밀처럼 무림인들에게 회자되고 있었지만 언제 변할지 모르는 게 여인의 마음이기에 사군우는 당연히 그녀들을 의심할 수밖에 없었다.

사군우는 자신의 시선을 받은 삼봉의 표정 변화를 살폈다. 요미선자는 여전히 한기가 풀풀 날리는 안색으로 자신과 눈을 마주치고 있고, 소향군주의 눈에는 당황의 기색이 역력하다. 하지만 음선부인은 달랐다. 그녀는 입가에 희미한 미소를 머금은 채 자신을 뚫어져라 응시하고 있었다.

"당신이었군."

사군우가 고개를 끄덕였다. 비록 아직까지는 중독 증상이 나타나지는 않고 있으나 공손천량이 저리 자신하는 것으로 보아 필시 조만간 어떻게든 중상이 나타날 것이다. 그리고 그런 군자산을 제조할 수 있는 곳은 천하에 흔치 않다. 게다가 음선부인은 그것이 가능한 곳의 문주로 있는 여인이다.

"미안해요. 하지만 당신이 조금 전에 약조를 깨지 않았다면 이런 일은 결코 벌어지지 않았을 거예요."

음선부인이 쓸쓸한 미소를 머금고 말했다. 이에 곁에 서 있던 소향군주가 의혹이 가득한 눈초리로 음선부인을 향해 고개를 획 돌렸다.

"군자산에도 여러 가지 종류가 있어요. 일반에 널리 알려진 소군자산은 전신을 단시간 동안 마비시키죠. 그리고 군이나 무림인들이 흔히 사용하는 중군자산은 신체의 일부를 마비시키거나 열두 시진 동안 공력을 끌어올릴 수 없게 만들어요. 하지만 대군자산은 달라요. 이건 공력을 억제하는 용도로도 쓰이지만 그보다는 일시적으로 시신경을 마비시키는 효능이 더욱 뛰어나죠. 다른 것들에 비해 제조 과정이 극히 까다롭다는 특징도 있고요. 해서 시중에서는 널리 쓰이지 않을뿐더러 이런 군자산이 있다는 것을 아는 사람도 극히 드물죠."

음선부인의 친절한 설명이 끝나자 소향군주가 살며시 검으로 손을 가져갔다.

"아! 아직 말씀드리지 않은 게 있군요. 대군자산은 이곳에 있는 모든 이들에게 영향을 끼쳤어요. 물론 해약을 먹은 사람도 있지만 그렇지 않은 사람들은 조금 있으면 눈이 따끔거리기 시작할 거예요. 그러니 섣불리 움직이는 우는 범하지 않는 것이 좋을 겁니다."

음선부인의 외침에 소향군주가 손을 바르르 떨며 하던 동작을 멈췄고, 구양극호는 자신의 좌측에 서 있던 장도의 손목을 잡고 우측에 있는 음선부인의 곁에서 슬금슬금 옆으로 물러났다.

"군주님은 그냥 가만히 계시기만 하면 돼요. 저희는 황실을 적으로 두고 싶은 생각은 없으니까요."

음선부인은 소향군주를 보며 상냥한 어조로 말을 건넨 후 다시 몸을 돌려 사군우의 앞으로 걸어나왔다.

"공 맹주가 당신 앞으로 나선 것이 신호였어요. 당신이 그의 말에 어떤 행동을 하느냐에 따라 오늘 일의 결과가 달라졌을 테죠."

"흠! 그럼 내가 만일 저들을 돌려보내지 않고 상대했다면 어떻게 됐을까?"

사군우가 흥미로운 눈초리로 물었다.

"그럼 저들에게는 천독문이라는 적이 추가됐겠지요."

"하하하! 믿지 못하겠는걸. 당신은 인자검과 무영마검이 그렇게 미련한 사람으로 보이시오?"

사군우가 호쾌하게 웃으며 묻자 음선부인이 살며시 고개를 가로저으며 입을 열었다.

"아니요. 미련하다면 결코 이런 일을 계획하지 못했겠죠. 공 맹주 저 사람은 당신에 대해 철저히 연구하고 나왔어요. 그의 말에 당신이 어떤 반응을 보일지 미리 예상하고 있었으니 제가 어떤 행동을 할지도 확신했을 테죠. 물론 어느 정도 도박의 성격이 짙긴 했지만 말이에요."

"그렇다면 정말 실망이군. 난 저들을 무인으로 대우해 주려고 했는데… 저들은 처음부터 나와 겨루기 위해서가 아니라 나를 제거하기 위해 왔다는 말이잖소? 하지만 왜지? 내가 그렇게 두려웠나?"

사군우가 공황식을 향해 고개를 돌리자 공황식의 곁에 서 있던 공손천량이 대신 입을 열었다.

"크크크! 당신은 우리에게 늘 눈엣가시 같은 존재였어! 아마 모르긴 해도 여기 있는 사람 모두 속으로는 당신이 이 세상에서 하루빨리 없어지기를 바라고 있을걸. 나와 공 맹주, 그리고 천독후가 대표로 나서긴 했지만 말이야."

공손천량의 말에 사군우가 일순 어두워진 얼굴로 주위를 둘러봤다. 모두 자신에게서 시선을 떼지 않고 있다. 요미선자의 한기 서린 눈도, 소향군주와 구양극호의 당황한 눈도, 그리고 돌아가는 상황에 놀란 화무영과 장도 역시 자신을 바라보고 있다. 하지만 유독 한 사람, 사비만큼은 고개를 푹 숙인 채다.

사비는 뭔가 골똘한 생각에 빠진 사람처럼 그저 고개를 수그린 채 말없이 땅만 쳐다보고 있었다.

사군우는 그런 사비를 보며 피식 미소를 머금었다.

'녀석! 혼란스러운 게지. 마음에 안 들면 그저 치고 받고 싸우면 그뿐인 곳에서만 살아왔으니 이런 상황이 이해가 가지 않을 테지. 네게는 참으로 좋은 경험이 되겠구나.'

이윽고 사군우는 사비에게서 눈을 떼고 그의 뒤에 시립해 있는 화무영에게 전음을 보냈다.

[어떠한 일이 있어도 네 무공을 드러내지 말거라. 지금은 그저 잠자코 있는 것이 우리에게 득이 될 것이다. 알겠느냐?]

화무영이 희미하게 고개를 끄덕이자 사군우는 이번에는 공황식에게로 시선을 옮겼다.

"예전부터 생각했지만 자네는 무인보다는 관직에 더 어울리는 사람이야. 그랬다면 벌써 일인지하 만인지상의 자리에 올랐을 텐데 말이야. 하지만 나를 죽이기 위한 준비치고는 좀 약소한 것 같군."

"……."

공황식은 대답하지 않았다. 사군우의 담대한 표정이 자신의 예상 밖이었기 때문이다. 아무리 담대한 마음을 지녔다고 해도 이런 상황에서 저런 웃음을 보인다는 것이 도무지 이해가 가지 않았다.

"흥! 자신을 너무 과대 평가하는군."

공황식의 곁에 서 있던 공손천량이 못마땅한 표정으로 외쳤다.

그사이 음선부인이 공황식에게 등을 보인 채로 사군우를 향해 급히 전음을 날렸다.

[지금이라도 늦지 않았어요. 약속을 지키세요. 그러면 해약을 드릴 수도 있습니다.]

사군우가 피식 미소를 머금으며 고개를 저었다.

"모름지기 장부란 한번 뜻을 품은 일은 바꾸지 않는 법이다! 그것이 대장부가 됐든 여장부가 됐든 간에 말이야! 하하하!"

사군우의 의연한 외침에 중인들은 만감이 교차한 얼굴로 서로를 살폈고, 음선부인은 굳은 얼굴로 다른 삼봉이 있는 쪽으로 걸어 들어갔다.

"아무래도 이들을 그대로 보내기는 힘들 것 같구나."

한참을 웃던 사군우가 웃음을 뚝 그치고 사비에게 고개를 돌렸다.

"……."

하지만 사비는 여전히 땅만 바라보며 대꾸하지 않았다.

"칼자루는 자네가 쥐고 있는 것 같은데… 원하는 건 내 목숨뿐인가?"

사군우가 자신을 뚫어져라 응시하며 묻자 공황식이 희미하게 고개를 끄덕이며 말문을 열었다.

"음선부인의 말처럼 본인은 저들까지 적으로 만들고 싶은 생각은 추호도 없소이다."

"그나마 다행이군. 그럼 이들은 먼저 보내는 게 어떤가?"

사군우는 속으로 안도하며 다시 물었다.

"불가하오! 이들이 없다면 누가 당신을 묻어주겠소?"

공황식이 단호한 어조로 고개를 젓자 사군우가 씁쓸한 웃음을 흘리며 입을 열었다.

"후후후! 대단한 자신감이야. 그 자신감이 무공 실력에서 비롯됐다면 더 좋았을 텐데… 아쉽군."

"아직도 모르시오? 강호는 무공만 지녔다고 해서 살 수 있는 곳이 아님을……. 그리고 나에겐 비장의 한 수가 있다오."

공황식이 눈썹을 찌푸리며 입을 여는 사이 공손천량이 구양극호 쪽으로 몸을 날렸다.

"우욱!"

공손천량의 발길질에 혈도를 걷어차인 장도가 그대로 석고상처럼 굳어버렸고, 이와 동시에 공손천량과 구양극호의 불꽃 튀는 공방전이 시작됐다.

'으음! 역시 저 친구도 중독됐군.'

사군우는 공손천량을 상대하는 구양극호의 몸이 이전 같지 않음을 보고 짧은 침음성을 삼켰다. 소향군주와 요미선자의 움직임이 없는 것으로 보아 이미 음선부인에게 제압당했음이 분명했다.

화무영 역시 마찬가지였다. 그는 갑작스럽게 밀려온 눈알이 빠질 듯한 통증에 양손을 두 눈으로 가져갔다.

'으윽!'

눈앞이 캄캄해짐을 느낌과 동시에 반사적으로 마령심공을 끌어올리려던 화무영은 사군우의 당부를 떠올리며 급히 운기를 멈추고 양손을 살며시 앞으로 뻗었다. 자신의 앞에 서 있는 사비를 확인하기 위함이었다. 하지만 아무리 손을 휘저어도 그의 손에는 허공만 잡혔다. 사비가 화무영의 손을 피하며 앞으로 뚜벅뚜벅 걸어나갔기 때문이다.

[가만히 있어라! 네가 나설 자리가 아니다!]

사군우의 전음이 머릿속을 울렸지만 사비는 멈추지 않고 계속해서 앞으로 걸음을 옮겼다. 그의 두 눈은 이글이글 타오르고 있었다. 이를 본 사군우의 눈에 이채가 어렸다.

군자산에 중독이 됐다는 얘기를 듣고도 조급하지 않았던 이유는 자신에게 화류패공이 있었기 때문이다.

설령 앞에 서 있는 자들의 말대로 중독이 됐다고 해도 화류패공을 끌어올리면 모든 독기를 일거에 태워 버릴 수 있으니까.

일반 무인들이 삼매진화로 독을 태우는 데는 한계가 있기 마련이지만 화류패공은 다르다. 화류패공을 통해 끌어올린 화류패기라는 진기는 독뿐만 아니라 체내로 들어온 여타의 모든 종류의 기운을 태울 수 있다. 하지만 그것은 화단(火丹)을 지녔을 때의 얘기. 지금 사비의 상태로는 불가능하다는 뜻이다.

그러나 사비는 사군우의 예상을 깨는 행동을 하고 있었다. 군자산에 중독된 증상은커녕 분노 가득한 눈빛으로 앞선 상대들을 쏘아보며 앞으로 걸어나오고 있었다.

[하하하! 이 녀석아! 네가 그렇게 앞에서 설쳐 대면 내가 날갯짓을 제대로 할 수 없지 않느냐?]

사군우의 두 번째 전음에 사비가 움직임을 멈췄다. 전면에서 자신을 의혹 어린 시선으로 바라보는 공황식이 보였다. 하지만 사비는 그의 그런 시선은 아랑곳하지 않고 사군우를 향해 천천히 고개를 돌렸다.

사비는 사군우의 두 눈을 뚫어져라 응시했다. 그의 시선을 받은 사군우는 사비가 '자신있어요?'라고 묻는 것 같았다.

[난 흑화검성이다! 천하에 내 의지를 막을 자 없고, 날 물러서게 할 자 없다! 그러니 믿어라!]

사비에게 전음을 날린 사군우가 사비를 향해 걸음을 옮겼다. 그의 면전에 이른 사군우는 흐뭇한 미소를 머금고 입술을 뗐다.

"아무것도 할 수 없는 네 자신이 한심하고 초라하게 느껴지느냐? 하지만 그건 부인할 수 없는 사실이다. 여기서 네가 이길 수 있는 사람은 아무도 없으니까. 이들은 천하 최고를 다투는 강자들이다. 그리고 이들 말고도 천하에는 힘있는 자들이 널렸다. 너 하나쯤은 손가락 하나만으로도 없앨 수 있는 강한 자들이……."

"……."

사비는 고개를 푹 숙인 채로 입술을 질끈 깨물었다. 그동안 자신이 익힌 무공이 아무런 힘도 될 수 없다는 사실. 굳이 사군우가 말해 주지 않아도 뼈저리게 느끼고 있는 것이었다.

사비는 사극과 삼봉의 얼굴을 마주하고 있는 것만으로도 가슴이 조여오고 오금이 저릴 지경이었다. 그들이 지닌 기도와 무공 때문이 아니었다. 사군우의 뒤에서 지켜본 그들의 말과 행동은 자신으로서는 도무지 종잡을 수가 없었다. 그들이 사용했다는 군자산이라는 독의 이름도 처음 듣는 것이었고, 이를 언제 사용했는지조차 모르고 있었다. 하지만 몸에서 번갯불을 토해내며 만근거석도 일거에 날릴 듯한 기세를 보이던 구양극호마저 이들의 계략에 휘말려 맥을 못 추고 제압된 것으로 보아 군자산이라는 독을 사용하긴 사용한 모양이었다.

그래서 사비는 두려웠다. 지닌 무공이 아무리 초절하다 한들 지금처럼 암계에 휘말리면 저항 한번 해보지 못하고 어이없이 당할 수 있는 곳이 강호라는 것을 깨달은 것이다. 만일 곁에 사군우가 없고 혼자 있었다면 벌써 고혼으로 사라졌을지도 모른다는 생각이 드니 점점 가슴이 답답해 왔다.

'죽는다는 게 두려워서가 아니야. 단지… 반항 한번 못해보고 그저 밟으면 밟히는 대로 죽어갈 수밖에 없는 존재가 될까 봐 두려운 거지. 장도가 무공을 배운 이유가 이거였나?'

이윽고 사비가 천천히 고개를 들어 올렸다. 자신의 어깨로 따뜻한 온기가 전해지고 있었다.

"일전에 무인은 검으로 말한다고 했었다. 기억하느냐?"

사군우는 살며시 사비의 어깨에 손을 얹고 물었다. 사비가 말없이 고개를 끄덕이자 사군우가 다시 입을 열었다.

"하지만 지금은 검이 아니라 주먹으로 말해 볼 생각이다."

사군우는 사비에게 한쪽 눈을 찡긋한 뒤 다시 걸음을 옮겼다. 그가 자리를 뜨고 잠시 후 사비의 굳었던 얼굴이 서서히 풀려가기 시작했다.

'주먹으로… 말한다고?'

사비는 속으로 사군우의 말을 되뇌며 천천히 몸을 돌렸다.

'젠장! 몸이 안 움직여!'

사비는 일순 눈살을 찌푸렸다. 사군우가 어깨를 만질 때 혈도가 제압됐기 때문이다. 하지만 사비는 이내 안색을 회복한 후 당당한 걸음걸이로 이동하는 사군우의 뒷모습을 향해 시선을 던졌다.

공황식과 공손천량의 삼 장 앞에 이른 사군우가 걸음을 멈추자 그의 등을 바라보던 사비의 눈이 잘게 흔들렸다.

대장부.

사비는 사군우의 등에서 어떤 계략에도, 어떤 암수에도 당당할 수 있는 무한의 힘을 느꼈다.

'그래, 저건 진정한 사내만이 지닐 수 있는 힘이야. 오직 아저씨만이 지니고 있는 힘.'

사비는 생각했다. 상대가 아무리 비겁하고 악랄한 수를 쓰더라도 이를 모두 누르고 우습게 볼 수 있는 힘을 지녔다면 그 어떤 것이 두렵겠는가.

사비는 마음속에 가득 찼던 알 수 없는 두려움이 조금씩 걷힘을 느끼며 두 눈을 빛냈다.

슈우욱!

사비의 눈동자에 허공을 가르는 사군우의 주먹이 투영되는 순간 숲속에 매복해 있던 수십 인의 신형이 솟구쳐 날아들었다.

＊   ＊   ＊

관제묘 주변 여기저기에서 매캐한 연기가 피어올랐다.

사방에 널려 있는 병장기, 그리고 타다 만 시체들. 보는 이로 하여금 절로 눈살을 찌푸리게 하는 참상. 사군우에게 피 떡이 되어 나가떨어진 의천단 검수들의 시체였다.

공황식이 데리고 온 의천단은 모두 스물다섯으로 이는 의천단의 절반 병력이었다. 셋이면 구파 장문인과 동수를 이루고, 열이 모이면 웬만한 문파 하나는 하루아침에 멸문시킬 수 있다는 초일류급 고수들.

사군우의 실력을 고려해 충분한 인원을 데리고 왔다고 자신하던 공황식은 주변에 널린 수하들의 시체를 보고 속으로 땅을 치며 후회했다. 자신의 수신호로 튀어나온 의천단이 사군우의 단 일 수에 모두 맥없이 무너졌다는 사실이 도저히 믿기지가 않았다. 그것도 단 일 수였다. 백천맹의 최정예로 이름을 떨치던 초일류급 고수 스물다섯이 사군우의 단 한 수에 모두 고혼이 된 것이다.

　지금은 그저 사군우가 그 일 수를 펼치며 전력을 다했을 거라는 생각으로 위안을 삼고 있을 뿐이었다. 다행히 의천단을 죽인 직후 급변한 사군우의 모습이 이를 증명하고 있었다. 사군우의 전신이 핏물에 흠뻑 젖은 사람처럼 붉은 빛을 띠고 있었기 때문이다. 그 혈광은 그의 머리카락과 눈썹에서 시작되고 있었다. 하지만 그렇다고 사군우를 상대하는 것이 쉽다는 뜻은 아니었다.

　슉!

　"흠!"

　공황식은 침음성을 흘리며 급히 허리를 숙였고, 그 직후 뜨거운 기운이 머리 위를 스쳤다.

　'이것이 검성의 진정한 무공이었던가?'

　공황식은 뿌리 내린 나무처럼 두 다리를 지면에 박고 서 있는 사군우를 바라보며 검자루를 말아 쥐었다.

　그의 콧등을 타고 땀방울이 흘러내렸다. 공황식을 아는 사람이라면 도저히 이해할 수 없는 신체 현상이 그의 몸에서 일어나고 있다고 생각할 것이다. 하지만 당사자인 공황식은 지극히 당연한 일이라는 표정을 하고 있었다.

　'으음! 이건 공력이 아니다. 하지만 그렇다면 뭐란 말인가?'

공황식은 속으로 설레설레 고개를 저으며 힐끗 고개를 돌렸다. 자신과 마찬가지로 전신이 땀으로 흠뻑 젖은 음선부인과 공손천량이 보였다.

음선부인, 공손천량, 그리고 공황식은 사군우를 중심으로 품(品) 자형으로 갈려 있었다. 일견하기에는 그들이 한 사람을 포위하고 있는 형국이었지만 얼굴에 나타난 표정으로 봐서는 오히려 그들이 사군우에게 포위당한 듯 보인다.

휙!

파공성이 울리자 공손천량이 대경하며 뒤로 몸을 날렸다. 그와 동시에 음선부인의 육장과 공황식의 일검이 사군우를 향했다. 하지만 사군우가 주먹을 휘두르며 원호를 그리자 그들 역시 공손천량과 마찬가지로 급히 몸을 빼야 했다.

화르륵!

그사이 사군우의 일권을 스친 공손천량은 자신의 가슴 부위에 붙은 불을 끄고 다시 자세를 고쳐 잡았다.

그의 행색은 말이 아니었다. 의복 여기저기는 불에 그을려 시커먼 재가 묻어 있고, 양 옆으로 단정히 길렀던 콧수염의 반이 재가 되어 있었다. 하지만 사군우의 사정권에 들어갔다 나온 나머지 이 인도 그와 별반 다를 바 없는 모습이었다.

"바, 반 시진도 못 버틴단 말인가?"

공손천량의 목소리가 놀람으로 부들부들 떨렸다.

화류패기가 가미된 사군우의 사가권법은 공황식, 공손천량, 음선부인의 합공으로도 어떻게 해볼 엄두가 나지 않는 전율 그 자체였다. 사군우가 공손천량을 상대했을 때와는 또 다른 위력이었다. 사군우는 지금 화류패공을 오 단계까지 끌어올린 상태였고, 그와 대적하는 삼 인은 심맥이 타 들어가는 고통으로 인해 서 있기도 힘든 지경이었다.

그들은 당장이라도 이 자리를 벗어나고 싶었다. 스며든 화류패기는 전신 곳곳을 헤집으며 신경 세포 하나까지도 모두 집어삼키려는 듯 맹렬한 화기를 토해내고 있다. 혈관을 따라 흐르던 피가 마르고, 호흡을 통해 들어온 공기가 뜨거운 열기에 녹는다. 그들은 무인이 되고 처음으로 먼저 싸움을 걸었다는 것에 지극한 후회감이 밀려옴을 느꼈다. 이십 년이 흐르며 흑화검성 사군우가 천하 최강이라는 사실에 의문을 품었던 자신들이 그렇게 원망스러울 수가 없었다. 그런 불신과 이 무모한 도전의 대가는 처절한 고통과 죽음에 대한 공포였다.

"쿨럭!"

입을 틀어막고 각혈을 토한 공황식은 뿌옇게 흐려진 두 눈으로 손바닥을 들여다봤다.

치이익!

공황식의 손이 흠칫 떨렸다. 손에 고인 검붉은 핏덩어리는 뜨거운 열기를 뿜어내고 있었다.

"이제 끝을 낼 때가 된 것 같군! 최선을 다하도록!"

사군우가 붉게 물든 눈썹을 꿈틀하며 싸늘한 일갈을 토하자 그를 둘러싸고 있던 삼 인의 안색이 급격히 굳어졌다.

"마지막 수를 씁시다!"

공황식이 피를 토하듯 다급히 외치며 몸을 날리자 음선부인과 공손천량도 그 뒤를 따라 지면을 박찼다. 이를 본 사군우가 입가에 미소를 지우지 않고 급히 입을 열었다.

"사비야! 잘 봐둬라! 이것이 바로 대붕의 날갯짓이다!"

쒜에에엑!

외침과 동시에 사군우의 신형이 허공을 갈랐다.

지금까지 그의 모습을 쭉 지켜보던 사비의 눈이 잘게 흔들렸다.

'저건… 심중지루(心中之淚)!'

사비는 사군우의 전신이 핏빛으로 붉게 물드는 것을 목도하며 입술을 질끈 깨물었다.

지금 사군우가 펼치는 것은 신체의 일부에 모든 화류패기를 집중하여 날리는 심중지루라는 초식이다. 하지만 사군우는 그의 몸 일부가 아닌 전신을 모두 날리고 있었다.

대붕, 아니 화조였다. 사비의 눈에 비친 사군우의 모습은 자신의 온몸을 태워 새롭게 태어나는 화조(火鳥)의 비상처럼 아름다웠다. 사비는 사군우가 그의 말대로 날갯짓을 하는 것이라 생각했다. 하지만 비구름을 단번에 날리는 사군우의 날갯짓은 끝까지 이어지지 못했다. 사군우를 향해 솟구치던 공손천량이 허공에서 방향을 틀며 혈도를 제압당한 채로 서 있는 소향군주와 요미선자를 향해 쏟아져 갔기 때문이다.

슈칵!

공손천량의 손을 떠난 검에서 잿빛 기류가 쏟아져 나왔다.

"으음!"

공황식과 음선부인에게 부딪쳐 가던 사군우가 짧은 침음성과 함께 몸을 틀었다. 공중에서 급선회한 그의 신형이 공손천량의 검과 소향군주, 요미선자의 사이로 이동한 것은 그야말로 순식간의 일이었다.

퍼퍼퍼억!

연이어 들린 둔탁한 파열음.

'안 돼!'

사비의 두 눈이 찢어질 듯 커졌다. 한 손은 공손천량의 검을, 다른 한 손으로는 공황식의 검을 움켜잡은 사군우가 눈에 들어왔다. 사군우가 움켜쥔 검의 주인들은 모두 십여 장 밖으로 나가떨어진 상태였다. 공황식과 공손천량의 입술 사이로 내장 부스러기들이 꾸물꾸물 흘러나오고 있었다.

"으음!"

고통의 신음성을 흘리던 공황식이 힘겹게 고개를 들었다. 그의 눈가가 조금씩 떨리기 시작했다.

'성공이군!'

불신의 기색이 역력한 표정을 한 채 서 있는 사군우. 이를 확인한 공황식의 입가로 엷은 미소가 지어졌다. 지금까지의 고통이 말끔히 씻기는 느낌이었다.

채챙!

들고 있던 검들을 떨어뜨린 사군우는 어깨를 부들부들 떨며 양손을 가슴까지 들어 올렸다.

"비장의 한 수라는 게… 이거였나?"

사군우는 자신의 가슴 앞으로 삐죽이 튀어나온 검끝을 잡기 위해 천천히 두 손을 움직였다.

그의 손가락이 시퍼런 청광을 내뿜고 있는 검끝에 닿는 순간,

푸악!

사군우의 가슴에 박혀 있던 검이 빠지며 그의 가슴에서 피 분수가 터졌다.

"내가 갖지 못하면… 아무도 못 갖는 거야!"

사군우의 귀로 한기가 풀풀 날리는 음성이 들려왔다. 그 뒤를 이어

눈앞에 나타난 흐릿한 인영.

사군우는 초점을 맞추기 위해 두 눈에 힘을 주었다. 자신을 무심한 표정으로 바라보고 있는 얼굴의 주인은 요미선자였다. 사군우는 그녀의 얼굴을 빤히 쳐다보며 쓴웃음을 삼켰다.

"후후후! 자네였군, 자네였어."

"호호! 당신은 여인을 믿지 않는다고 하더니 결국 여인으로 인해 끝이 나는군요."

음선부인이 절룩거리며 다가왔다. 이를 모두 지켜보고 있던 사비의 얼굴이 당황으로 일그러졌다.

'개 같은 년들! 죽일 년들! 가만히 안 두겠어! 이 개자식들!'

사비는 몸을 움직이기 위해 몸부림쳤다. 하지만 손가락 하나 까딱할 수 없었다.

그사이 사군우 앞에 멈춰 선 음선부인이 요사스런 웃음을 흘리며 천천히 손을 들어 올렸다.

"멈춰!"

음선부인과 요미선자의 고개가 일제히 돌아갔다.

"흠!"

음선부인의 입에서 짧은 탄성이 새어 나왔다. 자신을 향해 외친 자의 몸에서 가공할 기운이 뿜어져 나왔기 때문이다.

그것은 마기였다.

순식간에 사군우의 옆에 이른 화무영이 사군우의 가슴을 한 손으로 틀어막고는 싸늘하게 식은 눈빛으로 요미선자와 음선부인을 노려봤다.

"너희들은 오늘 내 손에 죽는다!"

후우웅!

그의 몸에서 튀어나온 마령심기가 대기를 휘감으며 요동을 치자 음선부인이 놀란 눈으로 급히 뒤로 물러섰다.

퍼퍼퍽!

하지만 요미선자는 움직이지 않고 화무영의 마령심기를 고스란히 받았다. 잠시 후 그녀가 입고 있는 청의 경삼 여기저기로 붉은 물이 번져 가기 시작했다.

"오냐! 먼저 죽고 싶다면 원대로 해주지!"

화무영이 거칠게 두 팔을 들어 올렸다.

"멈춰라!"

요미선자에게 환우마하장을 날리려던 화무영은 사군우의 일갈에 어깨를 움찔 떨며 움직임을 멈췄다.

"가시오. 어차피 오늘을 넘기지 못할 테니… 그 점은 안심해도 좋소. 그러니 이제 그만 가시오."

"……."

사군우의 잔잔한 음성을 들은 요미선자의 얼굴에 미세한 변화가 일기 시작했다. 그녀의 양 볼을 타고 두 줄기 눈물이 흘러내렸다. 하지만 그녀는 사군우의 말에도 입술을 꾹 다문 채 움직일 생각을 하지 않았다.

"호호호! 저자가 아무리 강하다고 해도 삼봉 둘의 합공을 견딜 수 있으리라고는 보지 않는데요."

음선부인이 화무영의 움직임을 주시하며 천천히 다가왔다. 이에 요미선자의 고개가 그녀에게 홱 돌아갔다.

"놔둬! 이대로 둬도 죽을 사람이야! 하지만 건드리고 싶으면 건드려도 좋아! 대신 그렇게 하면 저 사람 가는 길 외롭지 않게 여기 있는 사람 모두 죽여줄게! 이건 약속할 수 있어!"

음선부인을 향해 입을 연 요미선자는 사군우를 향해 다시 고개를 돌렸다.

"당신은 태어날 때부터 내 거였어! 그러니까 당신은 죽더라도 내 허락이 있어야 죽을 수 있는 거야! 당신의 죽음도 내 거니까!"

말을 마친 요미선자는 곧바로 몸을 돌리고 걸음을 옮기기 시작했다.

사군우를 향한 그녀의 집착이 이 정도일 줄 몰랐던 중인들은 그녀가 떠난 후로도 한참동안 입을 열지 못했다. 소름이 돋았다.

이윽고 화무영을 주시하며 사태를 주시하던 음선부인이 멀찍이 쓰러져 있는 공황식을 향해 고개를 돌렸다.

공황식 역시 난감한 표정이었다. 자신과 공손천량이 내상을 입은 현 상황에서는 요미선자의 뜻을 따를 수밖에 없었다. 음선부인만으로 화무영을 막기에는 역부족임을 직감했기 때문이다.

'그렇군! 타락수라를 잊고 있었어! 저자가 타락수라라는 것을 진작에 눈치챘어야 하는데.'

공황식은 속으로 장탄식을 하며 음선부인을 향해 희미하게 고개를 끄덕여 보였다. 이에 잠시 망설이던 음선부인은 화무영과 사군우를 번갈아 쳐다보다가 천천히 몸을 돌렸다.

"이대로 가게 내버려 둘 것 같으냐!"

"두어라!"

화무영이 버럭 고함을 지르자 사군우가 급히 이를 제지했다. 하지만 그 동작이 무리였는지 사군우의 얼굴 근육이 잔 경련을 일으켰다.

"어르신!"

화무영이 다급히 외치며 부축하자 사군우가 희미하게 웃으며 입을 열었다.

"녀석, 언제까지 어르신이라는 호칭을 쓸 것이냐? 이제 사부라고 부를 때도 되었거늘……."

"사, 사부님!"

화무영의 얼굴에서 닭똥 같은 눈물이 뚝뚝 떨어졌다.

그사이 공황식과 공손천량은 침중한 안색으로 관제묘를 벗어나고 있었다. 사군우의 죽음을 확인하지 못한 아쉬움이 남았지만 그들은 설령 대라신선이 온다 해도 결코 사군우를 살릴 수 없음을 알기에 그런 아쉬움을 속으로 추스르며 조금씩 멀어져 갔다.

'의천단 스물다섯을 잃은 것도 모자라 이런 극심한 내상까지 입다니. 하지만 검성을 제거한 대가이니…….'

공황식은 비틀비틀 걸음을 옮기며 쓴 입맛을 다셨다. 하지만 공손천량의 심정은 그보다 더하면 더했지 못하지는 않았다. 공황식이야 새로운 인원을 뽑아 의천단을 재구성하고, 입은 내상이야 시일이 지나 회복하면 그뿐이지만 자신은 처지가 달랐다. 공손천량은 석 달 후에 있을 마사회주의 선출식을 준비해야 했다. 하지만 현재 입은 내상으로는 선출식이 있을 석 달 뒤는커녕 삼 년이 걸려도 회복하지 못할 깊은 상세였기에 공손천량의 지금 심정은 깊은 후회와 고민으로 가득 차 있었다.

사군우는 그들이 망연자실한 표정으로 자리를 뜨는 모습을 확인한 후 화무영에게 고개를 돌리고는 힘겹게 입술을 뗐다.

"저들을 왜 그냥 보낸 것인지 궁금한 모양이구나."

"……."

화무영이 주저하며 대답을 못하자 사군우가 씁쓸한 미소를 머금고 다시 말을 이었다.

"요미선자가 저들과 손을 잡았다는 것을 미리 알았더라면 애초에 싸울 생각조차 하지 않았을 것이다. 그녀는 네가 감당할 수 있는 상대가 아니니까. 설령 저 친구들이 모두 나선다고 해도 불가능할지도… 쿨럭!"

사군우의 입에서 검붉은 핏물이 쏟아져 나왔다.

"말씀을 아끼십시오!"

이에 대경한 화무영이 급히 그의 혈을 두드리며 지혈을 했다.

'아! 가망이 없다!'

사군우의 기혈을 살피던 화무영은 절망에 찬 얼굴로 고개를 숙였다.

"나보다는 우선 저들을……"

사군우의 힘겨운 음성을 들은 화무영이 황급히 자리에서 일어나 석상처럼 굳어 있는 구양극호와 소향군주의 점혈을 풀었다.

"이보게, 검성!"

구양극호가 퉁방울만한 눈알을 굴리며 급히 달려왔고, 그 뒤를 이어 소향군주가 울음을 삼키며 다가왔다. 그들의 시선 끝에 창백한 안색의 사군우가 위태롭게 매달려 있다.

"자네에게 이런 꼴을 보이게 될 줄은 몰랐군."

"……."

사군우가 피식 웃으며 입을 열었지만 구양극호와 소향군주는 대답하지 못했다. 그가 자신들을 구하느라 이렇게 된 것임을 누구보다 잘 아는 까닭이었다.

구양극호와 소향군주가 입을 다문 사이 화무영에 의해 몸이 자유로워진 사비가 성난 눈을 번득이며 다가왔다.

"꼴 좋다!"

사비의 눈가가 부르르 떨렸다. 두 주먹을 꼭 말아 쥔 채, 하도 세게 깨물어 제 입술 살이 뜯겨져 나간 것도 모른 채 그는 사군우의 두 눈을 뚫어져라 응시했다.

"비켜!"

사군우 앞에 이른 사비가 다시 한 발을 내딛자 모여 있던 이들이 무의식적으로 뒷걸음질쳤다. 그들은 사비 정도의 실력을 지닌 사람이 자신들을 밀어냈다는 사실에 크게 당혹했다. 그리고 자신들을 밀어낸 그 힘이 공력도 살기도 아닌 한 사내의 분노라는 사실에 더욱 당혹했다.

하지만 사비는 그들이 느끼는 당혹감까지 배려할 여유가 없었다. 온몸이 터져 버릴 듯한 분노의 감정을 추스르기에도 벅찼기 때문이다.

"아저씨는 나보다 더 미친 인간이야!"

사비가 설레설레 고개를 저으며 고개를 쳐들었다.

"당신들! 왜 아직까지 남아 있는 거지? 볼일 다 봤으면 이제 꺼져! 당신들 원대로 이 인간 죽는 건 이제 시간문제니까 말이야!"

사비는 소향군주와 구양극호를 노려봤다. 이에 구양극호가 어이없는 얼굴로 입을 열었다.

"우리는……."

"아니! 당신들도 다 똑 같은 인간들이야! 아까 그 새끼들처럼 다른 사람 가슴에 칼자루 박아 넣는 걸 취미로 여기는 건 어차피 마찬가지 잖아? 안 그래? 그러니까 모두 내 눈앞에서 사라지라고!"

사비는 구양극호의 말을 가로막은 후 다시 사군우에게로 고개를 돌렸다.

"이제 만족해요? 그 잘난 날갯짓 한번 요란하게 했으니 만족하냐고요?"

"약속을 못 지켜 미안하구나."

사군우가 희미한 미소를 머금고 답했다.

"미안하다고? 미안하다면 다야? 도대체 왜 내 주변에 있는 인간들은 하나같이 이 모양이냐고! 그래, 저 인간들 구하고 뒈지게 됐으니 이제 속이 시원하겠네요? 안 그래요?"

"말이 지나치구나! 어찌 감히 그런 말을 입에……."

"내가 닥치라고 했지?"

"으음!"

눈살을 찌푸리며 입을 열던 구양극호는 사비의 일갈에 기가 찬 얼굴로 고개를 홱 돌렸다. 더 이상 눈이 뒤집힌 사비와 말을 섞어봤자 좋은 꼴을 보기 어렵다는 것을 그제야 깨달은 것이다. 이에 사비는 굳은 얼굴로 소향군주와 구양극호를 번갈아 쳐다보며 다시 입을 열었다.

"똑똑히 들어 둬! 앞으로 사극이나 삼봉 같은 이름은 입에 달고 다닐 생각도 하지 마! 십이제천인지 뭔지 하는 것들, 내가 다 쓸어버릴 거야! 다시는 이 따위 개 같은 짓거리 못하게 만들어주겠어! 그러니 내 말 명심해!"

사비의 말에 소향군주는 짧은 한숨을 토하며 고개를 저었고, 구양극호는 이를 못 들은 척하며 화무영이 미처 점혈을 풀어주지 않은 장도를 향해 곧바로 걸음을 옮겼다.

구양극호가 다시 장도를 데리고 돌아오자 사군우가 나직한 음성으로 입술을 달싹였다.

"이제 그만 돌아들 가게."

"……."

구양극호와 소향군주는 대꾸하지 못했다. 이런 상황에서 돌아간다는 것은 생각할 수도 없는 처사였으나 사군우에게 아무런 도움이 될 수 없다는 사실 또한 바뀔 리 없었다.

"내가 죽는지 확인하고 싶은 생각이 아니라면 돌아가게."

소향군주가 처연한 표정으로 입을 열었다.

"네, 당신이 정히 원하신다면 돌아가지요. 하지만 이렇게 제 자신이 초라하게 느껴진 적은 처음이네요."

챙!

소향군주는 자신의 장검을 양손으로 부러뜨린 후 거칠게 몸을 돌렸다. 손바닥에서 뚝뚝 떨어진 핏물이 입고 있는 백의를 붉게 물들이고 있었지만 이를 모르는 듯 그녀는 그저 망연자실한 얼굴을 한 채 멀어져 갔다. 하지만 구양극호는 떠나지 않았다. 아니, 떠날 수가 없었다. 그는 죽어가는 친구를 내버려 두고 갈 정도로 모질지 못했다.

"내 자네에게는 갚지 못할 빚을 졌군."

구양극호가 허탈한 표정으로 사군우의 등에 장심을 가져다 댔다. 사비도 더 이상은 구양극호에게 성화를 부리지 않았다. 그가 사군우에게 진기를 밀어 넣고 있음을 알았기 때문이다.

그렇게 한참을 구양극호의 진기를 받던 사군우가 천천히 고개를 들고 사비를 바라봤다. 워낙에 피를 많이 흘려 창백하기만 하던 그의 안색은 어느 정도 제 혈색으로 돌아와 있었다.

"자고로 사람은 언제고 죽기 마련이다. 그러니 그렇게 상심할 필요는 없다. 어차피 내가 먼저 가는 것일 뿐, 너도 언젠가는 겪게 될 일이 아니더냐?"

"하지만 난 아저씨처럼 쉽게 죽지는 않을 거예요. 그리고 아저씨가 살았으면 얼마나 살았다고 그런 말을 해요? 아직 한참 더 살아도 시원찮을 나이에……."

사비의 시무룩한 대꾸에 사군우가 엷게 웃으며 다시 말을 이었다.

"얼마나 살았느냐가 중요한 것이 아니라 어떻게 살았느냐가 중요한 것이다."

"잘났어, 정말!"

사비는 입술을 삐죽 내밀며 사군우의 앞에 털썩 주저앉았다.

"해봐요!"

"뭘 말이냐?"

"조금 있으면 죽을 거잖아요! 그러니까 거창한 유언 몇 마디 해보란 말이에요!"

"녀석, 내가 빨리 죽었으면 하고 바라는 눈치구나."

"당연하죠! 어차피 죽을 거면 사람 애간장 그만 태우고 빨리 끝내요! 아, 그리고 죽기 전에 잊지 말고 공력도 전수해 주고 가요! 설마 어차 피 죽는 마당인데 아까워하지는 않겠죠?"

"하하하! 어디서 주워들은 것은 있는 모양이구나. 하지만 내 화류패 기를 받아봤자 네게는 오히려 해가 될 뿐이다. 마음 같아서는 백 번이 라도 주고 싶지만… 그것만큼은 힘들 것 같구나. 섭섭하냐?"

"전혀요! 나도 그냥 해본 말이에요! 아저씨 것은 아저씨 것이고 내 것은 내 것이지요! 불로불욕이라는 말, 아직 안 잊었거든요!"

사군우가 유쾌하게 웃으며 묻자 사비가 고개를 저었다. 이에 주변에 서 그들의 대화를 듣던 이들은 일순 어이가 없어졌다.

마치 죽음을 어디 놀러 가는 것쯤으로 여기며 농담을 주고받는 두 사내. 하지만 이 두 사내의 대화가 그 어떤 말보다 더 슬프게 느껴지는 것은 왜인지…….

잠시 입을 다물고 주저하던 사군우가 힘겹게 입술을 뗐다.

"그럼 두 가지만 부탁하마."

"무슨 부탁인데요?"

"하나는 내가 예전에 말했듯이 네가 대붕이 되었으면 하는 거다."

"죽기 전까지 멋있는 척하지 말고 쉽게 말해요. 아저씨 말은 내가 음양합일지경인가 뭔가 하는 거에 올랐으면 한다는 얘기예요, 아니면 바람을 느끼라는 얘기인가요?"

"둘 다. 아니, 하나를 이루면 둘 모두 이룰 수 있을 테지."

사비가 고개를 갸웃거리며 묻자 사군우가 고개를 끄덕이며 답했다. 이들의 선문답 같은 대화를 듣고 있던 구양극호가 고개를 갸우뚱하며 생각에 잠겼다.

'어찌 저런 부탁을 한단 말인가? 음양합일지경이라면 어느 누구도 오르지 못한 불가능의 경지. 심지어 그 아래의 삼재경조차 오른 자를 손으로 꼽는 마당에……'

구양극호는 사군우가 죽음에 이르자 정신이 혼미해져 이런 되지도 않는 부탁을 한다고 판단했다.

음양합일지경은 사비 같은 인간이 넘볼 만한 경지가 아니었다. 비록 사비가 그나마 음양합일지경에 가장 근접했다고 알려진 사군우의 전인이라 해도 이제 갓 삼 년 남짓 배운 실력으로는 꿈도 못 꾸는 것이 정상이었기 때문이다.

그리고 구양극호가 사비의 축객령에도 불편한 심기를 억누르며 남은 이유도 친구의 죽음을 지켜보는 것 외에 사군우 대신 사비를 제자로 받을 생각도 한몫 하고 있었다. 하지만 부탁하는 사군우나 듣는 사비의 얼굴은 진지하기 그지없었다.

"알았어요. 그럼 나머지 하나는 뭐예요?"

한참을 생각하던 사비가 흔쾌히 고개를 끄덕이며 묻자 사군우가 만족한 표정으로 입을 열었다.

"네 손으로 직접 나를 묻어줬으면 좋겠다."

"그런 건 부탁하지 않아도 내가 할 생각이었으니까 걱정하지 마요."

"그리고… 무덤 자리는 네 어미 옆이었으면 하는데……."

사군우는 말끝을 흐리며 사비의 눈치를 살폈다. 하지만 사비는 의외로 선뜻 고개를 끄덕였다.

"그것도 원래 그렇게 할 생각이었어요. 다른 건 없어요? 뭐, 복수 같은 걸 해달라면 해드릴게요."

"아니. 복수 같은 것은 생각도 하지 마라. 난 좋다. 그들 덕분에 무인으로서 죽을 수 있어서 좋아. 다른 사람도 아닌 사극과 삼봉의 손에 최후를 맞을 수 있었으니 이보다 더 멋진 마무리가 어디 있겠느냐?"

사군우는 빙긋이 웃으며 다시 말을 이었다.

"그리고 어차피 죽을 목숨이었다는 건 너도 알고 나도 알고 있지 않았느냐? 며칠 빨리 죽는 것일 뿐인데 그런 일에 괜히 힘 쓸 필요 없다. 나는 그거면 된다, 그거면……."

고개를 젓는 사군우의 얼굴에 희미한 미소가 번져 갔다.

*   *   *

빨간 노을이 진다.

하루 종일 제 온몸을 태우며 붉게 피멍이 든 해가 지고 있다.

말없이 그 노을을 바라보는 사비의 얼굴이 너무도 무심해 보인다.

"일어나요. 갈 거면 밥이라도 먹고 가요. 갈 거면……."

사비는 나직한 목소리로 중얼거리며 천천히 고개를 내렸다. 그의 눈에 두 손을 모으고 편안한 자세로 누워 있는 사군우의 얼굴이 들어왔다.

잠이 들었나 보다. 사비는 사군우가 잠을 자는 것이라고 생각했다. 하지만 지금은 깨워야 했다. 그렇지 않으면 이대로 밥 한 끼 먹이지 못하고 떠나보내야 할 것 같았다.

"일어나래도요!"

사비가 털썩 주저앉아 사군우의 다리를 잡고 흔들었다. 하지만 사군우는 도무지 요지부동, 꿈쩍할 생각을 안 했다. 그럴수록 사비의 손에는 자꾸 힘이 들어갔다.

"어? 추워요?"

사비가 물었다. 사군우의 몸에 닿은 손끝으로 차가운 한기가 전해져 왔기 때문이다.

"이제 그만 하세요!"

사비는 등 뒤에서 들려온 여인의 목소리에 어깨를 흠칫 떨었다.

낯익은 목소리. 그나마 사비가 이제껏 겪어본 중에 가장 오래도록 알고 지낸 여인의 목소리다.

현현. 그녀는 사비에게 납치됐던 여인을 데려다 준 후 곧바로 관제묘로 향했다. 그녀는 사군우가 소향군주를 만나고 있을 무렵 관제묘에 당도했다. 이에 잠시 고민하던 현현은 비무가 끝날 때까지 나서지 않는 쪽으로 마음을 정하고 숲에 숨어 사태를 주시했다.

다음날이 되자 비무는 진행됐고, 현현은 불안한 눈길로 사군우와 사극의 싸움을 지켜봤다.

까닭 모를 불안감. 그녀는 적어도 이번만큼은 자신이 느끼는 이 불안감이 틀리기를 간절히 기원했다. 그리고 그녀의 기원 덕분인지 사군우는 상대가 도무지 손을 쓸 생각조차 못할 정도로 몰아붙였다. 하지만 마지막 순간 사군우는 공황식과 공손천량의 검을 막고, 그의 뒤에 서 있던 여인의 검에 가슴이 뚫렸다.

그리고 사람들이 하나둘 관제묘를 떠나갔고, 마지막으로 사군우마저 관제묘를 떠난 것이다. 현현이 나온 것은 사비를 데리고 가려던 구양극호가 사비의 성화를 못 이겨 관제묘를 떠난 뒤의 일이었다.

턱!

현현은 조심스럽게 사비의 어깨에 한 손을 얹었다. 등 뒤에서 울음을 삼키고 있는 화무영의 흐느낌이 들려왔지만 그를 돌아볼 여력이 없었다. 그녀는 가장 괴롭고 힘들 사람을 감싸기도 벅찬 상황이었다.

"아저씨, 자꾸 이런 식으로 장난칠 거예요? 이제 정말 화나려고 한단 말이에요."

현현의 손길에 잠시 움직임을 멈췄던 사비가 사군우의 다리를 잡고 재차 흔들어 대기 시작했다.

순간 그의 손이 부르르 떨렸다.

부드득!

사비가 움켜잡은 손에 의해 사군우의 정강이뼈가 힘없이 부서져 나갔다.

"정말… 간 거야?"

사비는 망연자실한 얼굴로 사군우의 다리를 움켜잡았던 손에 힘을 풀었다. 하지만 사군우의 뼈 부러지던 소리는 계속해서 그의 머리 속에서 메아리쳤다.

믿기지 않는다. 아니, 믿을 수가 없었다. 하지만 사비는 비로소 사군우의 죽음을 실감했다. 사군우의 신체는 더 이상 도검에도 흠집 하나

나지 않던 그 단단함을 지니고 있지 않았기 때문이다.

망연자실한 표정으로 고개를 젓던 사비가 힘없이 자리에서 몸을 일으켰다.

그후 사비는 곧바로 비틀비틀 몸을 움직이기 시작했다. 하지만 그는 얼마 못 가 걸음을 멈췄다.

그가 이른 곳은 사당 뒤편에 자리한 작은 봉분 앞이었다.

그 자리에 털썩 무릎을 꿇은 사비는 잠시 후 천천히 손을 놀리기 시작했다.

서걱! 서걱!

손톱 밑을 파고드는 돌 부스러기의 고통이 감미롭게 느껴진다. 그것은 자신이 살아 있다는 증거니까.

사비는 사군우를 제 어미 옆에 묻은 후 그 봉분 앞에 우두커니 앉아 자리를 뜨지 않았고, 그렇게 오 일이 흐른 뒤 현현이 다시 다가왔다.

현현은 자신이 온 것조차 모르는 듯 퀭한 눈으로 먼 산만 바라보는 사비를 보자 이유없이 화가 났다. 하지만 그녀는 이내 한숨을 푹 내쉬며 천천히 입술을 뗐다.

"우세요."

"……"

"그렇게 있다가는 죽어요. 어서 울어요. 당신… 아저씨가 죽었잖아요. 그러니 실컷 울어요. 울어야 살 수 있어요."

사비가 현재 그 어떤 심마보다 지독한 심적 고통을 겪고 있다는 것을 아는 현현은 점점 마음이 조급해졌다. 이대로 내버려 뒀다가는 어떤 사태가 일어날지 모른다는 화무영의 염려 섞인 조언이 자꾸 귓전을 맴돌았다. 하지만 사비는 여전히 말이 없었다.

"……."

"당신, 이 정도로 약해빠진 사람이었어요?"

현현이 날카로운 외침을 터뜨리자 사비의 얼굴이 조금씩 일그러지기 시작했다. 이에 현현은 점점 발그레해지는 사비의 얼굴을 보며 속으로 안도의 한숨을 내쉬었다.

"커억!"

사비의 입에서 튀어나온 액체를 본 현현의 얼굴이 일순 굳어졌다.

"도대체 왜 이러는 거예요? 눈물 대신 피를 토할 정도면서 왜 울지 않는 거냐고요?"

이윽고 사비가 입가에 묻은 피를 한 손으로 닦으며 천천히 자리에서 몸을 일으켰다.

"난… 울 줄 몰라. 눈물이 뭔지 잊어버렸거든. 돌아가. 네 서방이 기다리잖아."

자리에서 일어난 사비가 현현의 어깨를 스치고 지나가며 중얼거렸다.

"……."

사비의 중얼거림을 들은 현현은 일순 말을 잇지 못했다. 그의 말을 듣자 비수가 박힌 듯 가슴이 미어져 왔다.

이윽고 망연자실한 표정으로 고개를 숙이고 있던 현현이 천천히 걸음을 옮기기 시작했다.

지금껏 뒤에서 안절부절못하는 표정으로 그 둘의 대화를 엿듣던 화무영은 짧은 탄식을 토하며 설레설레 고개를 저었다.

현현이 관제묘를 벗어나는 사이 사비는 그녀가 향하는 반대편 숲 속으로 터벅터벅 걸음을 옮기며 중얼거렸다.

"사내는 어떠한 경우에도 눈물을 보이지 않는대. 다만 가슴으로 흘릴 뿐이지. 미안하지만 너도 가슴속에만 담아둘 생각이다. 너는 내게 있어 눈물일 수밖에 없는 존재니까."

|第三章|

사람은 가고, 봄은 오고[人去春來]

사군우의 무덤 앞에 쪼그리고 앉은 사비는 겨우내 언 땅을 뚫고 돋아난 새싹을 신기한 듯 바라봤다.

그의 모습은,

붉었다.

검고 긴 머릿결도, 양 옆으로 굵게 자란 눈썹도, 심지어는 정면을 뚫어져라 응시하는 그의 눈동자까지도 엷은 핏빛이다. 그러나 사비는 그런 변화에 어떠한 반응도 보이지 않았다. 아니, 자신의 그런 변화를 느끼지 못하는 것 같았다. 그저 주변에서 이를 지켜보는 화무영만이 근심스런 눈길을 던질 뿐이었다. 하지만 다행히도 사비의 전신이 항상 그렇게 붉게 물들어 있는 것은 아니었다. 사군우의 죽음 직후까지만 해도 계속해서 붉게 타오르던 그의 몸이 근래 들어서는 가끔 본연의 빛으로 되돌아오기도 했다. 이로 인해 화무영도 요즘 들어서는 한시름을 놓고 있었다.

"백색아!"

"예!"

이제껏 내내 입을 열지 않던 사비의 음성이 관제묘에 울려 퍼지자 화무영이 반색을 하며 나는 듯 달려왔다.

화무영 역시 사군우의 죽음을 맞이하며 극심한 슬픔에 빠져 있었다. 단 한 번이었을 뿐이지만 자신이 사부라고 목놓아 불렀던 이의 죽음은 그에게도 커다란 상처였다. 하지만 사비를 곁에서 지켜보고 있노라면 감히 그런 내색조차 할 수 없었다. 자신은 사부와 사별한 것이지만 사비는 아버지와 헤어진 것이기에. 그렇다고 사비에게 사군우가 그의 아버지였다는 사실을 밝힐 생각은 없었다. 그런 고민을 안 해본 것은 아니었으나 사군우가 끝까지 사비에게 자신이 아버지임을 밝히지 않은 나름의 이유가 있을 것이고, 지금 그 사실을 밝힌다고 해도 죽은 사람이 돌아오는 것은 아니었기 때문이다.

'나중에… 주공이 사부님을 잃은 고통이 무뎌지면 그때 말씀드리겠습니다.'

사비의 곁으로 달려온 화무영은 속으로 그렇게 마음을 먹고 그를 향해 고개를 들이밀었다.

"무슨 일이십니까?"

"저거 좀 봐라."

"뭐요?"

사비의 손가락을 따라 시선을 옮긴 화무영의 눈에 사군우의 무덤 위로 돋아난 새싹이 들어왔다.

"심지도 않았는데 이런 게 났네? 저거, 이름이 뭐냐?"

"으음, 포공영(蒲公英:민들레) 싹 같은데요?"

"포공영?"

"예. 민간에는 포공영이 영혼이 담긴 꽃으로 알려져 있습니다. 혹시 사부님께서 주공이 어떻게 하고 지내나 감시하려고 이 꽃으로 환생하신 게 아닐까요?"

"미친놈! 헛소리는……."

"하하하! 들켰군요."

사비의 면박에 화무영이 머리를 긁적이며 멋쩍은 웃음을 흘렸다. 사비가 예전으로 돌아온 것 같아 기분이 좋았다.

"그리고 왜 자꾸 아저씨를 사부라고 하는 거야? 네가 아저씨한테 배운 게 뭐가 있다고……. 아저씨를 사부라고 부를 수 있는 사람은 나뿐이까 앞으로는 그렇게 부르지 마. 알았어?"

사비가 붉게 물든 눈썹을 찌푸리며 말하자 화무영의 얼굴이 대번에 굳어졌다.

"꼭 무공을 배워야 사제지간입니까? 저는 비록 사부님의 무공을 배우지는 못했지만 그게 아니라도 다른 많은 것을 얻었습니다! 그리고 이건 사부님께서도 허락하신 거라고요!"

"어쭈! 눈 안 깔아? 그리고 언제 허락을 받았다는 거야?"

"돌아가시기 전에 분명 말씀하셨습니다! 사부라 부르라고! 이 두 귀로 똑똑히 들었다고요!"

화무영이 사부라는 말에 힘을 주며 말하자 사비가 눈을 부라리며 다시 입을 열었다.

"다 죽어가는 마당에 무슨 소리를 하는지 정신이 있었겠어? 그런 헛소리 몇 마디 들었다고 감히 아저씨의 제자를 사칭해? 한심한 자식! 쯧

쯧쯧!'

사비가 설레설레 고개를 저으며 혀를 차자 화무영이 눈썹을 꿈틀하며 사비의 면전에 고개를 들이밀었다.

"취소하십시오!"

"뭘 취소해?"

"사부님에게 하신 불경한 언사! 취소하란 말입니다!"

"이게 눈에 뵈는 게 없나?"

사비가 어이없는 표정으로 쳐다보며 팔소매를 걸어 올렸지만 화무영은 전혀 수그러들 생각이 없는지 두 눈을 번득이며 다시 입을 열었다.

"주공이 저를 백색이라고 놀리는 것도, 저를 종처럼 부리는 것도 다 참고 견딜 수 있습니다. 하지만 사부님을 그런 식으로 말씀하시는 것만큼은 저도 도저히 못 참겠습니다!"

"그럼 종을 종처럼 부리지 주인처럼 받드냐?"

"으음!"

사비의 되물음에 화무영이 침음성을 삼켰다. 하지만 여전히 노한 기색을 감추지 않는 것으로 보아 이번에는 틀어져도 단단히 틀어진 모양이었다.

"휴우! 알았어! 사부라고 부르든지 말든지 네 맘대로 해!"

사비가 한숨을 내쉬며 손사래를 쳤다.

"정말입니까?"

"그래! 대신……."

"예, 말씀하십시오."

"지금부터 열을 셀 동안 식사를 차려온다! 실시!"

"실! 시!"

사비의 외침에 엉겁결에 차렷 자세를 취하며 소리친 화무영이 쌩하니 달려갔다.

'끄응! 내가 어쩌다가 이 지경이 됐는지 모르겠군. 그래, 주공의 울적한 심사를 달래주기 위해 어쩔 수 없었던 거야. 그래서 이런 거야.'

자신의 이런 모습이 무척 괴이하게 느껴진 화무영은 속으로 애써 자위하며 몸을 움직였다.

"뭘 보나?"

화무영이 자신을 바라보는 시선을 느끼고 고개를 확 돌리자 눈빛의 주인이 쭈뼛쭈뼛 고개를 돌렸다. 보름 전 화무영에 의해 이곳으로 되돌아온 혈매화였다.

사군우의 죽음으로 정신이 없던 화무영은 한참이 지나서야 자신이 혈매화를 묻었던 것을 떠올렸고, 곧바로 혈매화가 묻혀 있는 숲으로 달렸다. 숲에 다다른 직후 급히 관 뚜껑을 열어젖힌 화무영은 그 속에 누운 혈매화를 보고 대경했다. 어느새 고목 껍질 같던 피부가 벗겨지고 이전의 모습으로 되돌아온 혈매화가 누워 있었기 때문이다. 이에 화무영은 혈매화의 얼굴을 물끄러미 바라보며 한참을 망설였다. 사군우가 없으니 그녀의 처리는 자신의 몫. 과연 이 여인을 이대로 죽게 내버려둘 것인가, 아니면 살려서 배후를 캘 것인가.

사극이 사군우를 찾을 수 있었던 것이 자신의 눈앞에 누워 있는 여인의 정보에 의한 것이라 추측하고 있던 화무영은 혈매화를 이대로 죽게 내버려 두는 것보다는 배후를 캐는 것이 중요하다고 판단했다.

이윽고 그는 혈매화를 둘러메고 관제묘로 돌아왔고, 사비는 그가 데리고 온 혈매화를 힐끗 쳐다본 뒤로 별다른 반응을 보이지 않았다.

그렇게 보름이 흐르며 혈매화는 점차 신지를 회복했다. 화무영의 노련한 의술이 진가를 발휘해 빠르게 회복할 수 있었다.

현재 화무영을 힐끔거리는 혈매화의 눈동자는 흐릿한 빛을 머금고 있었다. 하지만 이를 보는 화무영은 지극히 당연하다는 표정이다. 혈매화가 완전히 정신을 회복하지 못했다는 것을 아는 까닭이다. 이에 화무영은 혈매화에게 눈을 한 번 부라리는 시늉을 한 후 음식을 준비하기 위해 분주히 움직였다.

"뭐냐?"

그릇에 음식을 담던 화무영이 손을 멈추고 눈살을 찌푸렸다.

"내가 한다!"

소리없이 다가와 화무영의 손을 움켜쥔 혈매화는 그의 손에 들린 그릇을 뺏어 들었다. 이를 본 화무영의 눈에 이채가 서렸다.

'무공을 회복했다!'

화무영은 자신이 느끼지 못한 사이에 신출귀몰한 신법으로 다가온 혈매화를 보며 짧게 놀랐다.

'그렇다면 조만간 기억을 모두 되찾을지도 모르겠군. 그럼 이대로 둘 수는 없는데……'

화무영이 잠시 고민에 잠긴 사이 혈매화는 입을 꼭 다문 채 부지런히 음식을 준비했다. 차갑게 식은 음식을 데우고 여기저기 널려 있는 식기들을 정리하는 그녀의 손놀림이 무척 익숙했다.

"휴우! 조금 더 두고 보자."

그녀가 자신이 하는 일을 즐거워하고 있는 것 같다는 생각이 든 화무영은 짧은 한숨을 토하며 생각을 정리했다. 그사이에도 혈매화는 눈에 보이지 않을 정도의 빠른 손놀림으로 음식을 차리기에 여념이 없었다.

"다 했다!"

"저분께 갖다 드리고 오너라!"

혈매화의 외침에 그녀의 손길을 멍한 눈으로 쳐다보던 화무영이 천천히 고개를 들었다.

"저분께 가져다 드리고 오너라!"

"알았다!"

휘익!

화무영이 사비를 손가락으로 가리키자 혈매화는 짧게 고개를 끄덕이곤 곧바로 몸을 날렸다. 그녀의 두 발이 얼음을 지치는 썰매처럼 지면을 미끄러져 나갔다.

"맛있게 먹어!"

사비 앞에 음식을 가지런히 차린 혈매화는 시키지도 않았건만 그를 향해 공손히 허리까지 굽히는 행동을 하며 배시시 웃었다. 이에 잠시 어이없는 표정을 짓던 사비가 고개를 끄덕이자 혈매화는 다시 신법을 전개해 화무영의 앞으로 날아 내렸다.

"갖다 줬다!"

"그럼 여기 잠깐 앉아봐."

"앉았다!"

혈매화는 화무영의 말이 떨어지기가 무섭게 땅바닥에 철퍼덕 주저앉았다.

순간 그녀를 바라보는 화무영의 눈이 잘게 흔들렸다. 그는 지금 혈매화의 멍한 얼굴을 보며 누군가를 떠올리고 있다. 이해할 수 없는 일이었지만 그녀의 얼굴을 보고 있자니 가슴속에 묻어두었던 소란의 얼굴이 자꾸 눈에 밟혔다.

"이름이 뭐지?"

"혈매화(血梅花)!"

"나이는?"

"……."

"그럼 사는 곳은 어디냐?"

"……."

계속되는 화무영의 물음에 혈매화의 눈썹이 이마 중앙으로 몰린다. 이름 외에 다른 것을 물으면 나타나는 현상이다.

"모른다. 나는 혈매화다. 다른 건 기억 안 난다."

"휴우! 그래, 더 이상은 묻지 않으마. 그리고 앞으로 네 이름은 혈매화가 아니고 매화다."

그녀가 머리를 싸매고 세차게 고개를 젓자 화무영이 길게 한숨을 내쉬며 말했다.

"내 이름은 혈매화다! 매화 아니다!"

혈매화가 깜짝 놀란 얼굴로 고개를 들고 화무영을 바라봤다.

"아니, 네 이름은 지금부터 매화야. 피 묻은 매화가 아니라 그냥 매화. 알겠니?"

"……."

잠시 곤혹스러운 표정을 짓던 혈매화가 이내 천천히 고개를 끄덕이자 화무영이 피식 웃음을 머금고 다시 입을 열었다.

"그래, 음식은 만들 줄 아냐?"

"모른다!"

"아까는 잘했잖아?"

"그냥 한 거다."

"후후후! 그럼 앞으로도 그냥 해라. 그게 네가 할 일이다. 알아들었냐?"

"……."

혈매화가 말없이 고개를 끄덕이자 화무영이 흡족한 표정으로 다시 말을 이었다.

"그리고 저분은 너와 내가 모실 분이다. 그러니 앞으로는 저분을 주인님이라고 불러야 한다. 그럼 이제부터 너는 음식을 만들고 청소를 하는 거고, 나는… 나는 너를 감독할 거다."

"너는 뭐라고 부르냐?"

화무영의 눈길을 따라 고개를 돌린 혈매화가 물었다.

"으음… 그냥 백색 대협이라고 불러라."

"백색 대협?"

"후후후! 그래, 백색 대협!"

혈매화가 고개를 갸웃거리며 묻자 화무영이 기분 좋은 웃음을 흘리며 고개를 끄덕였다.

"한심한 자식! 이제 할 짓이 없으니까 백치 년 데리고 대협 놀음이냐?"

음식을 들다가 본의 아니게 화무영과 혈매화의 대화를 엿들은 사비가 어이없는 표정으로 설레설레 고개를 저었다.

"주인님, 왜 저러냐?"

"신경 쓸 것 없다. 그럼 이제 청소부터 시작하자! 험! 험!"

화무영은 혈매화의 물음에 한 손을 내저으며 헛기침을 해댔다.

"저어, 사부님."

구양극호의 등을 보며 터벅터벅 걸음을 옮기던 장도가 조심스레 입술을 뗐다.

"왜?"

구양극호가 걸음을 멈추고 고개를 돌렸다.

"억지로라도 끌고 왔어야 되는 거 아닌가요?"

"누구? 그 천둥벌거숭이 같은 놈 말이냐? 허허허!"

"예."

구양극호의 실소에 장도가 기어들어 가는 목소리로 대답했다.

"황제도 본인이 싫으면 못하는 법이다. 입에 게거품을 물고 안 가겠다고 버티는데 나더러 어쩌라는 게냐?"

"하지만 백천맹이나 마사회에서 가만히 있을까요? 거기 그대로 있다가는 정말 무슨 일을 당해도 크게 당하지 않을지……."

장도가 말끝을 흐리자 구양극호가 장탄식을 토하며 천천히 말문을 뗐다.

"휴우! 나라고 해서 어찌 그런 일을 예상하지 못했겠느냐? 하지만 그 녀석 옆에는 기생오라비처럼 생긴 놈이 있으니 그리 걱정할 일은 아닌 것 같구나."

"그래도 사부님이 지켜주시는 게 그 사람보다는 나을 것 같은데요."

"허허허! 오늘따라 말이 많구나. 그런 걱정은 하지 않아도 된다. 그 친구가 나보다 못한 것 같지는 않으니까 말이다."

"예? 그게 무슨 말씀이시죠?"

장도가 눈을 동그랗게 뜨고 되묻자 구양극호가 고소를 머금은 채 입을 열었다.

"비록 그가 젊은 나이이긴 하나 지닌 무공 실력은 나나 다른 사극에 못잖다는 뜻이다. 아니, 어쩌면 내 예상보다 훨씬 강한 사람일지도 모르지."

구양극호는 장도의 경악에 찬 두 눈을 잠시 바라보다가 이내 몸을 돌리며 다시 말을 이었다.

"그러니 너도 돌아가면 이전보다 더욱 열심히 수련해야 할 게다. 뇌전권뿐만 아니라 그의 제자도 검성이 키운 아이들에게는 턱없이 밀린다는 소리를 듣고 싶지 않으려면 말이야."

구양극호는 걸음을 재촉하기 시작했다. 그는 사극의 무공을 견식시켜 새로운 경험을 주기 위한 의도로 제자를 데려왔다가 뼈저린 교훈을 얻었다.

구양극호는 공황식이 사군우에게 던졌던 말을 되뇌며 성큼성큼 걸음을 옮겼다.

'강호는 무공만 지녔다고 해서 살 수 있는 곳이 아니라고 했나? 그래, 어디 자네 말이 맞는지 확인해 보지.'

구양극호는 돌아가는 대로 장도에게 지옥 훈련을 시키고, 자신은 벽력문의 세력을 키우는 데 총력을 기울일 생각이었다.

'휴우! 좀 나아졌다 했더니 아니었나 보군.'

사비를 바라보는 화무영의 눈에 실망이 스쳤다.

사군우의 무덤가에서 자신에게 밥을 달라고 불렀던 사비는 그 이후로 다시 입을 다물었다. 바뀐 것이 있다면 혈매화가 차려주는 밥상을 사양하지 않는다는 것과 그가 자리를 잡은 곳이 사군우의 무덤가가 아니라 지난날 사군우와 함께 삼각 비무를 수련하던 곳이라는 것뿐이었다.

화무영은 큼직한 너럭바위 끝에 앉아 멍하니 하늘을 응시하는 사비를 보며 살며시 고개를 저었다. 다행히 아직까지는 마사회나 백천맹 같은 곳에서 사람을 보내지는 않았지만 그렇다고 해서 그들이 언제까지 자신들을 이렇게 내버려 둘 리 없었다.

'아무래도 심상치가 않아.'

화무영이 입술을 질끈 깨물며 걸음을 내딛는 순간 사비의 잔잔한 음성이 그의 귓전을 울렸다.

"아저씨는 대붕이 되라고 했어. 난 그러겠다고 약속했고. 하지만 내가 정말 대붕이 될 수 있을까?"

사비가 천천히 고개를 내리고 자신을 바라보자 잠시 망설이던 화무영이 이내 차분한 표정으로 입을 열었다.

"사부님께서는 주공이 뭘 하든 개의치 않으실 겁니다. 그분께서 대붕이 되라 하신 뜻은 무공의 성취만을 말씀하신 것이 아니라 주공께서 어떤 외부의 힘과 압력에도 굴하지 않고 그저 하고 싶은 일을 자유로이 하며 살기를 바라신 걸 테니까요."

"정말… 그럴까?"

사비가 두 눈을 빛내며 되묻자 화무영이 힘껏 고개를 끄덕였다. 지금은 사군우의 유지가 어떤 것이냐를 생각하는 것보다 관제묘를 떠나 백천맹이나 마사회의 이목에서 벗어나는 것이 중요했다.

"그래서 생각해 봤는데 말이야."

잠시 말을 끊고 하늘로 시선을 옮겼던 사비가 다시 말을 이었다.

"한 세 가지 정도 되는 것 같아."

"뭐가 말입니까?"

"아저씨가 말은 안 했지만 내게 속으로 바랐을 일들 말이야. 음양합일지경같이 뜬구름 잡는 얘기 같은 거 말고 좀 더 구체적인 거."

"음!"

화무영은 고개를 떨어뜨리고 입을 다물었다. 사군우의 죽음으로 큰 충격을 받아 힘들어하는 것으로만 알았는데 사비는 사군우가 본인에게 말하지 않고 갈무리한 바람들이 무엇이었는지를 고민하고 있었던 것이다.

'역시 사부님을 생각하는 마음은 주공이 저보다 나으시군요.'

다시 고개를 든 화무영은 사비의 입술을 바라보며 그의 다음 말을 기다렸다.

"일단 백리준인지 뭔지 하는 인간이 했던 말을 생각해 보니까… 아마 흑화일심대라는 걸 정상으로 되돌려 놓기를 바랐던 것 같아. 그리고 천월사도에서 노비로 지내고 있는 사람들을 자유롭게 해주기를 바란 것 같고. 예전에 아저씨가 천월사도를 말할 때 얼굴에 어떤 한(恨) 같은 게 느껴졌거든. 착각일 수도 있지만."

"천월사도라니, 그런 곳이 있었습니까?"

"응, 있어! 그건 그렇고, 아저씨가 준 재산 말이야, 그거 잘 챙겨놨지?"

"예."

사비가 눈을 빛내며 묻자 화무영이 고개를 끄덕였다.

"그건 어떻게 생각해?"

"그거라니요?"

"아저씨가 남긴 재산 말이야."

"……."

화무영이 일순 대답을 못하고 곤혹스러운 표정을 짓자 사비가 피식 웃으며 천천히 입술을 뗐다.

"내 생각에는 말이야, 아무래도 아저씨는 물려준 재산으로 내가 취화루 이호점을 차렸으면 하고 바랐을 거라는 생각이 들어."

"으음, 아무리 그런 뜻으로 재산을 물려주셨을……."

"아니, 설마가 아니야. 아저씨는 그걸 바랐을 거야. 난 그렇게 믿어. 너는 자리를 비워서 모르겠지만 아저씨가 취화루 이호점에 얼마나 관심을 많이 보였었는데. 분명 내 짐작이 맞을 거야."

화무영이 침음성을 삼키며 입을 열자 사비가 고개를 저으며 그의 말을 가로챘다.

"……"

화무영이 일순 아연한 얼굴로 말을 잇지 못하자 사비가 빙긋이 웃으며 다시 입을 열었다.

"그러니까 일단은 취화루 이호점부터 차려야겠지? 쉬운 일부터 하나하나 풀어가는 게 좋을 것 같은데, 네 생각은 어때?"

"그, 그러시지요."

화무영이 마지못해 고개를 끄덕였다. 사비가 어떤 저의로 이런 결정을 내렸는지는 정확히 알 길이 없었으나 지금은 관제묘를 떠날 수 있게 됐다는 사실만으로도 다행이라는 생각이 들었다.

'그리고 하나가 더 있지.'

화무영이 안도의 한숨을 내쉬는 사이 사비는 그들의 얼굴을 하나하나 떠올리며 쓴웃음을 삼켰다.

"그럼 너도 동의했으니 이제 떠날 채비를 해볼까?"

사비가 바위 위에서 뛰어내리며 외치자 화무영의 두 눈에 이채가 서렸다. 사비의 양발이 닿은 땅이 움푹 들어갔기 때문이다.

"저어, 혹시 몸에 뭘 지니고 있는 게 있습니까?"

"지니다니? 뭘?"

화무영이 자신의 발끝을 보며 뜬금없이 묻자 사비는 고개를 갸웃거리다가 이내 피식 웃으며 입을 열었다.

"아! 이거?"

투웅!

사비가 자신의 허리에 대고 손가락을 퉁기자 둔중한 공명음이 울려 퍼졌다.

"그게 뭡니까?"

사비의 허리를 감고 있는 흑화검을 발견한 화무영의 눈가에 잔 경련이 일었다.

"흑화검이야. 아저씨가 쓰던 검. 예전에 백색이 네가 가출한 적 있잖아. 그때 아저씨가 허리에 감아놓았던 건데 지금은 내 힘으로 풀 수가 없다."

사비가 양 손바닥을 들어 보이며 입을 열자 화무영의 입술이 바르르 떨렸다.

'그럼 주공이 저런 것을 차고 나와 비무를 했었단 말인가?'

자신이 돌아오기 전부터 차고 있었다면 사비는 삼각 비무를 할 때도 이를 찬 상태였다는 얘기이다.

화무영은 일견하기에도 보통 무게가 아닌 물건을 몸에 감고 자신과 비무를 했다는 사비의 말이 도무지 믿어지지 않았다. 더구나 저런 특이한 기물(奇物)을 몸에 감고 있는데도 자신이 눈치채지 못했다는 것 또한 이해가 가지 않았다.

하지만 화무영은 물론 사비조차 모르는 것이 하나 있었다. 흑화검을 몸에 감고 삼각 비무를 하던 때는 사비의 몸에 화류패기가 가득 찼었기에 흑화검 또한 그의 몸 일부가 되어 아무런 불편함이나 무게감을 느끼지 못했던 것이고, 이후 천명음양단을 복용하고 그런 묘용이 사라진 상태에서는 비무를 하지 않아 이를 모르고 지나쳤다는 것을. 또한 그것은 속공단을 복용한 상태라 부담이 덜했기 때문이기도 했다. 하지만 무엇보다 큰 이유는 관제묘로 찾아온 사극과 삼봉에 의해 화무영의 정신이 없었다는 데 있었다.

'사부님도 주공도… 도대체가 이해할 수 없는 분들이야.'

잠시 믿어지지 않는 표정으로 사비와 흑화검을 번갈아 쳐다보던 화무영이 천천히 입을 열었다.

"그럼 언제 출발하시겠습니까?"

"지금."

"지, 지금이요?"

"응. 왜?"

"지금 가시려는 곳이 어딘지 알고나 하시는 말씀이십니까?"

"알아. 아저씨 땅이 있는 데가 화평(和平)이라는 곳이라며? 아니야?"

"끄응! 맞긴 맞습니다만, 여기서 화평까지는 무려 팔천 리가 넘는 거리입니다. 쉬지 않고 가도 줄잡아 두 달은 족히 걸릴 텐데 이렇게 아무런 준비도 없이 가겠다는 말입니까?"

"그런가?"

사비가 한 손으로 턱을 쓰다듬으며 이맛살을 찌푸리자 화무영이 다시 입을 열었다.

"출발하기 전에 먼저 행낭부터 꾸려야 합니다. 제가 지닌 돈이 조금 있지만 그래도 중간에 노숙을 하게 되는 경우가 생길 수도 있을 테니 어느 정도 대비는 해놔야지요. 건량(乾糧)이나 육포도 준비하고, 혹시 모르니 화섭자(火攝子)나 점화석(點火石)도 챙겨야 하고, 금창약 같은 비상약도 챙기고, 또······."

"알았어. 그럼 시간은 얼마나 주면 돼?"

"으음, 교통 수단으로는 뭘 이용하실 생각입니까?"

"교통 수단? 뭐가 있는데?"

"말을 타고 가는 것이 가장 빠릅니다. 광동은 장강 이남에 있으니 중도에 배도 타야 하지요. 편하게 가시려면 마차를 구해도 되고······."

팔짱을 낀 채 화무영의 자잘한 설명을 듣던 사비는 말이라는 말에 눈살을 찌푸리다가 마차라는 말에 금세 두 눈을 빛내며 입을 열었다.

"마차, 좋군. 마차로 하지."

"하지만 마차는 비용이 만만찮게 들어갑니다."

"쳇! 아까는 돈 좀 있다면서?"

"마차를 살 정도는 못 됩니다. 하하!"

사비가 삐딱한 시선으로 눈을 흘기자 화무영이 멋쩍은 웃음을 흘렸다.

"그럼 차라리 말을 타는 것이······."

"말은 됐어! 그거 말고 다른 건 없어?"

사비가 고개를 도리질 치며 묻자 화무영이 짐짓 심각한 표정으로 입을 열었다.

"수월한 방법이 있기는 한데······."

"뭔데?"

"그것은··· 도보로 가는 것입니다."

"이씨! 뭐야? 그럼 걸어가자는 얘기 아니야?"

"그것 말고는 마땅한 방법이 떠오르지 않는군요."

화무영이 겸연쩍은 표정으로 웃었다.

"알았어! 알았으니까 빨리 준비나 하라고!"

"예, 알겠습니다. 삼 일만 주십시오. 그 안에 준비를 마쳐 놓도록 하겠습니다."

화무영이 고개를 끄덕이며 다시 말을 이었다.

"하지만 출발하기 전에 일단 관제묘에서는 벗어나는 것이 좋을 것 같습니다. 준비를 하자면 청도현에 나가 있는 게 훨씬 용이하니까요."

"그러지, 뭐. 왕 할배 얼굴 못 본 지도 꽤 됐으니까 거기에서 며칠 묵으면 되겠네."

"잘 생각하셨습니다. 저도 왕 대인이 어떻게 지내고 있는지 걱정이 되던 참이었습니다."

사비가 흔쾌히 승낙하자 화무영이 흡족한 표정으로 고개를 끄덕였다.

사비와 화무영은 나란히 걸음을 옮겨 관제묘로 향했다. 화무영은 관제묘에 당도하자마자 짐을 꾸리기 시작했다. 특별히 짐이라고 할 물건도 없었기에 혈매화를 시켜 관제묘 주변을 깔끔하게 정리시키고 그동안 사용했던 그릇과 화로 같은 것들을 한쪽 구석에 파묻는 일이 고작이었지만.

둘의 행동을 물끄러미 지켜보던 사비가 천천히 몸을 돌리고 사군우와 현화가 사이좋게 묻혀 있는 봉분 앞으로 다가갔다.

"후후후! 좋아요?"

사비는 사군우의 무덤 위에 돋아난 포공영 잎사귀를 바라보며 피식 웃었다. 산들바람을 맞고 있는 그 잎사귀는 애처롭게 흔들리고 있었지만 사비의 생각에는 마치 사군우의 손이 옆에 누워 있는 현화를 향해 손짓하는 것처럼 보였다.

"같이 누워 있으니까 좋으냐고요."

"……"

사비는 대답 없는 사군우의 무덤을 바라보며 힘겹게 입술을 뗐다.

"내가 아무리 단순하다고 아저씨가 누군지도 모를 것 같았어요? 정말 내가 그 정도로 멍청하게 보였어요?"

혈매화에게 시시콜콜 잔소리를 해대다가 사비의 중얼거림을 듣게 된 화무영은 몸을 흠칫 떨며 그대로 굳었다. 그의 귀로 사비의 쓸쓸한 음성이 들려왔다.

"미안해요. 비석이라도 세워줄 생각이었는데… 백색이 녀석이 다른 사람이 알면 좋을 것 없다고 그냥 두자고 하네요. 그러니까 조금만 이렇게 있어요. 다시 돌아오면 그때는 세상에서 제일 큰 놈으로 하나 떡하니 세워줄게요."

사비는 잠시 입을 다물고 사군우와 현화의 무덤을 물끄러미 바라봤다.

"그럼… 다녀올게요. 우리 엄마하고 사이좋게 지내고 있어요."

사비는 천천히 몸을 돌렸다. 하지만 좀처럼 발이 떨어지지 않았다. 여전히 입가에 맴도는 말이 남아 있었지만 그 말이 차마 입 밖으로 나오지 않았기 때문이다.

'아저씨, 나도 부탁 하나만 해도 돼요? 예전부터 불러보고 싶었던 말이 있거든요. 아저씨가 어떻게 받아들일지 몰라서 그냥 참았는데 지금이 아니면 평생 못할 것 같아요.'

사비가 천천히 고개를 돌렸다.

'고마워요. 그리고 사랑해요… 아버지.'

사비의 두 눈이 붉게 충혈된 것은 착각이었을까. 다시 몸을 돌리고 걸음을 내딛는 그의 얼굴에는 햇살처럼 눈부시고 환한 미소가 가득했다.

"백색아, 가자!"

사비는 힘차게 발을 내디뎠다. 강호를 향해, 그리고 새롭게 세운 목표를 향해 내딛는 첫걸음이었다.

사비는 길게 숨을 들이마셨다. 자신이 태어나고 자란 곳이다. 어미의 무덤이 있는 곳이고, 짧지만 소중한 사군우와의 추억이 어린 곳이다. 그리고 무림인들에 의해 사군우가 죽어가는 모습을 지켜봐야 했던 가슴 아픈 기억이 있는 곳이기도 했다. 그는 이런 모든 기억들을 잠시 묻어두려 한다.

하지만 지금 당장이라도 달려가 그들의 귀라도 물어뜯고 싶어 터질 것 같은 심장과 진정한 사내의 길을 일깨워 주기 위해 아낌없이 주고 떠난 사군우를 생각하면 물거품처럼 사그라질 것 같은 심장. 사비는 그 어떤 심장이 자기의 것인지 바람을 느끼며 알 수 있을 것이다.

*   *   *

벌컥!

"왕 할배! 나왔어!"

"크억!"

사비가 방문을 열고 들어가자 왕춘악이 크게 당황하며 급히 이불로 몸을 덮었다.

"뭐 해? 나왔다니까!"

사비는 눈살을 찌푸리며 왕춘악에게 달려가 그가 덮고 있는 이불을 홱 걷어 젖혔다.

"헛! 뭐야?"

이불을 들춘 사비가 헛바람을 집어삼켰다. 그의 눈에 왕춘악의 아랫도리에 고개를 파묻고 바들바들 떨고 있는 여인의 나신이 들어왔다.

"험! 험! 녀석! 기척이라도 좀 하고 들어올 것이지."

왕춘악은 연신 헛기침을 하며 여인에게 턱짓을 했다. 이에 여인은 이불로 몸을 가리고 황급히 밖으로 뛰쳐나갔다.

"하여튼! 세상에서 제일 팔자 좋은 노인네라니까!"

사비는 혀를 끌끌 차며 설레설레 고개를 저었다.

"네가 여기는 어쩐 일이냐? 머리털 색깔은 왜 그 모양이고?"

"꼭 일이 있어야 오나? 그냥 할배 얼굴이나 한번 보고 가려고 들렀지."

"허허! 아무튼 잘 왔다. 전에 네 친구 덕에 큰 봉변을 피했는데 경황이 없어 제대로 인사도 못했구나. 그래, 그 친구는 지금 어디 있냐? 키워놓고 보니 이렇게라도 써먹을 데가 있구나."

사비가 길게 뻗친 붉은 머릿결을 긁적이며 피식 웃자 왕춘악이 사비의 손목을 잡아끌며 침상에 앉혔다.

"쳇! 누가 누굴 키웠다고 그래?"

사비는 눈썹을 모으며 왕춘악에게 눈을 흘겼다.

"아무튼 잘 왔다. 네가 오니 이렇게 든든한걸. 진작 좀 볼 걸 그랬구나."

왕춘악은 대견해 못 견디겠다는 얼굴로 사비의 엉덩이를 두들겼다.

"왜? 아직도 귀찮게 하는 잡것들이 있어?"

"이르다 뿐이냐. 네 친구 녀석에게 한번 혼쭐이 났는데도 이 녀석들이 좀처럼 물러설 기미를 보이지 않는구나. 자꾸 네가 있는 곳을 대라고 어찌나 닦달을 하는지 도무지 장사를 할 수 있어야 말이지. 나 원!"

왕춘악은 씁쓸한 표정으로 입맛을 다셨다.

"그냥 가르쳐 주지 그랬어. 나 관제묘에 있는 거 몰랐어?"

"허허! 내 아무리 돈만 밝히는 수전노로 소문이 났기로서니 아직 너까지 팔아먹을 정도의 경지에는 이르지 못했다."

"어이구! 그러셨어?"

사비는 히죽 웃으며 왕춘악의 노안을 살폈다. 꽤 오랜 시간을 못 봤기 때문인지 그의 얼굴이 오늘따라 유난히 늙어 보였다.

'그래도 왕 할배 살 길은 터주고 가야겠지?'

잠시 생각에 잠겼던 사비는 이내 마음의 결정을 내리고 다시 고개를 들어 올렸다.

"그 자식들 지금 어디 있어?"

"삼악파 말이냐?"

"응. 할배 발 뻗고 잘 수 있게 해줄게."

"큰일 날 소리. 그 녀석들은 그렇게 호락호락한 놈들이 아니란다. 이전에 있던 흑치회 같은 것들하고는 노는 물이 다른 인간들이야. 괜한 벌집 쑤시지 말고 그냥 조용히 사라지는 게 좋을 게다. 내 여비는 두둑이 챙겨줄 테니 아무 소리 말고 청도를 떠라."

사비에게 간곡히 당부한 왕춘악은 주섬주섬 옷을 챙겨 입었다. 사비의 말을 듣자 지금도 취화루 근처 어딘가에서 감시의 눈길이 있을지도 모른다는 생각이 퍼뜩 들었기 때문이다. 만일 그들이 사비가 들어오는 것을 봤다면 사단은 불을 보듯 뻔했다. 이에 왕춘악은 점점 불안해지기 시작했다.

"벌집을 쑤신 게 그 쉐이들인지 난지는 두고 보면 알 일이고, 할배는 그냥 삼악파 놈들 있는 곳이나 알려주면 돼."

"사비야, 이러지 말고 내 말 들어라. 네가 전에 왔던 그 친구를 믿고 이러나 본데 상황이 그게 아니란다. 설령 네가 청도 바닥에 있는 삼악파 놈들을 모두 몰아낸다고 해도 아마 조만간 다시 몰려올 게다. 그것도 더 질기고 독한 놈들로 몰려올 테지. 암, 그렇고말고. 그놈들은 청도뿐만이 아니라 산동성 전역에 퍼져 있는 조직이란다."

"흐음! 그 정도로 큰 놈들이었어?"

사비가 의외라는 눈빛으로 되묻자 왕춘악이 크게 고개를 끄덕였다.

"그래. 그러니까 너는 조용히 이곳을 떠라. 마침 나도 기회를 봐서 이곳을 정리할 생각이었는데 잘됐다. 내 이미 임 대인에게 부탁해 자리 잡을 곳을 마련해 두었다. 우선 네가 먼저 그곳으로 가 있으면 나도 곧 뒤를 따르마."

"왕 할배가 청도를 왜 떠? 여긴 할배 고향이나 다름없는 곳이잖아?"

사비는 왕춘악의 말을 들으며 일순 붉은 눈썹을 꿈틀했다. 흑치회나 그 이전에 있던 암사파의 모진 시련과 협박에도 굴하지 않던 왕춘악이 청도를 뜰 생각을 할 정도라면 그가 그동안 얼마나 시달렸는지를 짐작하고도 남음이 있었다. 이에 사비는 삼악파를 이번 기회에 작살을 내야겠다는 결심을 더욱 굳혔다.

"그 녀석들이 기생충처럼 사방에 퍼져 있단 말이지?"

왕춘악의 만류를 뿌리치고 취화루를 나선 사비는 두 눈을 반짝이며 걸음을 놀렸다. 화무영은 떠날 채비를 하느라 분주히 돌아다니고 있었기에 홀로 삼악파를 찾아가기로 결심한 것이다.

청도를 훤히 꿰뚫고 있는 사비는 아무 거리낌 없이 걸음을 재촉했다. 왕춘악은 가르쳐 주지 않았지만 짐작 가는 곳이 몇 군데 있었다.

쾅!

사비의 발길질에 떨어져 나간 문짝이 사방으로 거친 파편을 날렸다.

"뭐, 뭐냐?"

문이 부서지며 난 소음에 도박장 안은 삽시간에 소란스러워졌다.

이윽고 손님들 사이를 비집고 짧은 머리에 우락부락한 인상의 사내들이 튀어나왔다.

"이런 쓰벌 노므 새끼가! 감히 여기가 어디라고 와서 행패야!"

한 사내가 눈을 부라리며 앞으로 나오자 사비가 피식 웃으며 입을 열었다.

"삼악파 떨거지들만 남고 나머지는 나가!"

"……."

사비의 말에도 사람들은 서로 눈치를 살피기만 할 뿐 반응을 보이지 않았다. 이에 사비가 실소를 흘리며 다시 입을 열었다.

"후후후! 죽고 싶으면 있어도 상관없고!"

"헉! 과, 광견!"

사비가 주변을 쓸어보자 그를 알아본 한 사내가 경악성을 터뜨렸다. 머리 색깔이 바뀌어 알아보지 못하다가 뒤늦게 사비의 존재를 깨달은 것이다. 그의 짧은 외침을 들은 도박장 안에 있던 군중들이 우르르 몰려나가기 시작했다.

이를 본 사비는 피식 미소를 머금었다. 삼 년이 지났어도 자신의 명성이 줄어들지 않았다는 사실이 내심 흐뭇하기까지 했다.

그사이 도박장 안에 남아 있던 삼악파 무리들은 하나둘 각자의 연장을 챙겨 들고 사비 주위로 모여들었다.

"후후후! 오랜만에 몸 좀 풀어보겠네! 시간 아까우니까 순서 기다릴 것 없이 그냥 떼거리로 덤비라고!"

뚜두둑!

사비가 손가락 마디를 꺾어 소리를 내며 싱긋 웃자 삼악파 무리들의 눈썹이 역팔 자로 휘었다.

"어디서 이런 붉은 원숭이 같은 새끼가 와서 지랄이야! 조져 버려!"

누군가의 외침을 신호로 삼악파와 사비의 혈투가 시작됐다. 하지만 유독 한 사람만큼은 감히 사비에게 달려들 생각을 하지 못했다. 그저 보기 안쓰러울 정도로 다리를 후들후들 떨며 내려앉은 가슴을 쓸어 올리기에 급급할 뿐이었다.

'저, 저 인간은 그, 그때… 그……!'

그는 삼악파가 청도로 진출한 초기, 장도를 구하기 위해 달려왔던 사비에 의해 한쪽 눈을 잃은 사내였다.

퍼퍽!

사비는 오랜만에 기분 좋은 미소를 흘리며 신나게 몸을 날렸다. 무공을 사용하지도 않았고 공력을 일으키지도 않았다. 그저 닥치는 대로 주먹을 날리고 몸을 움직이며 삼악파를 상대할 뿐이었다.

'역시 이런 게 진짜 싸움인데 말이야.'

사비는 날아오는 주먹을 피하기 위해 어깨를 틀며 다리를 쭉 들어 올렸다.

퍼어억!

그의 발에 복부를 걷어차인 장한이 두 눈을 까뒤집고 나가떨어졌다. 하지만 사비는 성이 차지 않는지 그에게 달려가 계속해서 주먹을 퍼부어댔다.

퍼퍼퍼퍽!

사비에게 연타를 허용한 사내의 입에 가지런히 박혀 있던 이들이 옥수수 알 떨어지듯 우수수 떨어졌다.

"헉!"

이를 본 삼악파 무리들의 등줄기로 식은땀이 삐질 흘렀다. 맞서고 있는 상대가 자신들과는 차원이 다른 인물임을 깨달은 것이다. 전광석화와 같은 몸놀림, 차돌처럼 묵직하면서도 날카로운 송곳처럼 파고드는 주먹, 게다가 한 치의 빈틈도 보이지 않는 동물적인 감각은 싸움을 위해 태어난 사람이 아니면 보일 수 없는 것이었다. 처음에는 무림인일지도 모른다는 생각이 들었지만 사비의 움직임은 그들이 보고 들은 무공과는 엄연히 달랐다. 사비가 쓰는 싸움 기술이 자신들과 다르지 않다는 것은 그들 스스로가 더 잘 알고 있었다.

그렇게 한 식경이 흐르자 장내가 어느 정도 정리되기 시작했다. 하지만 사비는 이대로 끝내기가 아쉬운지 두 눈을 반짝이며 도박장 안에 쓰러져 있는 이들을 차례차례 훑어봤다.

"어떻게 이런 것들이 청도에서 설치고 다니는데도 아무도 나서지를 못한 거지? 어쭈! 눈 안 깔아!"

쓰러진 삼악파 무리들을 훑어보던 사비가 눈이 마주친 사내를 향해 달려들었다.

"으아악!"

처절한 비명성이 도박장 안에 울려 퍼지자 장내에 있던 이들이 모두 하나같이 전신을 움찔 떨었다. 사비가 눈앞에 있는 사내의 귀를 물어뜯었기 때문이다.

그들은 자신의 눈앞에서 벌어지고 있는 상황을 보고도 믿어지지 않는지 설레설레 고개를 저었다.

"꿇어!"

입가에 묻은 피를 슥 닦아낸 사비가 자리에서 벌떡 일어나 소리쳤다. 이에 여기저기 나가떨어져 신음성을 흘리던 삼악파 무리들이 일제히 무릎을 꿇고 고개를 푹 숙였다. 무림인들이 이런 상황을 겪었다면 다시없을 치욕으로 여겼을 테지만 주먹 세계에 몸담고 있는 이들에게는 너무나도 당연한 행동이었다.

사비는 자신을 중심으로 무릎을 꿇고 앉은 삼악파 무리들을 빙 둘러보며 입을 열었다.

"머리 나와!"

"……"

사비의 외침에 아무도 입을 열지 못했다.

"머리 없나?"

"주, 중두님은 지금 출타 중이십니다."

애꾸눈 사내가 떨리는 목소리로 대답했다.

"그래? 그럼 불러와!"

그때였다.

삐이걱!

"헉!"

문을 열고 들어서던 추덕상의 두 눈이 경악으로 커졌다. 도저히 믿어지지 않는 장내의 상황에 눈이 돌아갔다.

'과, 광견!'

그는 불현듯 엄습해 오는 불안감에 주춤주춤 뒤로 물러섰다. 거슴츠레한 눈으로 자신을 응시하고 있는 사비를 보자 직감적으로 그가 자신의 신경을 건드리던 그 광견임을 눈치챘다.

순간 뒷걸음질치던 추덕상을 향해 사비가 가볍게 몸을 날렸다.

턱!

"너냐?"

"으윽!"

사비에게 어깨를 움켜잡힌 추덕상이 얼굴에 경련을 일으키며 신음성을 터뜨렸다.

"머리가 너냐고!"

"……."

추덕상은 극심한 고통에 입을 열 생각도 못하고 다급히 고개를 끄덕였다. 이를 본 사비가 씩 웃으며 입술을 뗐다.

"반갑다!"

추덕상은 죽고 싶었다. 아니, 자신은 이미 죽은 목숨이라 생각했다. 하지만 계속해서 밀려드는 고통은 자신이 여전히 살아 있음을 일깨워주고 있었다.

피가 거꾸로 쏠리는 고통. 눈알이 빠질 듯 아파왔다. 하늘로 향한 추덕상의 엉덩이가 부르르 떨렸다. 그는 머리를 거꾸로 땅에 처박고 뒷짐을 진 자세로 지탱하기만 하면 되는 단순한 동작을 취하고 있었다. 하지만 이 지극히 단순한 동작이 이런 고통을 줄 수 있다는 것은 상상조차 해본 적이 없었다.

"으으으!"

"세 대!"

퍽! 퍽! 퍽!

추덕상의 옆에 놓인 의자에 앉아 있던 사비는 신음성이 터짐과 동시에 그의 궁둥짝을 향해 각목을 휘둘렀다.

"크윽!"

"두 대!"

퍽! 퍽!

"……."

또 한 번 엉덩이에 불이 확 일었으나 추덕상은 이를 악물고 버텼다.

'참아야 한다! 안 그러면 엉덩이 없는 귀신이 되고 말 거야!'

사비는 추덕상의 머리카락을 잡아 도박장 안으로 내동댕이친 후 곧바로 고문을 시작했다. 그냥 그렇게 머리만 처박고 있었다면 한결 수월했겠지만 조금이라도 신음성을 흘리는 날에는 엉덩이에 물리적인 타격을 가해왔다. 게다가 그는 이 고문에 신음을 흘리면 안 된다는 법칙을 미리 말해 주지도 않았다.

추덕상은 내심 억울한 생각이 일었지만 그렇다고 사비에게 불평을 터뜨릴 생각은 추호도 없었다. 지금은 오로지 사비의 매타작에서 어떻게 하면 벗어날 수 있을까 하는 생각뿐이었다.

"호오! 이제 좀 정신을 차렸나 본데?"

사비의 음성을 들은 추덕상은 눈앞에 서광이 비치는 것 같았다.

"으음, 아니겠지. 이 정도로 정신이 들 놈이었으면 왕 할배를 건드리지도 않았겠지. 안 그래?"

"아니, 정신 차렸습니다!"

추덕상이 혼신의 힘을 다해 외쳤다. 옆에서 수하들이 보고 있다는 사실을 생각하면 차라리 죽는 것이 더 나을 거라는 생각이 들었지만 그보다는 사비의 매를 피하고 싶은 마음이 더 컸다. 자신의 외침을 들은 사비가 아무 말이 없자 추덕상은 하늘에 빌고 또 빌며 감았던 눈을 살며시 반개했다.

순간 추덕상의 얼굴이 하얗게 질렸다. 열 손가락을 들고 숫자를 세는 사비의 모습을 발견했기 때문이다.

"아니, 정신 차렸습니다. 아홉 대 맞지?"

퍼퍼퍼퍼퍼⋯⋯!

"아흥!"

"이건 또 무슨 소리래? 아무튼 두 대⋯ 더!"

추덕상은 그 이후로도 무려 반 시진 동안 사비에게 엉덩이 찜질을 받아야 했다.

'이제 제발 죽여다오!'

추덕상은 콧등을 타고 올라와 이마에 맺히는 자신의 땀방울을 느끼며 삶에 대한 미련을 버렸다. 신체의 모든 감각은 마비됐고, 전신 혈관을 타고 돌아야 할 피는 모두 상체 쪽으로 쏠린 상태. 하지만 괴이하게도 각목이 닿는 엉덩이만큼은 지금도 여전히 신경 세포들이 살아 움직이고 있었다.

"일어⋯ 서!"

사비의 음성이 추덕상의 귓전을 울렸다.

'이젠 환청까지⋯ 가만!'

허탈한 얼굴을 하던 추덕상이 두 눈을 빛내는 사이 다시 사비의 음성이 들려왔다.

"어? 안 일어서? 변태새끼! 이제 보니 맞는 걸 즐기고 있었나 보구나!"

"아닙니다아아!"

목이 터져라 외치며 자리에서 벌떡 일어나던 추덕상이 크게 휘청였다. 하지만 그는 혼신의 힘을 다해 신형을 바로 잡고 차렷 자세를 취했다.

"으음!"

추덕상은 갑작스레 일어나 눈앞이 핑 돌기라도 하는지 야릇한 신음성을 흘리며 머리를 감싸쥐었다. 잠시 후 그는 전신의 피가 일시에 밑으로 내려가는 싸한 느낌에 전기에 감전된 사람처럼 온몸을 부르르 떨었다. 그는 평상시에 늘 할 수 있던 이 동작이 얼마나 큰 축복인지를 온몸으로 절감했다.

이윽고 정신을 추스른 추덕상이 천천히 고개를 들고 사비를 향해 조심스레 눈길을 던졌다.

"대두, 어디 있어?"

"네?"

"너희 대두, 지금 어디서 죽치고 있냐고!"

"그, 그야 당연히……."

추덕상은 잠시 말을 잇지 못했다. 사비가 천하에서 모르는 사람이 없을 정도로 널리 알려진 사실을 묻고 있었기 때문이다.

"몰라?"

"아, 아닙니다! 강 대두님은 지금 추성에 계십니다!"

"그래?"

사비가 두 눈을 빛내며 재차 확인하자 추덕상이 급히 고개를 끄덕이며 묻지도 않은 말까지 내뱉기 시작했다. 그는 어떻게든 사비의 비위를 맞추는 것에 정신이 팔려 수하들이 자신을 보고 있다는 것은 생각할 겨를조차 없었다.

"대두께서 계신 추성은 삼악파의 본진이 있는 곳으로 소두급 주먹 십여 명이 수하들과 함께 항시 상주하고 있으며, 중두급 주먹들이 무려 넷이나 있습니다! 하지만 역시 주먹 실력은 대두님이 최고입니다! 무, 물론 지금 제 앞에 앉아 계신 광견, 아, 아니, 대, 대인 어르신과는 비교할 수도 없지요!"

추덕상은 자신의 실언을 깨닫고 말까지 더듬으며 울상을 지었다. 하지만 사비는 그의 말을 되뇌느라 그가 지금 얼마나 떨고 있는지를 미처 보지 못하고 있었다.

"그럼 추성에 가서 그 자식만 족치면 끝나는 거군!"

"예?"

사비가 흡족한 미소를 머금고 중얼거리자 추덕상의 얼굴이 일순 굳어졌다.

"아무튼 알았어. 앞으로 왕 할배 좀 부탁하지. 그리고 지금부터 너희는 삼악파가 아니다. 알겠냐?"

"대, 대인, 차라리 죽여주십시오! 조직을 배신하면 저희는 죽은 목숨입니다!"

추덕상이 울상을 하며 그 자리에 털썩 주저앉았다.

"그건 걱정할 것 없어. 조만간에 삼악파라는 이름은 듣지 못하게 될 테니까."

사비가 의자에서 일어나자 추덕상이 무릎걸음으로 주춤주춤 뒤로 물러섰다. 이에 사비는 그의 어깨를 두어 번 토닥이더니 곧바로 몸을 돌렸다.

"잊지 마! 왕 할배 입에서 청도 뜨고 싶다는 얘기 한 번만 더 나오면 그때는……. 더 말 안 해도 알지? 그럼 난 간다!"

추덕상에게 다시 한 번 주의를 준 사비는 조금씩 멀어져 가며 뒤도 돌아보지 않고 한 손을 흔들었다.

"으음!"

추덕상은 침음성을 삼키며 천천히 고개를 돌렸다. 수하들의 눈이 모두 자신을 향해 있었다.

"주, 중두님, 이제 어떻게 합니까?"

애꾸 사내가 어두운 얼굴로 묻자 추덕상이 눈썹을 꿈틀하며 입을 열었다.

"어쩌긴 뭘 어째? 저자의 말대로 해야지 별수 있어?"

"하지만 조직을 배신하고 살아 있는 인간은 없지 않습니까?"

"나도 안다. 하지만 난 솔직히 저자가 더 두렵다."

"으음!"

추덕상의 말에 여기저기서 침음성이 터졌다. 삼악파의 가장 강력하고 두려운 법 중 하나가 바로 배신자에 대한 처벌이다. 이를 누구보다 잘 아는 추덕상이 그 법보다 사비를 더 두려워하고 있는 것이다. 하지만 이들은 추덕상의 심정을 이해했다. 자신들 역시 사비의 얼굴만 떠올려도 공포심에 오금이 저려왔고, 그가 자신들에게 벌인 만행을 생각하면 절로 치가 떨렸다.

머리를 박고 있는 자신들에게로 쉬지 않고 날아오던 매. 추덕상과 그의 수하들은 매에는 장사 없다는 말을 새삼 실감하고 있었다. 더욱이 자신들을 바라보는 사비의 눈에는 시종일관 흥미로운 빛이 가시지를 않았었다. 아니, 보다 정확히 말하자면 장난 삼아 개미를 죽이는 아이의 치기 어린 눈동자라고나 할까.

"그럼 이대로 잠수를 타는 게 어떻겠습니까?"

"아니! 우리는 독립한다!"

"예?"

애꾸사내가 외눈을 동그랗게 뜨고 소리쳤다.

"나는 저 인간처럼 엄청난 싸움 실력과 배짱을 지닌 주먹을 본 적이 없다! 모르긴 해도 저자는 정말 삼악파의 본진을 찾아가고도 남을 인간이야! 그러니 우리는 조용히 사태를 주시하다가 저자가 정말 삼악파를 와해시키는 주먹 세계의 신화를 이룩한다면 그때부터 바로 독립을 선포하는 거다!"

"그, 그럼 그때까지는 뭘 합니까?"

"왕춘악이 청도를 뜨지 못하도록 철저하게 보호하고 관리한다! 그것만이 살길이다! 그리고 우리 조직은 이제부터… 광견파(狂犬派)다! 알겠나?"

"예!"

추덕상의 일갈에 도박장 안에 앉아 있던 장한들이 일제히 대답했다. 그들의 눈은 알 수 없는 미래에 대한 불안함과 초조함으로 떨리고 있었다. 하지만 추덕상의 생각은 달랐다. 그는 어쩌면 지금이 자신에게 찾아온 일생일대의 기회일지도 모른다고 생각하고 있었다.

"너무 섣부른 행동이셨습니다!"

"알았어! 이제 안 그런다고 했잖아! 그러니까 그만 해!"

화무영이 얼굴을 굳히며 입을 열자 사비가 눈살을 찌푸리며 손사래를 쳤다.

"사부님께서 보셨다면 크게 노하셨을 일입니다. 무공도 모르는 인간 들에게 그런 잔인한 수를 쓰다니, 이게 있을 수 있는 일입니까?"

"잔인하긴 뭐가 잔인하다는 거야? 그리고 난 그 자식들에게 무공 쓴 적 없다고! 공평한 싸움이었단 말이야! 아니지, 쪽수에서는 내가 밀렸 으니 오히려 내게 불리한 싸움이었다고!"

화무영의 말에 사비가 버럭 고함을 쳤다.

사비의 실수라면 왕춘악의 입을 막지 못한 것이다. 혈매화와 함께 돌아온 화무영은 사비가 없음을 알고는 곧바로 왕춘악을 추궁했고, 이 에 왕춘악은 사비가 삼악파의 소굴로 간 것 같다는 대답을 했다. 이에 화무영은 왕춘악의 말이 끝나기도 전에 곧바로 취화루를 뛰쳐나갔다. 삼악파의 본거지라면 전에도 왕춘악을 구하면서 한 번 간 적이 있었다.

도박장에 당도한 화무영은 눈앞에 펼쳐진 광경을 보고 눈살을 찌푸 렸다. 사비가 한 사내의 귀를 물어뜯고 있었기 때문이다. 지금 화무영 이 잔인하다고 하는 것은 사비의 그 행동을 두고 하는 말이었다.

"무공을 쓰고 안 쓰고를 말하는 게 아닙니다. 적은 이미 전의를 상 실한 상태였습니다. 그런 자의 귀를 물어뜯는 것이 있을 수 있는 일이 라고 생각하십니까?"

"아, 진짜 고지식하네! 그냥 오랜만에 흥이 좀 나서 그랬어! 왜?"

"사부님께서 당부하셨습니다. 주공이 그릇된 길을 갈 때는 내버려 두지 말라고."

"알았어! 알았다고! 이제 안 건드린다잖아!"

사비가 양 손바닥을 들어 보이며 문 쪽으로 몸을 돌리자 이를 보는 화무영의 눈이 살짝 흔들렸다.

'제가 어찌 주공의 뜻을 모르겠습니까. 왕 대인의 안위가 걱정되어 더 잔인하게 구셨다는 건 압니다. 하지만 그런 눈에 띄는 행동은 주공을 적들의 이목에 노출시킬 뿐입니다.'

사비가 문을 밀고 밖으로 나가자 화무영은 짧은 한숨을 토하며 힐끗 고개를 돌렸다.

"매화야, 너도 내가 심한 반응을 보이는 것 같으냐?"

"아니! 나 같으면… 팼어!"

마치 벽처럼 아무 기척도 없이 서 있던 혈매화가 화무영을 보며 살며시 고개를 저었다.

"언제 돌아올 생각이냐?"

왕춘악이 편안한 미소를 머금고 물었다.

"글쎄, 좀 걸릴 거 같은데, 나도 잘 모르겠어."

사비가 머리를 긁적이며 웃었다.

왕춘악은 그런 사비의 해맑은 미소를 보며 저런 때는 꼭 그가 자신의 친손자 같다는 생각이 들었다.

"몸조심해야 한다! 어디 가서 치고 박고 싸우는 일은 이제 하지 말고!"

"쳇! 왕 할배나 건강 챙겨! 밤에 너무 힘쓰지 말고! 그 나이에 복상사하면 보기 흉하잖아!"

"헛! 이 녀석이!"

왕춘악이 누가 들을 새라 사비의 입을 틀어막으며 헛바람을 집어삼켰다. 하지만 그는 다른 때와 달리 화를 내지 않았다. 아니, 화를 내기는커녕 오히려 연신 기분 좋은 미소를 흘리고 있었다.

지난밤 수하들을 이끌고 온 추덕상이 자신 앞에 무릎을 꿇고 살려달라고 애걸복걸한 까닭이었다.

"그런데 이 마차, 정말 타고 가도 되는 거야? 가격이 만만치 않을 것 같은데……."

사비는 취화루 앞에 서 있는 마차를 힐끗 쳐다보며 물었다. 왕춘악이 자신의 여행 선물로 준비한 두 필의 말이 끄는 마차였다.

"내가 안 써서 그렇지, 한번 쓸 때는 화끈하게 쓰는 사람이다. 그러니 너무 부담 가질 필요 없단다. 허허허!"

"그럼 잘 탈게!"

사비는 피식 웃으며 화무영에게 턱짓을 했다. 이에 화무영도 만면에 웃음을 머금고 혈매화에게 턱짓을 했다.

획!

혈매화가 날렵한 동작으로 마차 앞에 올라타자 사비가 눈살을 찌푸리며 화무영에게 고개를 돌렸다.

"뭐야? 이 마차, 네가 모는 거 아니었어?"

"하하! 마차는 몰 줄 모릅니다. 저라고 어찌 완벽할 수 있겠습니까? 다행히 매화가 모는 방법을 알고 있는 것 같으니 그리 염려하지 않으셔도 됩니다."

화무영이 머리를 긁적이며 멋쩍은 웃음을 흘리자 사비가 설레설레 고개를 저으며 다시 왕춘악에게 고개를 돌렸다.

"할배, 그럼 갈게! 참, 그리고 만약에 죽을 날이 가까워졌다는 생각이 들면… 할배 재산 내 앞으로 남겨놓는다고 유언장에 쓰는 거 잊지 마! 알았지?"

"허억! 저, 저 녀석이!"

왕춘악이 수염을 부들부들 떨며 말을 더듬는 사이 사비가 마차에 몸을 실었다.

"핫!"

혈매화의 짧은 외침과 동시에 사비 일행을 실은 마차가 출발했다.

"도대체 매화가 못하는 건 뭘까?"

사비는 달리는 마차 안에서 창문 밖으로 시선을 던지며 감탄성을 내뱉었다.

"그러게 말입니다. 아무래도 매화는 주공이나 저와는 다른 방식으로 살아온 여인 같습니다."

화무영이 이에 동조한다는 듯 흡족한 미소를 머금고 고개를 끄덕였다.

"그러게. 그나저나 백색이 너는 언제까지 내게 주공이라는 호칭을 쓸 거야?"

"예?"

"아저씨한테는 사부라고 하면서 나한테는 주공이라고 하면 우리 관계가 너무 복잡한 것 같지 않아? 좀 단순하게 관계를 정리하자고!"

"어떻게 말입니까?"

화무영이 의아한 눈초리로 묻자 사비가 피식 웃으며 입을 열었다.

"굳이 말하자면 형제 같은 거 어때?"

"저, 저와 의형제를 맺자는 얘기입니까?"

"왜, 싫어?"

"그게 아니라 어찌 주종의 관계가 졸지에 형제 사이가 될 수 있겠습니까? 그리고 그렇게 되면 주공이 너무 손해이지 않습니까?"

화무영이 애써 태연한 표정을 지으며 말했다. 하지만 그의 가슴은 지금 두 근 반 세 근 반 뛰고 있었다. 사비가 자신을 형으로 삼고 싶다는 말을 할 줄은 전혀 생각조차 해보지 않은 까닭이다.

"손해는 무슨, 그냥 말 나온 김에 도원결의니 그런 복잡한 형식 같은 건 생략하고 지금부터 형제로 지내자고! 그럼 한번 불러봐!"

"으음! 그럼 나중에 딴 말 하기 없깁니다!"

화무영은 얼굴에 기쁜 기색을 감추기 위해 애쓰며 재차 확인했다.

"알았으니까 어서 불러보래도!"

"아… 우!"

"……."

사비에게 아우라는 호칭을 사용해 본 화무영은 쑥스러운 듯 고개를 돌렸다.

"백색아, 너 지금 뭐라고 했냐?"

"왜, 왜 그러나, 아우?"

"너, 미쳤냐?"

"미치다니? 그게 무슨 말인가?"

사비가 어이없는 표정으로 자신을 빤히 쳐다보자 화무영이 당황한 표정으로 되물었다.

"내가 왜 아우야?"

"헉! 그, 그럼 혹시?"

"당연히 내가 형이지! 안 그래?"

"하지만 나이가 있지 않습니까? 제가 보기에는 이렇게 젊어 보여도 주공보다 아홉 살이나 많은 사람입니다. 그런데 어찌 제가 아우가 될 수 있습니까?"

화무영이 펄쩍 뛰며 두 손을 내저었다.

"그게 뭐가 어때서? 관우인가 하는 인간도 유비보다 나이가 많았다고 하잖아. 그리고 입장을 바꿔서 생각해 보라고. 네 말대로 어제까지는 주인과 종의 관계였던 우리가 형제가 된다면 당연히 내가 형을 해야지, 아우가 되면 내 기분이 어떻겠어? 안 그래?"

"휴우! 차라리 그냥 종으로 살겠습니다!"

화무영이 짧은 한숨을 토하며 두 눈을 질끈 감았다.

"나도 그렇게는 못하지! 네 사부님은 사내가 한번 말을 뱉었으면 지켜야 한다고 그랬다고! 설마 사부님 유지도 어길 셈이야? 그리고 나중에 딴 말 하기 없기라고 한 사람이 누구였더라?"

"그, 그만 하십시오!"

사비가 쉴 새 없이 말을 쏟아내자 화무영이 두 귀를 틀어막고 버럭 고함을 쳤다.

"하겠습니다! 하면 될 거 아닙니까?"

"그럼 어디 해봐!"

"혀… 어……."

"뭐라고? 안 들려!"

사비가 제 귀에 한 손을 대고 고개를 저었다.

"행… 님!"

"더 크게!"

"제발 그만 좀 하십시오!!"

화무영이 목청이 터져라 외치자 사비가 피식 미소를 머금고 고개를 끄덕였다.

"그래. 그만 하라면 그만 하지. 아무튼 앞으로 잘 지내보자고, 아우! 히히히!"

"휴우! 됐습니다."

사비가 짐짓 의젓한 말투로 입을 열며 한 손을 내밀자 화무영은 마지못해 그 손을 맞잡으며 길게 탄식을 토했다.

'휴우! 이 인간에게 또 당했군!'

화무영은 사비의 천연덕스러운 눈빛을 보며 속으로 설레설레 고개를 저었다. 하지만 내심 그렇게 싫은 기분도 아니었다. 사비가 자신을 비록 아우이긴 하지만 종이 아닌 한 사람의 인격체로 대해준다는 사실을 새삼 확인했기 때문이다.

사비와 화무영이 옥신각신하는 사이에도 마차는 빠른 속도로 이동 중이었다. 지면에 두 줄기 궤적을 그리며 달리는 마차의 전면으로 눈부신 태양이 떠오른다. 그렇게 사비의 봄은 다시 시작되고 있었다.

|第四章|
주성운집(鄒城雲集)

백의를 깔끔하게 차려입은 한 청년이 백천맹의 중앙을 가로질러 걸음을 놀리고 있다. 영준한 얼굴에 잘 다듬어진 체구를 가진, 누구나 호감을 가질 만한 그런 젊은이다.

그가 횡단하고 있는 곳은 맹호장이라는 이름의 연무장으로 길이 팔십 장, 폭 사십 장에 달하는 엄청난 면적을 자랑하는 곳이다. 이 맹호장은 백천단을 이루는 네 부대 중 청룡대를 제외한 세 부대의 훈련 장소로 항상 엄청난 인파로 북적이는 곳이다. 하지만 지금은 한산했다. 유시(酉時). 백천맹 무사들이 일과를 마치고 숙소로 복귀했을 시간이다.

"하앗!"

부지런히 걸음을 놀리던 청년은 멀리서 들려오는 기합성에 슬쩍 고개를 돌렸다. 기합은 맹호장 맞은편에 있는 와룡장에서 들려왔다. 와

룡장은 백천단 소속 부대인 청룡대와 신기전 무사들이 사용하는 연무장으로 맹호장과 같은 규모를 지니고 있다.

하지만 맹호장과 달리 일과 시간 외에도 인적이 끊이지 않는 곳이다. 천하 각처에서 찾아와 백천맹에 지원한 무사들이 훈련을 받고, 발령이 날 때까지 대기하는 신기전 무사들이 사용하는 곳이기 때문이다. 신기전 무사들은 한시라도 빨리 자대 배치를 받고 싶은 마음에 다른 부대원들보다 수련에 열심이다.

청년은 땀을 뻘뻘 흘리며 수련에 열중인 사내가 얼마 전 신기전에 입소한 낭인 무사임을 알아보고 피식 웃음을 흘렸다. 문득 이곳에 들어와 신기전에서 대기하던 삼 년 전이 떠올랐다.

"벌써 삼 년이 흘렀군."

청년은 생각보다 시간이 꽤 흘렀다는 생각을 하며 다시 고개를 돌렸다. 그의 발길이 향하는 곳은 전면에 보이는 거대한 전각으로 백천맹에서도 가장 중요한 건물 중 하나인 천웅전이다. 천웅전은 백천맹 고위 간부들이 회의를 하는 장소로 백천맹의 상징과도 같은 건물이다.

천웅전을 보는 청년의 눈이 짧게 빛났다. 천웅전은 청년이 백천맹에 들어오고 오늘에야 처음으로 발을 딛는 곳이었다. 바꿔 말하면 다른 사람은 최소 십 년은 걸려야 자격을 얻는 일을 청년은 불과 삼 년 만에 이뤘다는 뜻이기도 했다.

맹호장을 벗어난 후 곧바로 백천맹의 중앙 대로를 건너 교각 앞에 이른 청년이 드디어 걸음을 멈췄다.

선린교(善隣橋).

사두마차 두 대가 나란히 이동해도 될 만큼 넓은 이 다리는 천웅전으로 갈 수 있는 유일한 길이다.

청년은 눈동자의 초점을 모아 선린교가 가로지르고 있는 호수 건너 편으로 시선을 던졌다. 하지만 다리 끝 자락에 위치한 천웅전을 제외 하면 십오 장 높이에 달하는 꽉 막힌 벽이 놓여 있을 뿐이었다.

벽을 보고 내심 답답한 기분이 든 청년은 전면을 향해 다시 걸음을 놀렸다. 선린교를 지나 천웅전으로 들어가기 위해서는 백천수호대의 정예 무사들이 지키는 초소 두 개를 지나야 했다.

'정도 무림의 중심이라는 곳이 어찌 이리도 감춰야 할 비밀이 많은 곳이란 말인가?'

청년은 쓸쓸한 얼굴로 내심 중얼거리다가 자신을 향해 다가오는 경 비 무사 둘을 향해 짧게 읍을 취했다.

"청룡대 산하 제삼향주 신도원, 맹주님의 부르심을 받고 왔소이다!"

공황식의 집무실 앞에 이른 신도원은 안내해 준 무사가 자리를 뜨려 하자 짧게 고개를 숙여 보인 후 천천히 고개를 돌렸다.

"맹주님, 신 향주가 왔습니다. 잠시 들어가도 되겠습니까?"

공손한 어투로 입을 연 신도원은 굳게 닫힌 문을 바라봤다.

"……."

안에서는 한참을 기다려도 기척이 없었다. 이에 잠시 망설이던 신도 원은 앞에 놓인 문을 살며시 밀었다.

본래 맹주의 허락 없이는 들어갈 수 없는 곳이었으나 자신은 공황식 이 부른다는 전갈을 받고 온 터라 어느 정도 면책의 여건을 갖추고 있 었다.

살며시 방문을 민 그의 눈에 창문 밖으로 시선을 던지고 있는 공황 식의 뒤통수가 들어왔다. 이에 조금 더 문을 밀고 안으로 한 발을 내디

딘 신도원이 조심스레 입을 열었다.

"맹주님!"

신도원의 나직하면서도 굵은 음성이 집무실을 울리자 공황식의 머리가 살짝 흔들렸다.

"들어오게!"

신도원은 공황식의 허락이 떨어지기가 무섭게 방문을 열고 안으로 들어섰다.

"오랜만이군."

공황식은 앞에 선 신도원을 보며 빙긋이 미소를 머금었다.

"송구스럽게도 이제야 인사를 여쭙습니다. 금일 부로 추밀원(樞密院)으로 발령을 받은 신도원이라고 합니다."

"허허! 우리가 처음 보는 사이였던가? 내가 실수를 했군. 기억력이 가물가물해진 모양이네. 이해하게."

공황식이 어색하게 웃자 신도원은 기분 좋은 웃음을 머금었다.

"아닙니다. 공사다망하신 맹주님께서 이렇게 불러주신 것만 해도 영광으로 생각하고 있습니다."

공황식의 두 눈에 이채가 서렸다.

자신감이 가득해 보이지만 결코 오만하지 않은 눈빛을 하고 있는 청년. 지그시 다문 그의 입술에는 편안한 미소가 담겨 있다. 다르게 보면 그 미소는 백천맹주인 자신을 보고도 여유를 보이는 배짱이었다.

'호오! 등하불명(燈下不明)이라더니 이런 기재를 곁에 두고도 미처 알지 못했었군.'

공황식은 신도원의 영준한 모습을 감상하며 흐뭇한 미소를 머금었다. 하지만 조금씩 시간이 흐름에 따라 공황식의 얼굴이 점점 굳어지기 시작했다. 앞에 선 신도원의 얼굴이 점차 다른 사람의 모습으로 바뀌어갔기 때문이다.

그 누구도 범접할 수 없는 기상과 굳센 눈빛. 공황식은 신도원에게서 사군우의 모습을 느꼈다.

"으음!"

공황식은 자신을 물끄러미 응시하는 신도원을 바라보며 침음성을 삼켰다.

"혹시 어디 불편하신 데라도 있으십니까?"

"아, 아닐세! 자네를 보니 내가 아는 누군가와 좀 닮은 것 같아서 잠시 다른 생각을 했네. 오늘 여러모로 자네에게 실수를 많이 하는군."

신도원의 걱정스런 음성에 정신을 차린 공황식이 살며시 고개를 저으며 굳었던 얼굴을 풀었다.

"실수라니요? 천부당만부당한 말씀이십니다. 저어, 제게 하명하실 일이라도……."

신도원이 고개를 가로저으며 공황식의 입술을 바라봤다. 자신을 왜 부른 것인지에 대해 묻고 있는 것이다.

이를 눈치챈 공황식이 속으로 고소를 머금고 천천히 입술을 뗐다.

"추밀원이 어떤 곳인지는 알고 있나?"

"정확히 어떤 일을 하는 곳인지에 대해서는 아직 구체적으로 들은 바가 없습니다."

"그럴 테지. 추밀원에 관한 언급은 일체 금지되어 있으니까."

공황식이 고개를 끄덕이며 말을 이었다.

"추밀원은 맹주의 직속 기관이네. 물론 의천단이라는 부대가 있긴 하지만 하는 일은 엄연히 다르네. 의천단이 맹주를 호위하고 백천맹의 위상을 드높이는 일을 맡는 본 맹의 얼굴 역할을 한다면 추밀원은 백천맹의 음지에서 활동하며 맹을 지키는 숨어 있는 수호자라 할 수 있네."

"감찰 기관의 역할을 하는 곳입니까?"

"그렇게 볼 수도 있지."

신도원이 고개를 끄덕이며 입을 열자 공황식이 흐뭇하게 웃으며 대답했다.

"하지만 감찰 기관이라고 표현하기에는 조금 적절치 못한 측면이 있네. 추밀원은 감찰과 더불어 다양한 임무를 수행하는 곳이니까 말이야. 해서 추밀원의 요원들은 집법 원로회의 원로 한 명이나 십회주 이상급 간부진 두 명의 추천이 필요하네. 이후 추천을 받은 대상자는 십회주에 준하는 다른 간부진 세 명의 재가를 얻어야 하네. 그래야 비로소 내게 그 명단이 넘어오지. 그러면 나는 마지막으로 후보자의 추밀원 적합 여부를 최종 판정하네. 그렇게 해서 요원으로 발탁된 자는 곧바로 추밀원 소속이 되어 임무를 수행하게 되지. 요원으로서의 임무를 수행하기 위한 훈련 같은 것은 별도로 받지 않네. 처음부터 현장에서 뛸 수 있는 능력을 갖춘 자만이 추밀원 요원이 될 자격이 있으니까 말이야. 그래서인지 추밀원에 속한 요원들의 자부심은 하늘을 찌른다네. 허허허!"

"맹에 가입한 지 이제 삼 년을 넘긴 저로서는 과분한 자리인 것 같습니다."

"내 생각도 그렇다네. 자네는 백천맹이 세워진 이래 최단 기간에 추밀원으로 발령이 난 인물이네. 이는 초대 맹주님이 계시던 때였다면 도저히 있을 수 없는 일이지. 하지만 이 임무를 맡을 적임자로 자네만

한 사람이 없다는데 난들 어찌겠는가? 허허허!"

공황식의 인자한 소성이 집무실에 울려 퍼졌다.

"그나저나 누가 자네를 추천했는지 궁금하지 않은가? 맡을 임무가 무엇인지도 궁금할 테고."

공황식이 웃음을 뚝 그치고 물었다.

"삼가 경청하겠습니다."

"자네는 젊은 사람답지 않게 차분한 성미를 지니고 있군."

공황식은 신도원에게 엷은 미소를 보이며 다시 말을 이었다.

"자네도 눈과 귀가 있으니 요즘 돌아가는 상황은 잘 알 걸세. 언뜻 보기에는 전과 다름없어 보이지만 지금 중원 무림은 거대한 변화의 조짐을 보이고 있지. 그동안은 백천맹과 육패를 필두로 한 정도 세력들이 중원을 장악하고 있어 평화의 시기를 구가했지만 지금은 다르네. 자네는 그게 무엇 때문이라고 생각하나?"

"마도가 연합 세력을 구축하려는 시도와 관련이 있다고 봅니다."

"자네는 그 소문을 믿나?"

"그렇습니다."

공황식이 의외라는 눈초리로 묻자 신도원이 고개를 끄덕였다.

"추밀원주가 직접 천거를 해서 어느 정도 짐작은 했네만 자네는 참으로 남다른 안목을 지녔군."

"과찬이십니다."

신도원이 겸손한 얼굴로 허리를 숙이자 공황식이 다시 말을 이었다.

"다른 후배들도 자네와 같은 생각이라면 얼마나 좋을까? 하지만 안타깝게도 정도의 젊은 무인들은 말할 것도 없고 원로 고수들조차 그런 마도의 움직임에 전혀 무관심하다네. 문파의 존장들이 아무리 주의를 환기시키려고 해도 마이동풍(馬耳東風)으로 흘러들을 뿐 귀를 기울일 생각을 하고 있지 않지."

"송구스럽지만 그건 저도 마찬가지입니다."

"마찬가지라니? 그 발언이 어떤 의미인지 설명을 좀 해주지 않겠나?"

공황식의 물음에 신도원이 차분한 어조로 입을 열었다.

"물론 마도의 움직임이 심상치 않다는 것에는 저도 동의합니다. 하지만 그들이 뭉치려고 하는 이면에는 백천맹에 대한 두려움이 깔려 있습니다. 뭉치지 않으면 더욱 입지가 좁아질 거라는 두려움이지요. 즉, 설령 마도가 연합 세력을 구축하고 전력의 급성장을 이룩한다고 해도 결코 당금 백천맹의 전력을 넘어설 수는 없을 거라는 말씀입니다. 이제껏……."

"계속해 보게."

신도원이 잠시 말을 끊고 자신의 표정을 살피자 공황식이 흥미로운 눈초리로 고개를 끄덕였다.

"이제껏 중원 무림에 백천맹과 같은 초거대 세력은 존재한 적이 없습니다. 더욱이 지난 사십 년간 성장에 성장을 거듭한 작금에 이르러서는 두말할 나위도 없지요. 이제 본 맹의 성장은 한계 상태에 이르렀다는 뜻입니다. 물론 기득권을 유지하기 위해서나, 아니면 기득권을 얻기 위한 내부적인 다툼이 있을 수도 있습니다. 하지만 그건 어디까지나 본 맹 내부에서 일어나는 일에 불과합니다. 백천맹과 대등한, 아니면 그 이상의 전력을 지닌 외부의 적이 출현하지 않는 이상 본 맹은 그저 간간이 벌어질 그런 내부적인 갈등만 해소하면 그뿐이지요."

"흠, 그럼 자네는 우리가 마도 세력의 규합에 대해서 이대로 방관만

하고 있어야 한다는 건가?"

공황식은 이젠 흥미롭다는 차원이 아니라 신도원의 말을 경청하는 자세로 두 눈을 빛냈다. 그의 말이 자신의 생각과 일치하고 있었기 때문이다.

"아닙니다. 방관이 아니라 오히려 마도의 힘을 키워야 합니다. 마도는 아무리 더 커져도 백천맹의 힘을 누를 수 없습니다. 그러니 민심이 마도에 불안을 느껴 백천맹이 움직이기를 바랄 정도가 될 때까지는 계속해서 키워 나가야 합니다."

"백천맹이 마도를 키운다?"

"그렇습니다. 지금은 본 맹 소속의 인사들뿐만 아니라 외부 인사들이나 중원인들의 민심조차 마도보다는 오히려 백천맹을 두려워하고 있는 것이 현실입니다. 마도가 아무리 커진다 한들 백천맹을 이길 수 없으리라는 믿음을 지니고 있으니 당연한 반응이지요. 따라서 이런 상황에서 본 맹이 움직인다면 오히려 세력을 확장하기 위한 의도로 비쳐질 가능성이 더 큽니다."

"듣고 보니 일리있는 말이군."

공황식이 고개를 끄덕이자 신도원이 재차 말을 이었다.

"하지만 마도의 힘이 중원인들의 예상보다 커진다면 그때는 얘기가 다릅니다. 그렇게 되면 내부에서든 외부에서든 아무런 반발이 일어나지 않을 테지요. 아니, 오히려 백천맹이 나서주기를 바라게 될 것입니다."

"하지만 백천맹의 야욕이 없다는 걸 증명하기 위해 그때까지 마도를 내버려 둔다는 것은 조금 억지스러운 측면이 있는 것 같군."

"죄송하지만 저는 말이 되고 안 되고를 말씀드리는 것이 아닙니다.

마도는… 성장의 한계에 부딪친 백천맹이 새롭게 도약할 수 있는 좋은 도구가 될 것 같다는 말씀을 드리는 것뿐이지요. 선택과 결정은 제 몫이 아닙니다."

신도원이 빙긋이 미소지으며 말했다.

"후후후! 자네는 추밀원이 아니라 군사부에 발령을 받았어야 할 사람이로군."

피식 미소를 흘리며 창문 너머로 시선을 옮긴 공황식은 신도원의 말을 되뇌며 생각에 잠겼다.

'후기지수 중 군계일학이라 들었는데 그 이상이군. 이런 자라면 차라리 크기 전에 싹을 자르는 것이… 아니지, 지닌 머리와 능력을 그대로 드러내는 것을 보면 아직까지 의중을 감추는 정도에는 이르지 못했다. 그 전에 내 사람으로 만든다면……'

잠시 후 창문 너머로 시선을 던지던 공황식이 다시 고개를 돌리고 입술을 떼었다.

"추밀원에 몸을 담게 되면 때로는 보고도 못 본 척, 들어도 못 들은 척해야 할 경우가 허다하네. 설령 본인이 잘 알고 있는 일일지라도 아무것도 모르는 사람처럼 행동하는 것을 예사로 해야 하는 이들이 추밀원의 요원들이지."

공황식의 말에 신도원의 눈가에 미미한 경련이 일었다.

"지금 자네가 말한 것은 내 못 들은 걸로 하겠네."

"감히 맹주의 귀를 어지럽힌 죄, 벌하여 주십시오!"

신도원이 털썩 자리에 무릎을 꿇자 공황식이 희미하게 웃으며 입을 열었다.

"아니야. 자네 덕분에 눈앞을 뿌옇게 가리던 안개가 걷히는 느낌이

라네. 다만 좀 전에 내게 했던 말을 앞으로는 입 밖으로 꺼내지 말라는
걸세."

"삼가 명심하겠습니다!"

신도원은 짧게 외치며 머리를 숙였다.

"그래, 운허 도인(雲虛道人)의 진전을 이었다고?"

"그렇습니다. 하지만 자질이 부족하여 사부님의 명성에 누가 되지는
않을까 걱정하고 있습니다."

신도원이 머리를 조아리며 대답하자 공황식이 웃음을 머금고 다시
입을 열었다.

"운허 도인께서는 워낙 신출귀몰하시어 곤륜에서조차 그 행적을 찾
지 못해 안타까워하고 있다고 들었네만, 지금도 정정하신가?"

"저도 오 년 전에 뵙고 난 후로는 통 뵙지 못했습니다."

"허허허! 역시 범인과 다르신 분은 뭐가 달라도 다르시군. 그럼 지
금부터 자네의 첫 임무를 알려주겠네."

"분부 받잡겠습니다."

머리를 조아리고 있던 신도원이 공황식의 말에 두 눈을 빛냈다.

신도원이 뒷걸음질치며 집무실 밖으로 물러나자 공황식이 의자에
앉으며 입을 열었다.

"원주가 보기에는 어떤가?"

공황식의 중얼거림에 그의 뒤로 한 사내의 신형이 스르르 나타났다.
추밀원주였다. 그는 가슴에 밀(密) 자가 박힌 흑의에 복면을 뒤집어쓰
고 있었다.

"아직 맹 내에서조차 크게 알려진 바가 없으니 마도의 이목에도 드

러나지 않았을 것으로 판단됩니다. 하지만 지닌 실력만큼은 어느 후기 지수와 겨루어도 뒤지지 않습니다. 말씀드렸듯이 이 일에는 그만한 인물이 없을 것으로 사료되옵니다."

"무공 실력은 어느 정돈가?"

"지난 삼 년간 청룡대 제삼향주로 있으며 맡은 임무 모두를 아무 문제 없이 수행했습니다. 또한 주목해야 할 일은 최근 수행한 임무 중에 단신으로 하서삼괴(河西三怪)를 처리한 일입니다."

"호오! 하서삼괴를 단신으로 처리했다면 초일류급은 된다는 건가?"

공황식이 의외라는 듯 고개를 갸웃거리자 추밀원주가 고개를 가로 저으며 입을 열었다.

"죄송하지만 저는 그보다는 조금 더 높게 평가하고 있습니다. 아무래도 절정 하급은 되지 않을까 사료됩니다."

"뭐라?"

공황식이 놀란 눈으로 고개를 돌렸다. 이에 추밀원주가 급히 말을 이었다.

"하서삼괴는 개개인의 실력은 일류라고 하기에도 부족한 면이 없지 않아 있습니다. 하지만 그들이 펼치는 합격술 삼포삼창진(三抛三槍陣)은 구파의 장문인일지라도 상대하기가 까다롭다고 정평이 나 있습니다. 신 향주는 그런 자들을 단신으로 생포해 왔습니다. 이는 무공 실력과 더불어 지닌 재기 또한 남다르다는 것을 입증시켜 주는 단적인 예입니다."

"으음! 생포? 하서삼괴를 생포해 오다니… 믿어지지 않는군."

"제가 직접 목도한 것이니 믿으셔도 무방합니다. 추밀원의 요원으로 적합한지를 시험하기 위해 부여했던 임무였습니다."

"알겠네. 그럼 맡긴 일은 크게 걱정하지 않아도 되겠군."

공황식이 고개를 끄덕이자 추밀원주가 조심스레 입을 열었다.

"그럼 지금부터는 이전에 명하셨던 일들의 결과를 보고하겠습니다."

추밀원주가 입을 열자 공황식은 고개를 끄덕이며 창문 너머로 시선을 옮겼다.

"우선 무영마검은 맹주님의 예상대로 마사회의 회주 자리를 지켜낼 수 있을 것으로 보입니다. 천독문과의 교류를 핑계로 회주 선출식을 교묘히 미뤘습니다."

"역시 천독후와 무영마검이 손을 잡았군."

"그렇습니다. 천독문과 마사회가 공조하기로 합의를 본 것 같습니다. 그리고 대륙상회의 청탁을 받은 만수관은 조만간 빙월마궁과 전면전에 들어갈 것으로 보입니다."

"으음, 남 관주가 무리수를 뒀군."

"하지만 대륙상회에서 지급하기로 한 청탁금이 적지 않아 만수관주로서도 거절하기 힘들었을 겁니다. 황금 삼십 관이면 만수관을 다시 세우고도 남을 거액입니다."

추밀원주의 말에 공황식의 눈이 살짝 흔들렸다. 하지만 공황식은 이내 표정을 회복하고 피식 웃으며 고개를 끄덕였다.

"후후후! 모든 다툼은 욕심에서 비롯되지. 이번 일의 결과에 따라 육패의 양상이 바뀌겠군."

"속하도 그렇게 생각하고 있습니다. 그럼 계속해서 보고드리겠습니다. 화양마부는 빙월마궁, 마사회와 손잡은 것 외에는 다른 일체의 활동을 하지 않고 있습니다. 하지만 화양마부는 마도 단체들 중 최상위에 속한 전력을 보유하고 있는 명실상부한 마도의 수장급 세력이므로 계속해서 예의 주시해야 합니다.”

“화양마부가 숨죽인 채 기회를 엿보려는 의도라면 나올 기회를 마련해 줘야겠지. 양 대주에게 서찰은 전해줬나?”

공황식이 고개를 끄덕이자 추밀원주가 다시 말을 이었다.

“예, 양 대주는 서찰을 받고 반기는 눈치였습니다. 양 대주가 흑화일심대를 움직인다면 화양마부도 더 이상은 가만히 있지 못할 것입니다.”

“벽력문이나 곤륜은 어떤가?”

“그쪽에서는 별다른 움직임을 보이지 않고 있습니다. 그리고 중원의 여타 세력들도 마찬가지이니 큰 염려는 하지 않으셔도 될 것 같습니다. 또한 조만간 요미선자의 행적도 드러날 것입니다. 문제는 산동인데… 금번에 재기에 성공한 황보세가의 움직임이 아무래도 심상치가 않습니다.”

“그건 자네가 의도한 일이지 않은가?”

공황식이 묻자 추밀원주가 살며시 고개를 끄덕이며 입을 열었다.

“물론입니다. 황보세가의 재기는 소장왕 황보혁이 추밀원과 의천단의 병기를 제공하기로 한 약속의 일환이니까요. 하지만 문제는 황보세가의 힘이 산동에 있는 야문 세력을 넘볼 정도로 커졌다는 데 있습니다.”

“으음! 야문이라니? 그게 무슨 말인가?”

“야문의 비호 하에 있는 삼악파라는 흑도 세력이 산동에서 황보세가와 부딪칠 조짐을 보이고 있습니다.”

“삼악파? 들어본 적이 없는 단체군.”

공황식이 고개를 갸웃거리며 묻자 추밀원주가 급히 말을 이었다.

"본래 산동성 일부를 장악하고 있던 하오잡배들이었으나 근래 들어 산동성 전역으로 세를 확장해 군사부에서 흑도의 중급 세력으로 새롭게 추가한 신흥 단체입니다. 또한 삼악파가 이렇게 클 수 있었던 이유는 황보세가와 모종의 거래가 있었기 때문인 것으로 사료되옵니다. 황보세가의 협조가 없었다면 그들이 보유한 전력만으로는 도저히 불가능한 일이었을 것입니다. 물론 야문의 묵인이 있었기에 가능한 일이었지만……."

"그렇다면 남궁세가가 산동에서 물러난 이유와도 관계가 있겠군."

"그렇습니다. 어떻게 처리해야 할지……."

추밀원주가 말끝을 흐리며 묻자 공황식이 잠시 입을 다물고 생각에 잠겼다. 황보세가는 자신이 계획적으로 키우고 있는 곳. 그렇기 때문에 황보세가와 삼악파의 분쟁은 자칫 자신과 야문의 다툼으로 번질 공산이 크다. 이에 잠시 생각에 잠겼던 공황식이 천천히 입술을 뗐다.

"이번에 새로 뽑은 요원이 셋이라고 했나?"

"그렇습니다. 남궁 가주, 팽 가주의 천거로 남궁원에, 맹주님께서 직접 임명하신 공황작, 그리고 조금 전에 보셨던 신도원까지 이렇게 셋입니다."

"그럼 삼악파와 관련된 일은 그 둘을 보내도록 하지."

"하지만 그 둘에게는 이미 구파의 동태를 파악하고 정보를 수집하라는 지시를 내린 상태입니다."

추밀원주가 곤혹스러운 눈초리로 답했다.

"상관없네. 일단 그들을 같이 추성으로 보내지. 만일 야문에서 움직인다면 은밀히 황보세가를 지원하라 이르고, 그들이 움직이지 않는다면 사태를 관망하다가 본래의 임무에 착수시키게."

"알겠습니다. 그럼 속하는 이만 물러가겠습니다."

추밀원주가 짧게 읍을 취해 보이고 스르르 사라졌다.

"휴우!"

추밀원주가 사라지고 잠시 후 공황식이 긴 한숨을 토하며 제 가슴을 살며시 문질렀다. 사군우에게 당한 내상이 생각보다 깊었다.

공황식은 최 측근인 추밀원주에게조차 자신이 사군우를 처리한 일에 대해서는 말하지 않았다. 추밀원주는 사군우에게 당한 의천단의 절반 병력이 맹주의 특급 지령을 받고 비밀 임무를 수행 중이라고 알고 있다. 물론 추밀원주라면 오래지 않아 자신이 무슨 짓을 했는지 알아낼 테지만 당분간만이라도 사군우와 관련된 일은 입 밖에 내고 싶지 않았다.

"으음! 정말 지독하군."

공황식은 나직한 신음성을 토했다. 방문객들이 모두 나가고 일시에 긴장이 풀리자 참았던 고통이 한꺼번에 밀려왔다.

"하지만 검성의 숨통을 끊음으로 해서 천하의 숨통이 트인 게야. 휴우!"

야왕 은강후에게 처음 사군우의 소식을 들었을 때만 해도 준비를 하고 가기는 했지만 실제로 사군우를 죽일 생각은 없었다. 하지만 그와 관제묘에서 마주친 순간 공황식은 또 한 번 패배감에 온몸을 떨어야 했다. 사군우와 싸워보지 않아도, 단지 마주 섰다는 것만으로도 숨 쉬기 힘들 정도의 무력감을 느꼈고, 그가 이미 자신이 넘을 수 없는 산이라는 사실을 또 한 번 절감한 것이다. 이에 공황식은 만에 하나의 경우를 대비해 준비했던 공손천량, 음선부인, 그리고 요미선자와의 공조를 시행해 옮겼다.

공손천량과 음선부인은 몰라도 요미선자까지 거사에 동참한 것은 공황식도 의외였다. 그녀가 사군우를 죽이는 일에 힘을 보태기로 한 것은 말 그대로 천운이었다. 만일 그녀가 아니었다면 사군우를 죽이려 던 계획은 오히려 제 무덤을 파는 결과를 초래했음이 분명했다.

"만일 요미선자의 마음이 바뀌어 검성을 공격하지 않았다면……."

공황식은 지금 생각해도 등골이 오싹했다. 만일 그런 일이 벌어졌다면 자신은 결코 이 자리에 있지 못했을 것이다.

하지만 사군우에게 회복 불능의 치명상을 입히고 맹에 복귀한 후로도 계속해서 불안한 마음을 금할 길이 없었다. 사군우의 죽음을 두 눈으로 직접 확인하지 못했다는 불안감과 시간이 흐르고 자신의 치부가 만천하에 드러날 수도 있다는 걱정 때문이었다.

뜻을 같이했던 공손천량이나 음선부인, 요미선자 외에도 그 상황을 지켜본 이들의 수가 무려 다섯. 다른 사람은 조용히 제거하면 될 일이지만 소향군주나 뇌전권 구양극호는 공황식으로서도 쉽게 처리할 수 있는 인간들이 아니었다. 이에 공황식은 지금까지도 줄곧 그들의 입을 막을 방법에 대해서 고민에 고민을 거듭하고 있었다. 그가 집무실을 방문한 신도원이나 추밀원주의 시선을 피해 자꾸 창문을 바라보던 이유도 그 때문이었다.

이윽고 공황식이 씁쓸한 표정으로 입을 열었다.

"아버님은 공가의 사내들이 협사에는 어울리지 않는 피를 지녔다고 하셨지. 그 말씀이 맞는 모양이군. 이렇게 자네를 두 번 죽이겠다는 생각이 아무런 가책 없이 고개를 쳐드는 것을 보면 말이야."

공황식은 사군우의 얼굴을 떠올리며 살며시 두 눈을 감았다.

이젠 마음의 결정을 내렸다. 더 이상 미룰 여유도 이유도 없었다. 어차피 죽은 사람은 죽은 거고 산 사람은 살아야 한다. 그리고 자신은 이미 돌아올 수 없는 강을 건너지 않았는가.

잔인해지리라. 이미 사군우의 생을 훔쳤으니 그의 명예에 먹칠을 한다고 해서 더 이상 나빠질 것은 아무것도 없다.

"나를 무인보다는 관직에 더 어울리는 사람이라고 했나? 맞는 말이야. 난 무인보다는 관직에, 아니, 맹주 직에 더 어울리는 사람이지. 그리고 그 맹주 직을 지키기 위해서라면 무슨 짓이라도 할 생각이네. 고맙군. 자네 덕분에 내가 어떤 인간인지를 깨달았으니……."

공황식의 작은 읊조림이 집무실 안에 울려 퍼졌다.

*   *   *

청도를 벗어난 지 채 반나절이 못 되어 서남쪽 관도로 접어든 사비와 화무영은 마차 안에 마주 앉아 자못 심각한 얼굴로 대화를 나누고 있었다.

"지금 주공의 몸속에는 적어도 일 갑자에 달하는 진기가 흐르고 있습니다."

"확실한 거야?"

"그렇습니다. 하지만 아무리 굉천자 진인의 속공단이 뛰어난 효능을 지녔다고 해도 단전에 진기를 쌓아본 일이 없는 사람이 이를 완전히 소화시키셨다는 것은 저로서도 쉽게 납득할 수 없는 일입니다. 혹시 그때 다른 조력자가 없었습니까?"

"아니. 그 도사 영감 말고는 아무도 없었는데."

화무영이 설레설레 고개를 저으며 자신을 바라보자 사비 역시 고개를 가로저었다.

"그럼 사부님은, 그분도 아무런 말씀이 없으셨습니까? 진기를 다스려 주셨다거나 추궁과혈을 해주신 일이 없었습니까?"

"추궁과혈? 가만, 그러고 보니 그날 이후부터 아저씨가 유난히 많이 팬 것 같은데. 그런데 다른 때하고는 다르게 맞을 때 무척 시원했거든. 혹시 그게 추궁과혈이라는 건가?"

"그럼 시간은요? 사부님께 맞았던 시간은 어느 정도였습니까?"

화무영이 다급한 목소리로 물었다.

"시간? 글쎄. 네가 매화를 잡으러 가고 난 뒤에 바로 시작했으니까 대충 열흘 조금 넘은 것 같은데? 정확히는 기억이 안 난다. 아저씨도 나도 그냥 정신없이 싸워대느라 시간 같은 것에는 전혀 관심이 없었거든."

"헉! 여, 열흘이요? 정말 열흘이었습니까?"

"아마 그럴 거야. 왜?"

화무영이 두 눈을 휘둥그레 뜨고 묻자 사비가 의아한 안색으로 되물었다.

"그런 일이 있었군요. 하지만 열흘이라니……."

화무영이 실성한 사람처럼 중얼거리며 두 눈을 지그시 감자 맞은편에 앉아 이를 지켜보던 사비가 눈살을 찌푸렸다.

"왜?"

사비가 막 입을 열려고 하는 순간 화무영이 천천히 두 눈을 떴다.

"아무래도 사부께서 주공에게 화류패기를 통한 추궁과혈을 해주신 것 같습니다."

"참나, 아저씨가 추궁과혈이란 걸 해줬으면 해준 거지 뭘 그렇게 심각한 표정을 짓는 거야?"

"그게 그렇게 간단치가 않습니다. 만일 다른 무인들이 주공이 복용한 속공단의 효능을 전신으로 퍼뜨리기 위해 추궁과혈을 했다면 여섯 시진, 아니, 최대로 잡아도 하루를 넘기지 못합니다."

"그게 무슨 소리지?"

"아무리 대단한 공력을 지녔다고 해도 하루 종일 공력을 소모해 가며 추궁과혈을 할 수 없다는 뜻이지요. 하지만 사부님께서는 그런 상식을 깨고 주공의 몸에 있는 속공단의 힘을 다스리기 위해 무려 열흘을 쉬지 않고 진기를 소비하셨습니다. 물론 화류패기라는 것이 일반적인 진기와는 다른 힘이라고는 하나……."

"……."

사비가 아무 말도 하지 않고 입을 다물자 화무영이 그의 눈치를 살피며 조심스레 다시 말을 이었다.

"열흘 동안 쓰고도 멀쩡할 수 있을 정도는 아닐 겁니다."

"그렇군. 그게 아저씨가 쓰러진 이유였어. 아무리 칼을 들이밀어도 흠집 하나 낼 수 없는 몸을 지녔던 인간의 가슴에 칼이 박혔던 이유. 후후후!"

사비는 입가에 쓴웃음을 머금고 고개를 끄덕였다. 사군우는 자신이 모르는 사이에 또 하나의 선물을 줬다. 하지만 그 선물을 받은 사비의 기분은 착잡하기 그지없었다.

"참 대단한 인간이야. 얼마나 대단한지 나같이 멍청한 놈은 아무리 이해를 하려고 해도 할 수가 없는 인간이란 말이지. 내 몸속에 있는 게 일 갑자 공력이라고 했냐?"

사비가 고개를 들어 자신을 바라보자 화무영이 살며시 고개를 끄덕였다.

"너랑 비교하면 어느 정도나 되지?"

"아마… 제가 조금 더 나을 겁니다. 하지만……."

사비의 물음에 화무영이 잠시 주저하며 다시 말을 이었다.

"하지만 일 갑자 공력을 지닌 무인은 흔하지 않습니다. 더욱이 주공의 진기는 하단전에서 전신 세맥 곳곳으로 퍼져 있는 상태이니 비슷한 공력을 지닌 이들보다는 완숙한 경지에 이르렀다고 볼 수 있습니다."

"완숙? 난 제대로 쓸 줄도 모르는데?"

"으음, 저도 그게 좀 걸립니다. 심법이라는 것은 축기(蓄氣)를 하는 방법임과 동시에 진기를 발산하는 방법이기도 합니다. 주공이 지니고 있는 일 갑자 공력은 심법을 익히고 수련하는 과정 중에 얻은 공력이 아니니 지닌 공력을 사용하는 방법을 모르는 것이 당연한 일이지요."

"화류패공으로 끌어올리면 어때?"

"절대 안 됩니다. 그렇게 되면 감당키 어려운 화를 당할 수도 있습니다."

화무영이 완강한 어조로 고개를 저으며 다시 말을 이었다.

"혹시 화류패공 말고 사부님께서 가르쳐 주신 심법은 없습니까?"

"다른 심법? 글쎄……."

사비는 고개를 갸웃거리며 잠시 머뭇거렸다.

"없어."

"으음, 그럼 제가 주공께서 익힐 수 있을 만한 심법을 한번 구해보도록 하겠습니다. 그러니 당분간은 공력을 사용하지 마십시오. 제 소견으로는 주공의 머리카락이 붉어지는 이유도 아마 그와 관련이 있지 싶습니다."

화무영의 당부에 사비가 천천히 고개를 끄덕이며 입을 열었다.

"알았어. 근데 말이야······."

"말씀하십시오."

"산동을 벗어나기 전에 잠깐 들를 곳이 있어."

"들를 곳이라니? 갑자기 그게 무슨 뚱딴지같은 소립니까?"

사비의 느닷없는 말에 화무영이 어이없는 표정으로 물었다.

"추성이라고 알지?"

"그곳은 삼악파의 본거지가 아닙니까?"

"알고 있군. 그럼 추성에 들르려는 이유는 말 안 해도 알겠네."

"휴우! 지금은 될 수 있는 한 정체를 드러내지 말아야 할 상황이라는 건 잘 아시지 않습니까? 저는 도대체 왜 자꾸 문제를 일으키려고 하는지 그 이유를 모르겠습니다."

화무영이 짧은 한숨을 토하며 설레설레 고개를 저었다.

"후후후! 정체를 들키지 말아야 한다고? 그건 우리 주변을 맴도는 인간들부터 처리하고 얘기하는 게 어때?"

"알고 계셨습니까?"

"내가 알긴 뭘 알아? 그냥 짐작이지. 아무튼 왕 할배를 생각해서라도 이대로 갈 수는 없으니 추성에 들러. 사내가 마음먹은 건 끝장을 봐야지."

"알겠습니다. 하지만 전 안 도와드릴 겁니다."

"후후후! 바라지도 않아."

사비가 엷은 미소를 보이자 화무영이 씁쓸한 표정으로 입을 열었다.

"삼악파는 여느 하오배 집단과는 차원이 다른 세력입니다. 정말 혼자서 그들을 상대하시겠다는 겁니까? 솔직히 말씀드리자면 주공의 몸 상태는 정상이 아닙니다. 그래서 저는 화평으로 가는 것보다 굉천자 어른을 먼저 찾아야 하지 않을까 하는 고민을 하는 중입니다."

"나도 알아. 조금만 무공을 쓰려고 해도 온몸이 불덩이처럼 뜨거워진다고. 네가 말 안 해도 무공을 쓸 생각은 없으니까 그건 걱정하지 마."

"정말 공력을 쓰지 않고도 괜찮으시겠습니까?"

"그렇대도!"

사비는 크게 고개를 끄덕이며 생각에 잠겼다.

'지금 내가 쓸 수 있는 힘이 일 갑자 공력이라는 건데 그걸 사용해서 환우마하장법을 쓰는 건 미친 짓일 테고, 그렇다고 화류패기를 실어야 제 위력을 발휘하는 흑화검법이나 사가권법에 활용할 수도 없는 노릇이고… 굉천자 그 영감은 도대체 이런 걸 어다다 써먹으라고 준 거야?'

사비는 은근히 짜증이 났다.

흑화검법은 구결만 전수받은 무공이고 화무영에게 배운 환우마하장법은 마공이기 때문에 일반적인 공력과 섞어서 쓸 수 있는 무공이 아니었다. 그래도 가장 자신있는 사가권법이 있긴 했으나 현재로써는 그마저도 여의치가 않았다. 사군우의 죽음을 접하며 겪은 충격이 그의 신체에까지 영향을 미쳤는지 사가권법을 쓰려고 할 때마다 온몸이 붉게 변하며 화류패기가 터져 나왔기 때문이다. 더욱이 화류패기가 튀어 나올 때마다 온몸의 신경 세포 하나하나가 타는 듯한 고통까지 수반되었다. 이것이 가끔씩 사비의 머리카락과 눈썹이 붉어진 이유였다.

그동안 사비는 사가권법을 펼쳐 보려고 애썼다. 하지만 그때마다 그로서는 도저히 제어할 수 없는 화류패기가 온몸을 휘돌았다. 더불어

이루 말할 수 없는 고통이 함께 찾아왔지만 사비는 내색하지 않았다. 사군우에게 고통을 참는 방법을 배운 사비는 자신이 아프다는 걸 내색하면 사군우가 몹시 서운해 할 것만 같았다.

'그때 그 도사 영감한테 천명음양단을 먹고 난 뒤, 어떻게 해야 하는지 물어봤어야 하는 건데……'

사비는 아쉬운 마음에 속으로 입맛을 다시며 화무영을 향해 다시 고개를 들었다.

"백색아, 그럼 우리 여기서 찢어지자."

"네? 그게 무슨 말씀이십니까? 찢어지다니요?"

화무영이 펄쩍 뛰며 되물었다.

"내가 추성에 가 있는 동안 넌 우리 주변을 맴도는 녀석들을 깨끗이 청소하는 게 좋을 것 같다. 그리고 너는 그것 말고도 내가 익힐 만한 심법을 구한다면서."

"하지만 그렇게 하면 주공을 보호해 드릴 수 없게 됩니다."

"보호? 내가 한두 살 먹은 어린애야? 누가 누구를 보호한다는 거야? 그리고 우리를 쫓는 자들이 나보다는 너를 주목하고 있을 것 같은데. 아닌가? 넌… 타락수라잖아."

"으음!"

화무영이 미간을 좁히며 일순 입을 다물었다. 사비 말대로 백천맹이나 마사회의 무인들이 추격한다면 목표는 당연히 마령심공을 익힌 자신이다.

'그 점을 잊고 있었군. 오히려 나 때문에 주공이 더 위험해질 수도 있는 상황인 것을……'

그러나 화무영은 따로 이동하자는 사비의 제안에 선뜻 응할 수 없었다. 어디로 튈지 모르는 사비의 행동이 염려되었기 때문이다.

화무영이 주저하며 대답을 하지 못하자 그의 심사를 눈치챈 사비가 피식 웃으며 입을 열었다.

"추성에서도 가급적이면 문제를 안 일으키는 쪽으로 애쓸 생각이야. 물론 추성 일을 끝낸 다음부터는 쥐 죽은 듯이 움직일 생각이고. 약속하지."

"좋습니다. 그럼 저도 주공께서 볼일을 보시는 동안 달라붙은 꼬리를 떼내는 데 주력하도록 하지요. 그런 연후에 은밀히 주공 뒤를 따르겠습니다. 그럼 그때까지만 매화의 호위를 받으십시오."

"아니, 매화도 네가 데리고 가는 게 좋겠어. 그냥 두 달 후에 화평에서 보자고."

"으음, 그럼 그리하시지요. 주공께서 하신 약속, 믿어보겠습니다!"

사비가 고개를 가로젓자 화무영이 두 눈을 빛내며 말했다.

추성은 춘추시대 노(魯) 나라의 도성인 곡부(曲阜)와 오십여 리 떨어진 현으로 맹자(孟子)가 자란 곳으로 유명하다. 그러나 수많은 학자들과 유사(儒士)들의 산실이었던 추성의 현재 모습은 삼악파라는 거대 조직이 장악하고 있어 예전과 판이하게 다르다. 하지만 그렇다고 불법과 타락으로 가득 찬 곳도 아니다. 오히려 웬만해서는 싸움도 벌어지지 않고 거리는 북적이는 사람들로 활기가 넘친다. 이는 추성현에서 이곳 관리보다 더한 위세를 떨치고 있는 삼악파의 대두 강창기가 추성을 중원에서 제일 번화한 지역으로 만들 결심을 했기 때문이다.

그렇게 날이 갈수록 번창하고 있는 이 추성에서도 가장 크고 고급스럽기로 이름난 추향각.

이층에 있는 탁자를 사이에 놓고 마주 앉은 사내들의 대화가 한창이다. 황의 무복을 걸친 네 명의 무인. 이들은 추성으로 잠입한 황보세가의 후기지수들이었다.

"야문 순찰이 떠난 것이 어쩌면 저들의 위장 전술이 아닐까 하는 의심이 듭니다. 일단은 형수님이 오실 때까지 기다리는 것이 나을 것 같은데요."

"내 생각도 그렇다. 자네들은?"

황보상이 심각한 어조로 입을 열자 황보혁이 고개를 끄덕이며 맞은편 사내들을 향해 물었다.

"동의합니다. 이곳에서 지낸 지 무려 여섯 달이 흘렀습니다. 그렇게 긴 시간을 움직이지 않던 순찰이 아무런 이유 없이 움직였습니다. 아무래도 심상치 않습니다."

황보혁의 질문을 받은 사내가 의구심이 가득한 얼굴로 말을 받았다.

반년 전, 처음 추성으로 들이닥칠 때만 해도 이런 상황을 맞이하리라고는 미처 예상치 못했다. 전면전을 펼친다면 어떻게든 끝을 맺었을 일이지만 세인들의 이목을 피해 소리없이 움직이려다 보니 지난 육 개월을 아무런 의미 없이 허송세월로 보내고 말았다. 한 달 간격으로 삼악파를 방문하던 야문의 순찰이 삼악파를 떠나지 않고 계속해서 상주하고 있었기 때문이다.

생각 같아서는 단숨에 삼악파의 본진으로 쳐들어가 강창기 대두라는 자와 담판을 짓고 싶었지만, 그렇게 되면 삼악파와의 다툼이 아니라 야문이라는 초거대 세력을 건드리는 결과를 초래하기에 황보혁을 포함한 황보사수는 섣불리 움직일 수 없었다.

그러던 차에 드디어 야문 순찰이 오늘 아침 추성을 떠났고, 이를 확인한 직후 황보사수는 모두 한 자리에 모여 숙의를 했다. 그리고 그들의 의견은 이곳으로 달려오고 있을 현현을 기다리자는 쪽으로 모아지고 있었다. 현현은 황보혁이나 황보상뿐만 아니라 나머지 황보사수에게도 능력을 높이 평가받고 있었다.

'당신은 이제 나뿐만 아니라 우리 세가에 있어서도 결코 없어서는 안 될 존재로 자리매김했구려.'

황보혁은 다른 황보사수들을 둘러보며 속으로 현현을 떠올려 봤다. 이렇게 오래도록 세가를 떠나 있을 줄 알았다면 처음부터 나오지 않았을 것이다.

미치도록 그리웠다. 그녀가 자신을 어떻게 생각하는지는 중요치 않았다. 지금은 그저 그녀의 얼굴을 보지 못하는 것이 견디기 힘들 뿐이었다. 그래서 황보혁은 세가로 서찰을 보냈다. 명목은 지원 요청이었지만 실상은 그녀의 얼굴이 보고 싶어서였다. 역시 자신의 예상대로 지원 요청 서찰을 받은 황보천은 현현을 추성으로 투입했고, 조만간 이곳으로 당도할 예정이다.

'처음부터 함께 왔어야 했어.'

아쉬운 표정으로 속으로 중얼거리던 황보혁은 아래층으로 시선을 옮기다가 찰나지간 두 눈을 빛냈다.

추향각으로 들어오고 있는 무인들 중 발견한 낯익은 얼굴.

'공황작!'

안으로 들어선 젊은 무인들 중 한 사내가 앞으로 나와 점소이에게 뭐라고 중얼대자 점소이가 허리를 굽히며 그들을 한쪽 구석 자리로 안내했다.

황보혁이 의혹 어린 시선을 던지는 사이 그들은 점소이의 안내를 받아 자리에 앉았다. 순간 세 사내 틈에 끼어 자리에 앉던 공황작이 황보혁을 발견하고는 보일 듯 말 듯 고개를 까딱해 보였다. 이에 황보혁도 짧게 고개를 끄덕여 보이는 것으로 인사를 대신한 후 주위에 앉아 있는 아우들을 향해 고개를 돌렸다.

"아무래도 백천맹에서 이번 일에 개입을 할 생각인 모양이다."

"그게 무슨 말씀이십니까?"

황보상이 당황한 표정으로 묻자 황보혁이 아래층을 힐끗 쳐다보며 입을 열었다.

"방금 들어온 사람들 중에 안면이 있는 사람이 있다. 공황작이라고, 강소 공가 출신의 백천맹 무인이다. 저자가 이곳에 온 걸 보니 아무래도 우리가 삼악파를 건드리려는 것을 눈치챈 게 아닐까 싶구나."

"으음, 그러고 보니 저기 남색 장삼을 걸친 자는 남궁사수 중 한 명인 남궁원예라는 자 같습니다."

황보혁을 따라 일층으로 시선을 옮긴 황보상은 공황작의 맞은편에 앉아 있는 사내의 생김새를 보고 대번에 그가 남궁원예임을 짐작하고 당황한 기색을 보였다.

"남궁원예라면 천풍귀검(天風鬼劍)이라는 남궁세가의 후기지수 아니냐?"

"맞습니다. 저자도 현재 백천맹 소속으로 알고 있습니다."

"으음, 역시 아무리 은밀히 움직여도 백천맹의 이목은 속일 수 없나 보구나."

황보혁이 씁쓸한 표정으로 말했다.

"아무래도 야문의 입김이 작용한 것 같습니다. 그러지 않고서야 백천맹에서 이런 외진 곳에 고수를 파견할 리 없지 않습니까?"

"그건 나도 잘 모르겠다. 하지만 만일 네 말대로 저들이 백천맹 내에 있는 야문 측 간부가 보낸 자들이라면 안사람이 당도한다 하더라도 어쩔 도리가 없을 것이다."

황보상이 걱정스런 눈빛으로 묻자 황보혁이 고개를 저었다.

"순찰이 떠난 직후 나타난 것으로 봐서는 필시 야문과 연관이 있을 가능성이 크지 싶습니다. 어찌하면 좋겠습니까?"

"그렇다면 복귀해야겠지. 하지만……."

황보혁이 눈을 빛내며 다시 말을 이었다.

"만일 야문이 아닌 맹주 측에서 파견한 자들이라면 얘기는 다르다."

"얘기가 다르다니, 그게 무슨 말씀이십니까?"

황보상이 의혹 어린 시선을 던지자 황보혁이 천천히 입술을 뗐다.

"너희들에게 아직 말하지 않은 일이 있다. 그 일은 나중에 말해 주마. 일단 너희들은 안사람이 올 때까지 바깥출입을 삼가고 당분간 안에서 대기해라. 나는 저들과 인사를 나누며 상황을 살필 테니."

"알겠습니다."

황보상 등이 일제히 대답하고 자리를 뜨자 황보혁은 곧바로 일층으로 내려왔다.

"오랜만이오, 공 형! 신수가 훤해 보이십니다."

"화, 황보 형도 지난번보다 훨씬 좋아 보이시는군요."

황보혁이 포권을 취하자 공황작이 기어들어 가는 목소리로 대답하며 마주 포권을 취했다.

"그런데 이분들은……?"

황보혁이 말끝을 흐리며 다른 이들에게 시선을 옮기자 그의 눈과 마주친 신도원이 공손한 어조로 입을 열었다.

"처음 뵙겠습니다. 신도원이라고 합니다."

"황보혁입니다."

신도원과 인사를 주고받던 황보혁의 얼굴이 일순 굳어졌다. 그의 잘생긴 외모를 보자 괜히 기분이 상했다.

"혹시 남궁사수로 명성이 자자하신 남궁 대협 아니십니까?"

황보혁은 신도원에게 눈을 떼고 남궁원예에게로 시선을 옮겼다. 이에 남궁원예가 피식 웃음을 머금고 입을 열었다.

"하하하! 중원 천하에 위명이 쟁쟁하신 소장왕께서 보잘것없는 허명을 알아주시니 몸 둘 바를 모르겠군요."

남궁원예의 입에서 튀어나온 소장왕이라는 말에 신도원이 눈을 반짝이며 물었다.

"소장왕이라면 장왕 헌원유천 노사와 더불어 병기 제조에 있어 어깨를 나란히 한다는 그분이 아니십니까?"

"바로 보셨습니다. 이분이 바로 그분이지요. 자, 우리 이럴 게 아니라 일단 자리에 앉아서 얘기를 나누는 것이 어떻겠습니까? 도원 아우는 이리 앉고 공 형은 황보 대협과 그쪽에 앉으시지요."

신도원의 질문에 황보혁이 무심한 표정으로 대꾸를 하지 않자 남궁원예가 대신 대답하며 자리를 권했다.

좌중의 분위기를 주도하는 남궁원예의 행동은 무척 자연스러워 보였다. 백천맹에서부터 이곳까지 오는 동안 늘상 해오던 행동이었다.

상부의 지시대로라면 마땅히 신도원의 명을 받아야 했으나 남궁원예는 자신의 막내 동생 정도의 나이밖에 되지 않는 청년의 말을 따를 의향이 전혀 없었다. 다행히 신도원은 남궁원예의 그런 태도에 대해 가타부타 언급하지 않았고, 소심한 성격의 공황작이 뭐라 지적을 하지도 않으니 남궁원예는 자신이 마치 이들의 수장이라도 되는 양 거침없이 행동하기 시작했다.

지금도 그는 황보혁을 맞이하며 일행에게 자리 배석을 서슴없이 행하고 있었지만 지시를 내리는 사람이나 받는 사람의 자연스런 태도에 이를 처음 보는 황보혁이 이상히 여길 리 만무했다.

"황보 대협께서는 그동안 만드신 병기가 꽤 많으시겠습니다."

신도원은 자리에 앉자마자 황보혁을 향해 강한 호기심을 보였다. 하지만 황보혁은 신도원의 얼굴을 보면 볼수록 점점 더 그가 싫어져 그의 질문을 슬쩍 외면했다.

'사내의 얼굴이 어찌 이리도 요사스러울 수 있단 말인가? 안사람이 보면 군침깨나 흘리겠군.'

황보혁은 신도원과 현현의 만남을 걱정했다. 현현이 사비와 인연을 맺었던 것이 사비의 잘생긴 외모 때문이라고 생각하던 황보혁은 애꿎은 신도원에게 그 화살을 돌렸다.

황보혁이 아무런 대답을 하지 않으니 신도원도 더 이상은 말을 이을 수가 없었다. 이에 남궁원예가 피식 웃으며 입을 열었다.

"도원 아우가 아직 한창 혈기방장한 나이인지라 호기심이 왕성합니다. 황보 대협께서 너그러이 이해해 주십시오."

"아닙니다. 그저 보잘것없는 재주를 자랑하는 것에 익숙지 않아 그러는 것이니 이해를 구한다면 제가 구해야지요."

황보혁이 짐짓 미안하다는 표정을 지으며 답했다.

신도원은 황보혁과 남궁원예의 대화를 들으며 속으로 쓴웃음을 삼켰다. 황보혁이 분명 자신에게 뭔가 못마땅한 것이 있어서 그런다는 것은 짐작할 수 있었는데, 저들의 말을 들으니 마치 자신의 철없는 행동을 남궁원예가 대신 사죄를 구하는 것같이 되어버린 것이 어이가 없었다. 하지만 그렇다고 지금 와서 남궁원예의 발언을 부정하고 나서기도 어려웠다. 이 때문에 그저 어색한 미소를 지으며 고개를 돌릴 수밖에 없었던 신도원의 눈이 살짝 커졌다.

"음!"

객잔 안으로 들어선 한 여인으로 인해 여기저기서 짧은 탄성이 터졌다가 이내 일순 물을 끼얹은 듯 조용해졌다.

객잔 안을 훑던 여인은 사내들이 눈에 불을 켜고 자신을 바라봐도 전혀 거리낌 없는 태도로 사방을 빙 둘러봤다.

이윽고 황보혁을 발견한 여인이 반가운 얼굴을 하며 곧바로 그를 향해 걸음을 옮겼다. 현현이었다.

"저어… 죄송하지만 대화는 다음으로 미루어야 할 것 같습니다."

현현을 보고 짧게 당황한 황보혁은 황급히 자리를 박차고 일어났다.

"아니, 무슨 일이……?"

황보혁이 자리에서 일어남과 동시에 같이 몸을 일으키던 남궁원예가 놀란 눈으로 말끝을 흐렸다. 객잔 안으로 들어선 미인이 황보혁의 등 뒤에 서서 자신을 바라보며 생긋 웃고 있었기 때문이다.

'끄응! 어찌 저런 미인이!'

남궁원예는 현현의 아리따운 얼굴에 가슴이 뛰었다. 처음에는 그저 보기 나쁘지 않은 외모를 지녔거니 하고 넘겼으나 보면 볼수록 신비한 매력을 물씬 풍기는 여인이었다.

"부인, 갑시다."

남궁원예의 얼굴이 붉게 물들자 이를 발견한 황보혁이 굳은 인상으로 몸을 돌렸다.

"어머! 이렇게 그냥 가면 예의가 아니지요. 그래도 통성명이라도 하고 가야……."

황보혁이 다가와 손을 거칠게 낚아채며 걸음을 옮기려 하자 현현이 당황한 얼굴로 말끝을 흐렸다.

"가자고 하잖소!"

황보혁이 버럭 소리를 질렀다. 그의 눈에 현현의 등을 그윽한 눈길로 바라보는 세 사내가 들어왔다.

황보혁의 두 눈이 노기로 물든 순간,

[죽고 싶으면 계속 지껄여 봐!]

현현의 전음에 황보혁의 몸이 흠칫 떨렸다. 질투심에 눈이 멀어 넘어서는 안 될 선을 또다시 넘고 만 것이다.

황보혁은 자신의 놀라움과 두려움의 감정을 다른 이들에게 들키지 않기 위해 급히 고개를 숙였다.

[등신 짓은 이제 그만 하고 어서 나를 저 사람들에게 소개시켜! 백천 맹 무사들이 이곳은 무슨 일로 온 건지는 알아봐야 할 거 아니야! 이 덜떨어진 자식아!]

현현의 닦달에 황보혁이 희미하게 고개를 끄덕이며 눈을 들었다.

"제가 내자와 오랜만에 해후하다 보니 결례를 범했군요. 이 사람은 제 내자입니다. 부인, 이리 와서 인사하시오."

황보혁은 눈앞에서 어리둥절한 표정을 짓고 서 있는 삼 인을 향해 미안한 표정을 지으며 현현을 손짓해 불렀다.

"처음 뵙겠습니다. 임현현이라고 해요. 공 대협과는 구면인 것 같네요."

"그, 그렇군요."

현현이 눈웃음을 치며 다가와 인사를 하자 공황작이 당황한 기색으로 얼굴을 붉혔고, 황보혁은 남궁원예를 향해 고개를 돌렸다.

"이분은 강호에 천풍귀검으로 알려지신 남궁 대협이시오."

"아, 그러셨군요. 남궁사수 중에서도 가장 뛰어나다는 그분이시죠? 오늘 정말 안목을 새롭게 넓히는 걸요."

"하하하! 저 또한 부인과 같은 아름다움을 지니신 분은 처음 뵙습니다. 안 그런가?"

현현이 까르르 웃으며 자신을 추켜세워 주자 남궁원예가 유쾌하게 웃으며 신도원의 어깨에 손을 얹었다. 이에 황보혁이 눈썹을 꿈틀하며 앞으로 나서려 했지만 현현의 눈이 차갑게 빛나자 아무것도 할 수 없었다.

"신 대협께는 정말 죄송하네요. 제가 견식이 짧아 대협의 영명을 들어본 적이……."

현현이 미안한 표정을 지어 보이자 신도원이 빙긋이 웃으며 입을 열었다.

"아닙니다. 아직 강호에 나온 지 오래지 않아 모르시는 게 당연하지요. 그리 마음 쓰지 않으셔도 됩니다."

신도원을 바라보는 현현의 눈에 찰나지간 이채가 서렸다.

'이 사람, 다르다.'

현현은 신도원의 미소에서 섬뜩한 기운을 느꼈다. 다른 사람은 그저 따뜻하고 포근하게만 봤던 그 미소가 그녀에게는 전혀 다르게 느껴졌다.

'한이 서린 미소야. 도대체 얼마나 큰 한을 품고 있기에…….'

신도원의 눈빛과 마주친 현현은 일순 가슴이 답답해져 옴을 느끼며 살며시 고개를 돌렸다.

"다른 가족 분들은 어디 계시죠? 어서 뵙고 싶어요."

"지금 이층에서 당신을 기다리고 있소. 같이 가봅시다. 그럼 이만 물러가겠습니다."

현현의 말에 황보혁이 기다렸다는 듯이 눈을 빛내며 다른 이들에게 말했다.

"실례가 많았습니다. 다음에 또 기회가 되면 뵙지요."

현현이 고개를 끄덕이며 엷은 미소를 보태자 신도원이 급히 그녀의 말을 받아 입을 열었다.

"우린 당분간 여기 머무를 생각입니다. 혹시 도움이 필요하신 일이 있으면 언제든지 말씀하십시오."

"네, 그러지요. 그럼."

현현은 신도원에게 미소를 보낸 후 곧바로 몸을 돌렸지만 그녀의 뒤를 따르는 황보혁의 얼굴은 굳어질 대로 굳어 있었다.

'저 녀석이 감히 누구에게 치근덕거리는 거야! 도움이라니?'

황보혁은 입술을 질끈 깨물며 신도원을 힐끗 노려봤다.

"정신 못 차릴래?"

황보혁의 안내를 받아 방 안으로 들어선 현현이 고개를 홱 돌렸다.

퍽!

"큭!"

황보혁이 복부를 잡고 앞으로 허리를 숙이자 현현이 무릎을 들어 올려 그의 턱을 강타하려다가 말고 멈칫했다.

"휴우! 정말 끓어오르네! 내가 이 인간을 믿고 계속해서 일을 해야 하는 거야?"

"……."

현현이 허리춤에 두 손을 얹고 눈을 흘기자 황보혁은 입을 꾹 다문 채로 천천히 허리를 펴고 일어났다.

"미안하오. 나도 모르게 그만……."

"입 닥치고 내 말 잘 들어!"

현현의 자신의 말을 가로막자 황보혁이 급히 입을 다물었다.

"신도원이라는 자는 공 맹주의 명을 받아 우리를 도우러 온 사람이 야! 다른 사람도 그런지는 잘 모르겠지만… 그는 확실해! 그러니까 쓸 데없는 오해 하지 말고 똑바로 행동하라고!"

"아! 그럼 아까 도와준다는 소리가……."

"내 얘기 아직 안 끝났거든!"

현현의 짧은 외침에 황보혁이 급히 입을 다물었다.

"삼악파를 장악하는 일은 일단 보류해야 할 것 같아. 야문에서 눈치 를 챈 것도 그렇고 백천맹주가 위험을 감수하면서까지 우리를 도와주 려고 하는 것도 이해가 가지 않아! 그러니 일단 돌아가자고!"

"으음, 삼악파를 이대로 두고 돌아가자는 거요?"

"……."

현현은 황보혁의 물음에 고개를 끄덕이며 살며시 몸을 돌렸다.

이번 일은 황보세가와 삼악파의 세 다툼으로 끝날 문제가 아니었다. 황보세가를 돕다가 야문과 부딪칠 수도 있음을 모를 공황식이 아니다. 그런데도 그가 굳이 무리수를 둬가며 수하들을 파견했다면 현현이 모 르는 다른 의도가 깔려 있을 가능성이 농후했다. 이 때문에 현현이 급 히 발을 빼려는 것이다. 그녀는 자신이 모르고 돌아가는 상황에서 이 리저리 휩쓸려 다니고 싶은 마음은 추호도 없었다.

'이상해. 아무래도 공황식이 황보세가를 키우려는 건 이 인간이 제공할 병기 말고 다른 의도가 있는 것 같아. 그게 뭘까? 왜 야문과의 대립까지 감수해 가면서 다 쓰러져 가는 가문을 살리려는 거지? 왜?

현현이 입을 다물고 생각에 잠겨 있자 황보혁이 조심스레 입을 열었다.

"그럼 나는 아우들에게 여장을 꾸리라고 하고 오겠소."

문을 밀고 나가는 황보혁의 귀에 현현의 음성이 들려왔다.

"다시 올 것 없어. 내일 아침에 출발할 테니까, 그때까지 아우들하고 푹 쉬고 있어."

황보혁은 이를 못 들은 척 아무런 대답도 하지 않고 방문을 닫았다.

"제발 형제들 반만이라도 닮아봐라. 어찌 사내가 되어가지고 그리 의심이 많을까."

현현이 답답하다는 듯 설레설레 고개를 젓자 문을 닫고 나서던 황보혁의 왜소한 어깨가 부들부들 떨렸다.

'내 반드시 황보천이나 황보상보다 낫다는 걸 증명해 보이지. 두고 봐.'

황보혁은 속으로 다짐에 다짐을 거듭하며 걸음을 옮겼다. 그의 두 눈은 광망으로 번득이고 있었다.

붉은, 그리고 푸른 불빛들. 끝이 보이지 않을 정도로 이어져 넘실거리고 있는 홍등과 청등의 물결. 이곳은 삼악파 대두 강창기가 야심 차게 기획, 건설한 탐화만성가(探花萬成街)라는 기루와 주루, 객잔 등의 밀집 지역이다. 탐화만성가의 중심 거리는 수천 채에 달하는 각양 각색의 전각들이 열십 자 형의 대로를 사이에 두고 늘어서 있다. 중원 어느 지역보다 많고 다양한 술과 여자, 그리고 도박에 관한 모든 것이 있는 곳이 탐화만성가다.

사비는 이 탐화만성가의 열십 자 형 중심 대로를 걷고 있었다. 그는 앞뒤로 쭉 뻗어 있는 사통팔달한 대로를 빙 둘러보며 걸음을 옮기다가 거리 좌우 측에 나와 서 있는 여인들을 힐끔거리며 의뭉스러운 웃음을 흘렸다.

"오빠! 놀다 가!"

"총각! 이리와! 내가 재미나게 해줄게!"

몸매가 다 드러나는 얇은 경의에 짙은 화장, 도발적인 자세와 눈빛으로 행인들을 유혹하던 여인들은 사비의 거슴츠레한 눈길을 발견하자 까르르 웃으며 추파를 던졌다.

"오호! 죽이는데! 휘익!"

눈앞에 펼쳐진 정경에 기분이 좋은 사비는 헤벌쭉 웃으며 연신 휘파람을 불어댔다. 안타깝게도 그의 이런 행동을 보았다면 가만히 내버려두지 않았을 화무영은 보이지 않았다. 혈매화와 함께 자신들을 추격해온 이들을 처리하기 위해 떠났기 때문이다.

화무영은 이제 누군가가 뒤를 쫓는다는 생각만 해도 이가 갈리는 사람이었다. 해서 그는 사비와 화평에서 만나기로 약속한 직후 곧바로 추격자들을 족치기 위해 길을 나섰다.

이후 단신으로 추성에 들어선 사비는 한참을 고민했다. 화무영도 없고 자신은 무공을 쓸 수 없는 상태. 솔직히 이런 상황에서 홀로 삼악파와 대적한다는 사실이 조금 겁이 났다. 하지만 사비는 이내 생각을 바꿨다.

어차피 사군우를 만나기 전까지는 그저 튼튼한 몸뚱이와 두 주먹만 믿고 살아가려 했었다. 어쩌면 지금이 사군우를 만나지 않았다면 어떻게 살았을까를 짐작해 볼 수 있는 마지막 기회일지도 모른다.

"후후후! 그래, 복잡하게 생각할 게 뭐 있어? 원래 하던 대로 하나나 박살 내다 보면 언젠가는 끝날 거 아니야?"

이후 사비는 추성에서 가장 번화한, 아니, 이제는 그 차원을 넘어 추성의 상징이 되다시피 한 탐화만성가로 걸음을 놀렸다.

하지만 사비는 모르고 있었다. 화무영이 전각 위에 은신한 채 계속해서 주시하고 있다는 사실을.

'주공의 가장 시급한 문제는 천명음양단을 복용하고 급격히 약해진 화류패기와 마령심기를 어떻게 회복하느냐 하는 것. 더욱이 사부님과의 사별로 인해 잠자던 화류패기가 일시적으로 폭발을 일으킨 상황이니 한시라도 빨리 화류패기와 마령심기를 다스려야만 한다. 주공의 지금 상태로는 불가능한 일일지도 모르지만 치열한 접전 중이라면 무의식 중에 다시 발현할 수 있을지도. 그래, 오늘 주공의 숨은 능력을 끌어내 보는 거야. 사부님이 그러셨던 것처럼.'

화무영은 사비에게서 눈을 떼지 않고 미끄러지듯 전각 지붕 위를 이동했다. 혈매화는 자신을 대신해 추격자들을 처리하기 위해 자리를 비운 상태였기에 화무영은 홀가분한 마음으로 사비의 행동을 지켜봤다.

그사이 길가에 나와 있는 여인들을 둘러보며 연신 괴성을 지르고 설쳐대던 사비가 걸음을 멈췄다. 덩치 큰 장한과 어깨를 부딪친 모양이었다.

"퉤! 뭐냐?"

"그 팔뚝에 새겨 넣은 삼(三) 자, 삼악파의 삼 자 맞냐?"

장한이 불량스런 자세로 침을 뱉으며 묻자 사비가 그의 오른쪽 팔뚝을 손가락으로 가리키며 눈을 반짝였다.

"크크크! 젊은 놈이 깜찍하구나! 그냥 가라!"

장한은 사비를 향해 피식 웃어 보인 후 곧바로 몸을 돌렸다. 원래 성질대로라면 단숨에 피 떡을 만들어놓았을 테지만 오늘 그의 역할이 행패를 부리거나 시비가 붙은 이들을 말리고 떼어놓는 일이었다. 그는 이제 갓 삼악파에 가입한 신출내기로 탐화만성가의 순찰을 돌고 있는 중이었다.

"야! 대답 안 하고 어디 가냐?"

"크크크! 녀석아! 네가 아무리 죽고 싶어 환장을 했어도 여기서는 함부로 사람을 팰……!"

빠악!

입을 열던 장한이 그대로 쌍코피를 쏟으며 뒤로 넘어갔다. 그에게 주먹을 날렸던 사비는 벌렁 나자빠진 사내 옆에 쪼그리고 앉아 눈살을 찌푸렸다.

"물었으면 대답을 해야 할 거 아니야! 속 터져 죽는 줄 알았잖아!"

사비가 장한을 때려눕힌 후 일단의 사내들이 우르르 몰려왔다. 이를 본 사비는 눈가에 미소를 머금고 천천히 자리에서 일어났다.

그의 머리카락과 눈썹이 점점 붉은 빛으로 물들어가기 시작했다. 부지불식간에 사가권법을 사용하려는 마음을 품자 몸이 먼저 반응을 한 것이다. 이에 사비는 급히 고개를 흔들며 숨을 크게 들이마셨다.

이윽고 그의 눈빛이 예전의 기색을 회복했다. 사군우를 만나기 전까지 미친개로 불리며 살아가던 당시의 그 눈빛으로.

사비는 지금 이 순간, 철저히 예전의 자신이 되어보기로 결심했다. 갑작스레 고개를 쳐든 엉뚱한 생각이었지만 어쩌면 그렇게 미친개가 되어 날뛰다 보면 어쩌면, 아주 어쩌면 어디선가 갑자기 사군우가 나타나 자신의 손목을 잡고 만류하지 않을까 하는 생각이 들었다.

"후후후! 그럼 시작해 볼까?"

사비는 자신을 향해 달려오는 사내들을 향해 천천히 걸음을 내디뎠다.

|第五章|
감고유풍(感孤有風)

추향각 이층.

황보혁을 내보낸 현현은 그가 방문을 닫자마자 고운 아미를 찡그리며 고개를 도리질 쳤다.

"휴우! 성질 정말 많이 죽었다."

현현은 대천사 자격 시험의 목표로 황보혁과 그의 가문 황보세가를 택한 자신의 선택에 조금씩 회의감이 밀려왔다. 하지만 그렇다고 지금 이 상황에서 포기할 수도 없는 노릇이다. 황보세가도 황보세가였지만 사군우를 발견했으면서도 방조하고 그대로 놔둔 자신에게 대천사가 어떤 처벌을 내릴지 알고 있기 때문이었다. 지금이야 천월사도의 율법이 적용되는 상황이니 그대로 있지만 다른 소천사들 중에 하나가 대천사로 정해지는 순간 자신은 죽은 목숨이었다.

"아무튼 그 인간을 만나고부터 정말 되는 일이 없는 것 같아."

불현듯 사비의 얼굴을 떠올린 현현은 눈에 쌍심지를 켜고 입술을 질끈 깨물었다. 흐릿하고 거슴츠레한 눈빛, 얄밉게 말아 올린 입술을 한 채 중심 대로에 우뚝 서 있는 사비를 발견했기 때문이다.

"정말 꼴 보기 싫어!"

현현은 이젠 사비의 환각까지 보는 자신이 한심해 두 눈을 질끈 감았다. 하지만 이상했다. 환각치고는 너무나 선명했다. 두 눈을 감고 있는데도 그의 잔상이 눈가에 아련하게 남아 떠나지를 않는다.

"아아!"

현현은 떨리는 마음으로 천천히 고개를 들고 눈을 떴다.

'사비!'

사비가 여전히 눈에 들어왔다. 환상이 아니었다. 현현이 속으로 사비를 짧게 부르는 사이, 피식 웃고 있던 사비는 마주 선 체구 좋은 장한을 향해 매서운 주먹을 날렸다. 그의 주먹에 콧잔등을 맞은 장한이 고목 쓰러지듯 그대로 뒤로 넘어가자 사비는 나자빠진 장한의 귓가에 대고 뭐라고 소곤거렸고, 그사이 장한과 한 패로 보이는 일단의 무리들이 사비를 향해 달려오는 모습이 현현의 눈동자에 차례차례 들어왔다.

"저 인간이 왜 여기 온 거지?"

현현은 한 손을 이마에 얹고 고개를 흔들었다. 달려드는 삼악파 무리를 향해 몸을 날리는 사비를 보자 욱신거리는 두통이 밀려왔다. 잠시 후 현현의 눈동자가 사비의 움직임을 따라 돌아가기 시작했다.

'그런데 왜 무공을 사용하지 않는 거지? 머리카락은 왜 저 모양이야? 가만, 그러고 보니 화류패공이······?'

싸움을 지켜보던 현현의 눈이 당혹으로 물들었다. 사비의 실력이라면 아무리 삼악파의 인원이 많다고 해도 벌써 끝이 나야 했다. 하지만 지금 사비는 그녀의 예상을 깨고 십수 명의 삼악파 무리와 팽팽한 접전을 치르는 중이었다. 물론 일방적으로 당하고 있는 상황은 아니었으나 그렇다고 해서 상대를 압도하고 있는 것도 아니었다. 사비는 무공을 사용하지 않고 손과 발, 순수한 힘만으로 삼악파를 상대하고 있었다. 하지만 그보다 더욱 당황스런 것은 사비의 몸에 나타나는 특이한 현상 때문이었다. 언뜻 보면 전과 다를 바 없는 모습이었지만 현현의 눈에 비친 사비는 이전과 달리 붉은 빛을 띠고 있었다.

'저건 화류패공을 익힌 종마들이 주화입마에 들었을 때 나타나는 현상이야. 설마 저 인간이⋯⋯?'

현현은 불신의 눈빛으로 고개를 저으며 사비의 신색을 다시 한 번 훑었다. 자신의 바람과 달리 사비의 몸에서 풍기는 기운은 화류패공으로 인해 생명의 불꽃이 꺼져 가는 증상이 분명했다. 모든 종마들이 겪는 최후. 천하제일인이라 불렸던 사군우마저도 감당치 못하고 죽음으로 내몰린 그 증상이 사비의 몸에서도 나타나고 있는 것이다.

"아닐 거야! 그럴 리가 없어!"

눈을 질끈 감고 고개를 젓던 현현이 다시 사비를 향해 시선을 던졌다. 전신이 땀에 흠뻑 젖은 채 포위한 상대를 향해 단타를 날리고 있는 사비가 눈에 들어왔다.

현현은 사비와 삼악파의 아슬아슬한 싸움을 지켜보며 저도 모르게 입술을 질끈 깨물었다. 당연히 사비의 곁을 지키고 있어야 할 화무영이 보이지 않는다는 사실도 무척 불안했다. 하지만 그렇다고 섣불리 움직일 수도 없었다. 지금 이곳에는 황보혁은 물론이거니와 백천맹에서 나온 고수들이 있는 상황. 어쩌면 야문에서도 주의를 기울이고 있을 수 있었다. 지금 자신이 나섰다가는 황보세가의 중흥 계획은 시도조차 해보지 못하고 끝을 맺을 터. 이에 현현은 어쩔 수 없는 심정으로 사비를 조금 더 지켜보기로 마음먹었다. 그리고 다행스럽게도 사비는 그녀의 바람대로 조금씩 상대들을 제압해 가고 있었다.

퍼억!

"크아악!"

사비에게 낭심을 걷어차인 장한의 처절한 절규가 거리에 울려 퍼졌다.

"후우! 역시 청도에 있던 것들하고는 차원이 다른걸."

사비는 얼굴에 범벅이 된 땀을 소매로 쓱 닦으며 절레절레 고개를 흔들었다. 미리 각오는 하고 있었지만 이곳에 있는 삼악파 무리들의 싸움 실력은 청도 추덕상 패거리와는 비교도 할 수 없을 만큼 훨씬 뛰어난 수준이었다.

"이크! 벌써 오는군!"

고개를 들고 주위를 둘러보던 사비가 주변을 둘러싼 구경꾼들 뒤쪽으로 구름같이 몰려오는 이들을 발견하고는 눈썹을 찡그렸다. 이전보다 배는 많아 보이는 인원에 큼직한 체구, 쳐다보는 눈빛 또한 매섭기 그지없었다.

"누구냐?"

순식간에 사비를 포위한 삼악파 무리들. 그들 사이를 뚫고 한 사내가 천천히 앞으로 걸어나왔다. 날렵한 인상에 가는 턱 선을 지닌 사내였다.

"사비!"

"못 들어본 이름이군."

사비의 짧은 대답에 걸어나온 사내가 수하들을 돌아봤다. 그의 눈길을 받은 수하들 역시 어깨를 으쓱해 보이며 사비의 정체에 대한 무지를 표했다. 이에 사내는 눈을 가늘게 뜨며 다시 사비에게 고개를 돌렸다.

"난 삼악파 중두장(中頭長) 이수천이라고 한다. 넌 어디 파냐?"

"파? 그런 거 없는데?"

사비가 피식 웃으며 고개를 저었다.

"흠! 행패를 부린 이유는?"

"그냥, 심심해서. 그리고 아무래도 강창기인지 뭔지 하는 인간 나오기 전까지는 계속해서 심심할 것 같아."

"이 새끼가 죽고 싶어 환장을 했구나!"

"카악, 퉤! 형님! 그냥 빨리 끝내 버립시다!"

"잠깐!"

사비의 말을 들은 삼악파의 몇몇 인원이 분기탱천한 얼굴로 달려들 태세를 취하자 이수천이 한 손을 가볍게 들어 올렸다.

"대형을 모셔와라!"

이수천은 고개를 돌려 뒤에 시립해 있는 수하에게 넌지시 일렀다.

"예?"

"한시가 급하다! 그리고 모을 수 있는 인원은 최대한 모아와!"

"예, 알겠습니다!"

이수천의 지시를 받은 수하는 더 묻지 않고 황급히 몸을 돌려 멀어져 갔다. 이수천의 말에서 심상치 않은 기운을 느꼈기 때문이다.

현재 삼악파의 대사는 강창기 대두의 막대한 신임을 받고 있는 중두장 이수천의 손에서 모두 결정이 난다. 또한 지금 이곳에는 이수천을 포함해 다섯 명의 중두가 있었다. 거의 삼류 무인과 맞먹는 수준의 실력을 지녔다는 이들이 무려 다섯. 무림인들이라면 모르지만 일반인들 사이에서는 두려울 것 없는 엄청난 전력이었다. 하지만 이수천은 그런 막강한 전력에도 불구하고 강창기 대두를 모셔오라는 것도 모자라 모을 수 있는 최대한의 인원을 모아오라고 지시했다.

'분명 배후가 있다. 그렇지 않으면 이렇게 단신으로 쳐들어왔을 리가 없어.'

이수천은 혹시 있을지도 모를 사비의 동료들을 찾기 위해 천천히 주변을 쓸어봤다.

이윽고 시선을 옮겨가던 그의 눈이 빛을 발했다. 사비의 등 뒤에서 이쪽을 주시하고 있는 이들의 범상치 않은 기도가 느껴졌다.

'으음! 무림인들!'

이수천은 그들이 무림인들임을 직감하고 속으로 다급한 침음성을 삼켰다. 추성에는 많은 무림인들이 온다. 하지만 이곳에 온 무림인들은 다른 일반인들보다 더욱 몸을 사리고 조심한다. 삼악파의 뒤를 봐주고 있는 야문을 무시할 수 없기 때문이다.

이에 일순 긴장했던 이수천은 이내 그들이 동조자가 아니라는 생각이 고개를 쳐들었다. 표정도 그랬고 야문이 뒤를 봐주고 있는 자신들에게 이렇게 노골적으로 무림인 티를 낼 수는 없는 일.

'하지만 저 녀석은 무림인이 아니다. 아니, 분명 우리와 같은 부류. 그러니 만일 배후가 없이 이런 짓을 벌인 것이라면 미쳐도 단단히 미친놈이겠지. 가만, 혹시 야문 순찰이 계속해서 남아 있었던 이유가 이것이었나?'

이수천은 벌어진 일련의 상황들을 정리하기 위해 빠르게 염두를 굴렸다. 하지만 삼악파 내에서 뛰어나다고 인정받는 그의 머리로도 도무지 지금의 상황이 확연하게 정리되지 않았다.

한편, 이수천이 자신들을 사비의 배후로 지목하고 있음을 꿈에도 짐작하지 못하고 그저 사비가 일으킨 소란을 구경하기 위해 나와 있던 신도원과 공황작은 서로 전음을 주고받기에 여념이 없었다.

[그럼 저 친구가 남궁 선배를 이겼다는 그 친구라는 말씀입니까?]

신도원이 이채 서린 눈으로 사비의 뒷모습을 바라보며 물었다.

[그렇소. 한차례 손을 섞어본 적이 있는 사람이니 결코 잘못 보지는 않았을 게요.]

공황작이 희미하게 웃으며 슬며시 고개를 끄덕였다.

사비와의 만남과 싸움. 사비에게는 좋지 않은 기억일 수도 있으나 자신에게 있어서는 인생의 전환점이 되었던 사건이다. 사비는 비슷한 연배의 동료들 중에서 가장 뛰어난 무공 실력을 지녔다고 알려진 남궁원예를 쓰러뜨렸고, 자신은 그런 사비를 보란듯이 이겼다.

그 파급 효과는 실로 놀라웠다. 그날 이후로도 공황작의 자신감없는 언행은 바뀌지 않았지만 다른 동료들의 태도는 몰라보게 달라졌다. 그 전까지 실력도, 자신감도, 용기도 없던 공황작의 모습이 사비와의 싸움을 기점으로 능력을 갖춘 무인의 겸손으로 보였기 때문이다. 게다가 사비와 관련된 일은 그가 무공을 익히지 않은 몸으로 남궁원예를 이겼다는 특이한 사실 덕분에 삽시간에 백천맹 전역으로 퍼져 나갔고, 이와 더불어 공황작에 대한 소문 역시 일파만파로 커졌다.

[내게는 은인이나 다름없는 사람이오. 물론 그건 어디까지나 내 입장일 뿐이지만.]

공황작이 입가에 미소를 지우지 않고 전음을 날렸다. 이에 신도원이 호기심 가득한 눈초리로 사비의 뒤통수를 바라보며 천천히 입술을 뗐다.

"그렇군요. 저 친구는 무공을 익힌 흔적이 없습니다. 하지만 다른 한편으로는 힘이 느껴집니다. 이게 어찌 된 노릇인지 모르겠군요."

"힘이라니? 그럴 리가?"

공황작이 고개를 갸웃거리며 묻는 순간 본의 아니게 그들의 대화를 엿듣게 된 사비가 고개를 홱 돌렸다.

"니들은 또 뭐냐?"

"……."

사비가 눈을 번득이며 묻자 신도원과 공황작이 어색하게 웃으며 서로를 마주 보았다. 이런 심각한 상황에 처해 있으면서도 자신들에게까지 시비를 거는 사비가 도저히 이해가 되지 않았다. 하지만 맞은편에서 있던 이수천의 심사는 더욱 심난해졌다.

'으음! 네놈들이 우리를 속이기 위해 하는 수작임을 내 모를 것 같으냐? 어림없다! 대두께서 어서 오셔야 하는데…….'

이수천은 마음이 조급해졌다. 자신의 예상대로라면 사비와 신도원 등은 이런 식으로 말을 주고받다가 어느 순간 갑자기 본색을 드러낼 것이 틀림없다. 그런 불상사가 일어나기 전에 강창기가 와야 했다.

"어? 그리고 보니 너는……?"

공황작을 알아본 사비가 막 입을 열려는 순간 이수천의 등 뒤에서부터 조금씩 먹장구름에 의해 그늘이 지기 시작했다. 하지만 이수천은 그것이 구름이 아님을 알고 있다. 강창기가 나타날 때 종종 벌어지는 현상이었기 때문이다.

공황작을 향해 막 입을 열려던 사비도 벌어진 변화를 감지하곤 급히 몸을 돌렸다.

"형님!"

이수천이 고개를 홱 돌리고 허리를 구십 도로 굽히자 사비를 둘러싸고 있던 삼악파 무리들 역시 그와 같은 동작으로 급히 허리를 숙이며 예를 취했다. 이에 일견하기에도 팔 척에 가까운 거한이 퉁방울만한 눈알을 굴리며 성큼성큼 장내로 들어왔다. 왼쪽 눈가에서부터 턱까지 길게 이어진 자상으로 인해 더욱 위압감이 느껴지는 거인.

"음!"

이수천을 못마땅한 눈초리로 바라보던 강창기가 사비에게 시선을 옮겼다.

이윽고 자신의 명치 끝에도 미치지 못하는 사비의 머리를 한참 동안 내려다보던 강창기가 일순 어이없는 얼굴을 하며 물었다.

"수천아, 나를 부른 이유가 이 녀석 때문이냐?"

"그렇습니다. 아무래도 뒤를 봐주는 자들이 있는 것 같아 제 선에서 처리할 일이 아니라고 판단했습니다."

이수천이 조심스레 입을 열자 강창기가 다시 한 번 사비를 향해 고개를 돌렸다. 자신의 얼굴조차 제대로 보지도 못하고 멀뚱히 서 있는 사비의 모습에서는 그 어떤 위압감도 느껴지지 않았다.

"수천아, 뒤가 있건 없건 그게 우리에게 뭐가 중요하냐? 우리가 언제 다른 사람 무서워서 우리 일 못하고 지낸 적이 한 번이라도 있었더냐?"

"……."

그의 걸걸한 음성에 장내가 찬물을 끼얹은 듯 일순 조용해졌고, 이수천의 얼굴이 시뻘겋게 물들었다.

"대형, 소제가 어리석었습니다! 죽여주십시오!"

이수천이 그 자리에 털썩 무릎을 꿇고 주저앉자 강창기가 씁쓸한 표정으로 천천히 입술을 뗐다.

"너는 이 자식이 무림 세력의 비호를 받고 있을지 모른다는 생각에 조심을 한 것 같다만 우린 그럴 필요가 없지 않느냐? 우리는 무림인이 아니다. 하나 우리가 무림에 적을 두고 있지 않다고 해도 무림인들 역시 결코 우리를 함부로 대하지는 못한다. 우리는 밤의 제왕과 인연을 맺고 있으니까. 하지만 그보다 더 중요한 건 무림은 무림 나름대로의 세상이 있고 우리는 우리만의 세상이 있다는 것이다."

강창기의 음성이 울려 퍼지며 장내의 분위기가 자못 숙연해졌다. 그의 말에서 사나이의 뜨거운 열정과 기백이 느껴졌기 때문이다. 강창기와 마주 서 있던 사비의 생각도 다른 사람들과 별반 다르지 않았다.

'흠! 이 자식도 나처럼 무림인들이 못마땅한가 보지? 생각보다 괜찮은 구석이 있는걸.'

사비가 속으로 강창기를 어떻게 처리할지 잠시 고민하는 사이 그가 다시 입을 열었다.

"그리고 나는 이렇게 다른 인간들을 믿고 까부는 녀석을 가장 싫어한다. 우선 이 녀석부터 피 떡을 만들어놓고 나중 일은 그때 가서 생각하자."

강창기가 주먹을 와락 움켜쥐며 외치자 주변에 모여 있던 이들이 두려움을 느끼며 엉거주춤 뒤로 물러섰다. 신도원과 공황작도 군중에 휩쓸려 물러나기는 마찬가지였다.

'으음! 저자, 무공을 쓸 줄 아는 자다. 그러면서 무림인과 자신이 별개라고 말을 하다니……. 무림인들의 개입을 염두에 두고 있는 건가? 흠! 생긴 것답지 않게 잔꾀를 부리는 자로군.'

신도원은 강창기의 발언이 수하들을 훈계하는 것처럼 보였지만 의

도는 어딘가에 있을지 모르는 무림인들을 향한 일종의 경고라는 생각
이 들었다. '무림 일이 아니니 개입하지 마라. 무림인들이 개입하면 우
리 쪽에서도 야문이 나설 것이다' 라는 일종의 경고인 셈. 이에 신도원
은 과연 앞에 서 있는 저 청년이 능구렁이 같은 강창기를 어떻게 상대
할지 호기심이 일었다.

'으음! 저 여인은?'

강창기와 사비를 번갈아 쳐다보던 신도원의 눈동자가 살짝 떨렸다.
사비와 삼악파 무리들을 사이에 두고 자신과 맞은편에 서 있는 현현.
다른 이들처럼 그저 싸움 구경을 나온 사람인 듯 무심한 표정을 짓고
있었지만 신도원의 눈에는 언제든지 나갈 자세를 갖추고 있는 무인으
로 보였다.

'소장왕의 부인이 왜 이곳에 있는 거지?'

신도원이 현현을 보며 잠시 생각에 잠긴 사이 강창기의 말을 듣고
고민에 휩싸였던 사비가 이내 마음에 결정을 내리고 천천히 입을 열었
다.

"그래, 좋게 타이르면 말귀를 알아들을 수 있을 것도 같군."

"타이르다니? 그게 무슨 소리냐?"

사비의 말에 강창기가 어이없는 얼굴로 물었다. 사비가 마치 삼악파
를 봐주기라도 할 것 같은 말투로 입을 열었기 때문이다.

"처음에는 그냥 작살내고 갈 생각이었는데 지금은 생각이 바뀌었다
는 말이야. 그냥 이 바닥 법칙대로 하자고."

"으음! 지금 나와 맞장을 뜨겠다는 거냐?"

강창기가 검지로 제 가슴을 가리키며 묻자 사비가 흔쾌히 고개를 끄
덕이며 입을 열었다.

"그래, 일 대 일로 한 판 뜨자! 그리고 진 사람이 이 바닥을 뜨는 거야! 어때?"

"……."

강창기는 일순 입을 열지 못한 채 주변에 모여 있는 수하들을 바라봤다. 자신의 말에 깊은 감명을 받았던 수하들이 사비의 말에 고개를 끄덕이고 있었다.

'끄응! 이런 식으로 나올 줄이야!'

무림인들의 개입에 대한 일종의 경고 차원으로 입을 열었던 강창기는 사비가 주먹들이 하는 식으로 도전장을 불쑥 내밀자 속으로 크게 당황했다.

이윽고 열심히 염두를 굴리던 강창기가 두 눈을 빛내며 입을 열었다.

"크크크! 어린 놈이 겁이 없구나! 하지만 그건 좀 불공평하다는 생각이 드는데? 나는 너와의 싸움에 삼악파를 고스란히 걸어야 하지만 너는 내게 지더라도 잃을 것이 아무것도 없지 않느냐?"

"후후후! 질까 봐 겁부터 집어먹은 거야? 삼악파 대두라고 인정 좀 해줬더니 너도 대가리 하나 큰 거 말고는 별 거 없군. 좋아, 그럼 나도 뭔가를 걸어주지. 음… 나는 지면 말이야……."

잠시 입을 다물고 고민에 잠겼던 사비가 다시 입술을 뗐다.

"그럼 나는 네 수하가 돼서 평생 봉사할게. 어때? 목숨을 건다는 것보다 훨씬 현실적이고 좋잖아? 안 그래? 나 같은 수하 얻기도 쉽지 않다고."

"크크크! 이제 보니 내 밑에 들어오고 싶어 안달이 난 놈이었구나. 진작 그렇게 말했다면 이런 말장난을 할 이유가 없지 않았느냐. 오냐,

내 너를 받아주마."

강창기가 유쾌하게 웃으며 고개를 끄덕였다.

"그건 일단 싸워보고 나서 다시 얘기하자고! 어때?"

"네 녀석이 정녕 죽고 싶은 게로구나!"

사비가 한쪽 발을 앞으로 내밀며 씩 웃자 강창기의 안색이 대번에 굳어졌다. 강창기의 뒤편 구석에서 이를 지켜보던 현현의 얼굴에 절로 고소가 머금어졌다.

'후훗! 삼악과 대두나 되는 자가 뭐가 아쉽다고 당신과 싸운단 말이에요? 하여튼 하는 짓하고는……'

현현이 속으로 설레설레 고개를 젓는 사이 강창기의 대답을 기다리던 사비가 두 눈을 찌푸리며 입을 열었다.

"왜, 싫어? 싫으면 그냥 떼로 덤비든가!"

"……"

강창기는 사비의 도발에 노기가 치밀었으나 가까스로 그 노기를 억누르고 주변을 슥 훑어봤다.

'젠장! 빼도 박도 못하게 생겼군.'

강창기는 두 주먹을 쥐었다 펴기를 반복하며 속으로 투덜댔다. 이런 상황으로 흘러갈 것을 예상했다면 애초부터 수하들을 시켜 사비를 도륙냈을 것이다. 하지만 지금은 그럴 수 있는 상황이 아니었다. 이미 수하들 앞에서 뱉은 말이 있었기 때문이다.

"좋다! 그 뱃심 하나는 인정해 줘야겠구나! 붙지! 하지만 내가 이기면 널 수하로 삼지 않고 개 먹이로 던져 버릴 것이다!"

"좋을 대로!"

강창기가 이를 바드득 갈며 말을 던지자 사비가 피식 웃으며 고개를 끄덕였다. 이와 동시에 삼악파 무리들이 일제히 뒤로 물러나며 주위를 감싸고 있던 구경꾼들을 더 뒤로 물러나게 했다.

그들은 대형이 직접 손을 쓴다는 사실에 무척 흥분한 기색으로 서로를 바라보며 음침한 괴소를 흘렸다.

강창기는 삼악파의 대두이기 이전에 자타가 공인하는 싸움꾼. 무림인들이 비무행을 하듯이 중원 천하를 돌아다니며 각 성의 난다 긴다 하는 싸움꾼들과 겨뤘던 산동성의 대표 주먹이었다.

타고난 힘과 담력, 그리고 이를 뒷받침하는 뛰어난 머리. 싸움에 필요한 삼박자를 고루 갖춘 강창기는 이후 삼악파를 결성하고 명실상부한 산동성의 대표 조직으로 발돋움했다.

그렇게 흘러간 세월이 십여 년. 이제 삼악파를 향한 도발은 어느 곳에서도 없었고, 더군다나 강창기를 향한 도전은 있을 수도 없는 일이었다. 강창기를 상대하기 이전에 그의 주변에 붙어다니는 중두급 싸움꾼들을 거쳐야 했기 때문이다. 하지만 오늘은 이런 전례를 깨고 이변이 일어났다. 그것도 사비의 단 한 마디 말에 의해서.

사비와 강창기를 바라보는 삼악파의 주먹들은 그 이유가 모두 강창기의 호방한 성격 탓이라고 생각하고 있었다. 눈치 빠른 이수천은 분위기가 강창기가 생각했던 것과는 달리 요상한 방향으로 흘러간다고 짐작했다.

한편, 공황작과 나란히 서서 앞으로 벌어질 싸움 관전을 위해 자리를 잡고 선 신도원은 사비를 힐끔거리며 속으로 생각했다.

'우연인가? 저자는 분명 맹주가 말한 사비라는 인물이 틀림없다. 하지만 저자가 왜 여기 있는 거지?

신도원은 의아한 생각에 고개를 갸웃거렸다.

사비는 공황식이 자신에게 내린 임무와 관련이 있는 사람이었다. 사군우의 생존 유무를 확인하고 그가 남긴 후인들이 어디 있는지를 찾아내어 상부에 보고하는 임무. 이는 추밀원 전 요원들의 공통 임무였고, 중원 각지를 돌며 마도의 움직임과 마도 세력 하에 놓여 있는 지역민들의 민심을 살피라는 자신만의 임무였다. 그리고 추가로 받은 세 번째 임무가 바로 공황작, 남궁원예와 함께 추성으로 이동해 삼악파와 황보세가의 다툼을 주시하고, 이후 황보세가 쪽에 유리하도록 은밀히 움직여 달라는 것이었다. 그런데 이 중 두 가지 임무가 묘하게 맞물려 들어가고 있었다.

'그런데 이상하군. 왜 이렇게 가슴이 뛰는 거지?'

신도원은 살며시 오른손을 들어 가슴으로 가져갔다. 혹 현현의 미모 때문이 아닐까 하는 생각이 들었으나 그는 이내 고개를 가로저었다. 여인의 미모에 현혹되어 평정심을 잃을 정도로 심신의 수양이 얕지 않았기 때문이다.

'으음! 역시 저 친구 때문인가?'

신도원은 강창기 앞으로 천천히 걸음을 내딛는 사비를 보며 저도 모르게 입술을 질끈 깨물었다.

호승심. 자신과는 비교도 되지 않을 미미한 실력을 지니고 있을 사비에게 강렬한 호승심이 일었다.

'뭔가 있어. 내가 모르는 뭔가를 지닌 사내야.'

신도원은 두근거리는 가슴을 진정시키기 위해 심호흡을 해봤다.

그사이, 강창기와 일 장 거리에서 대치한 사비가 두 손을 깍지 낀 채로 머리 위로 들어 올리며 나직이 입을 열었다.

"처음에는 좀 마음에 드는 구석이 있었는데 말이야, 지금 보니까 역시 처음에 생각했던 대로 하는 게 낫겠어."

"도대체 아까부터 무슨 헛소리를 지껄이는 것이냐?"

"네 눈동자 말이야. 너무 흔들려. 겁먹어서 그런 건 아닐 테고. 그럼 뭔가 뒤로 호박씨를 까려는 생각이 가득 찼기 때문일 테지. 그런 녀석에게 내가 뭐 하러 자비를 베풀겠어? 그냥 떼로 덤벼!"

"크크크! 드디어 본색을 드러내는구나! 네놈은 역시 혼자 온 게 아니었어. 놈! 패거리는 어디 있냐?"

강창기는 버럭 소리를 지르며 주변을 둘러봤다. 좀 전과 다를 바 없는 분위기였지만 강창기는 금세 심각한 표정을 지으며 수하들을 향해 눈짓을 했다. 사비의 정체도 모르는 상황에서 그를 상대해야 한다는 것이 못내 꺼림칙했던 강창기로서는 이런 좋은 기회를 놓치고 싶지 않았다.

"아무래도 심상치가 않다! 준비해라!"

수하들의 주의를 환기시킨 강창기가 다시 사비에게 고개를 돌렸다.

"후후후! 불알 두 쪽 찬 놈이 겁이 많구나!"

사비가 의도를 눈치챈 듯 비웃음을 흘리자 강창기는 눈썹을 꿈틀하며 입을 열었다.

"오냐! 싸움을 하자면 받아주지! 우리 삼악파는 걸어온 싸움은 결코 마다하지 않는다! 얘들아!"

"예!"

강창기의 부름에 수하들이 일제히 소리쳐 대답했다.

"쳐라!"

명을 받은 삼악파 무리들이 삽시간에 사비에게 달려들기 시작했다. 창졸간에 벌어진 일련의 사태에 구경꾼들은 모두 어리둥절한 표정이었다. 구경꾼들 사이에 끼어 있던, 사비에게 특별한 관심을 지니고 있던 이들 역시 마찬가지였다. 신도원이나 현현, 그리고 시전이 한눈에 들어오는 전각의 지붕 위에 자리하고 있는 화무영까지 모두. 그들은 도무지 사비의 행동을 이해할 수가 없었다. 강창기 개인과의 승부로 끝낼 수 있었던 쉬운 길을 놔두고 왜 군이 삼악파 전체를 상대하려는지 그 저의를 짐작할 수가 없었다.

숙!

사비는 면전으로 날아드는 주먹을 피하기 위해 고개를 홱 뒤로 젖힌 후 곧바로 옆으로 어깨를 틀었다. 가장 먼저 달려든 이는 하급 조직원들이었으나 지척에 이른 주먹은 그들 뒤에 서 있던 중두급 간부들의 것이었다.

'역시 무공을 익혔어!'

사비의 눈에 이채가 서렸다. 처음에는 강창기를 포함한 모든 삼악파 무리들이 순수하게 주먹 싸움을 하는 인간들이라고 생각했던 그는 강창기에게서 특유의 냄새를 맡았다. 설명할 수는 없었지만 그것은 분명 자신이 별로 달가워하지 않는 무인의 냄새였다.

강창기의 주먹을 말아 쥐는 행동, 발끝을 놀리는 작은 움직임 하나하나에 배어 있는 기운. 그것은 신도원이나 화무영도 전혀 눈치채지 못한 미미한 기운이었지만 사비는 이를 감지할 수 있었다. 세상의 모든 초식을 담고 있다 할 수 있는 사가권법을 익혔기에 가능한 일이었다.

바로 이것이 사비가 생각을 바꾼 이유였다. 무림인이 아닌 싸움꾼을 빙자했던 강창기가 가증스러웠고, 그의 밑에서 굽실거리고 있는 수하들이 꼴 보기 싫어졌다.

퍼퍽!

"큭!"

"헛!"

한 번의 발길질로 두 명을 거꾸러뜨린 사비가 뒤로 공중제비를 돌며
입을 열었다.

"떼로 덤비는 건 좋은데 이건 명심해! 오늘… 이 자리에서 날 죽이
지 않으면 내일부터 삼악파라는 이름은 없어지는 거야, 알겠지?"

"그래! 계속 씨부려 보거라! 네 주둥아리를 오늘 저녁 술안주로 삼아
주마!"

후욱!

중두 하나가 외침과 동시에 허리에서 검을 빼듯 주먹을 날려왔다.

사비는 그의 주먹에 개산권(開山拳)의 묘리가 숨어 있음을 알아채고
피식 웃음을 흘리며 이를 피했다. 개산권은 권법으로 유명한 산동장가
의 독문 절학으로 이런 싸움꾼들이 익히고 있을 무학이 아니었다. 하
지만 다른 중두들도 모두 마찬가지였다. 그들의 주먹과 발길질에는 곁
에서 지켜보는 사람은 전혀 짐작도 못할 정도로, 아니, 심지어는 직접
겪는 사람도 눈치채지 못할 정도의 무공이 스며 있었다.

그들이 익힌 것은 야문에서 은밀히 개발한 싸움 기술로 삼악파에서
도 오직 강창기만이 알고 있는 비밀이었다.

'무공을 쓸 거면 확실하게 쓰든가, 아니면 제대로 주먹질을 하든가.
지금 이게 뭐 하는 짓이지? 박쥐새끼같이.'

모처럼 신명나게 싸워볼 생각을 하고 있던 사비는 쓸쓸했다. 하지만
그들을 원망하고 싶은 생각은 추호도 없었다. 그들이 그러하듯이 자신
또한 벌써부터 사가권법을 응용하고 있었기 때문이다. 머리카락과 눈

썹이 점점 붉어지고 온몸이 타 들어가는 고통이 밀려왔지만 사비는 그 고통을 즐겼다.

'으윽! 이번에는 꽤 심하군. 아저씨도 사극과 싸웠을 때 이런 기분이었을까? 더했겠지?'

씁쓸한 미소를 지으며 사군우를 떠올려 보던 사비가 이내 마음을 추스르자 그의 머리색이 다시 제 빛으로 되돌아오기 시작했다. 워낙 찰나지간에 벌어진 일이라 아무도 이를 눈치채지 못한 상황이었지만 사비 스스로에게는 참으로 오랜 시간처럼 느껴졌다.

사비는 천천히 고개를 들었다. 조각조각 끊어져 다가오는 영상처럼 한없이 느리게만 보이는 주먹과 발이 자신을 향해 날아들고 있다.

'그래, 아무것도 내 뜻대로 할 수 없다면 그냥 흘러가는 대로 놔둬보는 거야.'

사비가 천천히 손을 들어 올렸다. 그의 주먹이 조금씩 사가권법의 권로를 따르기 시작했다. 하지만 아무도 그가 무공을 사용하고 있다는 생각은 하지 못했다. 심지어는 사비와 수백, 수천 번의 비무를 벌였던 화무영마저도.

그렇게 반 시진의 혼전 속에 중두 셋을 포함한 삼악파 무리 태반이 나가떨어졌고, 결국 강창기마저 가세하기에 이르렀다.

후아앙!

강창기의 주먹은 다른 이들과 차원이 달랐다. 권풍마저 가미된 그의 주먹은 주변에 있던 이들의 얼굴을 경악으로 물들이게 했다. 분명 투박하고 거친 놀림이었으나 그의 주먹에는 혹시 무공을 펼치고 있는 것이 아닐까 하는 의심이 들 정도의 위력이 담겨 있었다.

휙!

빠르게 뒤로 물러서며 강창기의 주먹을 아슬아슬하게 피한 사비는 곧바로 눈앞에 들어온 이수천을 향해 박치기를 날렸다.

빠악!

이수천의 신형이 땅으로 허물어짐과 동시에 지면을 박차고오른 사비는 두 다리를 가위처럼 벌려 양 옆에서 달려드는 나머지 중두 둘의 턱을 걸어 올려붙였다.

빠박!

순간 지면에 사뿐히 착지한 사비의 눈이 잘게 흔들렸다.

"음! 네가 여긴 어떻게?"

자신을 뚫어지게 바라보고 있는 현현이 눈에 들어왔다.

퍼어억!

현현을 보고 막 뭐라 입을 열려던 사비의 눈앞에 별이 번쩍였다. 극심한 통증과 더불어 속이 울렁거렸다.

"시건방진 자식! 네 목을 분질러 주마!"

강창기는 대노했다. 만인이 보는 앞에서 수하들을 맥없이 쓰러뜨린 것도 모자라 자신까지 합공하게 만든 이가 무공도 모르는 불한당이라는 사실에 수치심과 낭패감이 밀려왔다. 사비는 강창기가 싸움에 무공 기술을 교묘히 섞어 쓰고 있다는 것을 알고 있었지만 안타깝게도 강창기는 사비에게서 그런 기미를 발견하지 못했다.

강창기의 주먹에 나가떨어졌던 사비가 일그러진 얼굴로 힘겹게 몸을 일으켰다.

"제길! 너만 보면 재수가 없어!"

사비는 나직이 중얼거리며 천천히 고개를 들었다. 자신을 향해 뚜벅

뚜벅 걸어오는 강창기의 성난 모습이 들어왔다.

걱정 어린 눈길로 사비를 바라보던 현현의 얼굴이 굳었다. 속으로는 왜 나를 보면 재수가 없냐고 따지고 싶었지만 차마 그럴 수가 없었다. 불현듯 어쩌면 그의 말이 사실일지도 모른다는 생각이 들었다.

[이제 무공을 써요! 그래야 해요! 지금 그 사람보다 강한 일류급 고수가 당신을 노리고 있단 말이에요!]

현현은 사비를 향해 급히 전음을 날렸다. 어딘가에서 조금씩 끈적끈적하고 날카로운 기운이 사비의 주변을 향해 다가오고 있었다.

분명 살기였다.

신도원과 공황작도 이를 눈치챘는지 서로 마주 보며 눈빛을 교환했다.

'고수!'

주변에는 자신들 외에도 많은 무림인이 섞여 있다. 하지만 이 정도 살기를 보란듯이 흘리면서도 정확한 실체를 찾을 수 없는 인물은 눈에 띄지 않았다.

'그렇구나. 야문 순찰이 아직 가지 않았어.'

현현은 당황으로 얼굴을 구기며 급히 주변을 둘러봤다. 신도원, 공황작과 눈이 마주쳤지만 지금은 그런 것을 따질 경황이 아니었다.

"크크크! 애송이! 주먹은 이렇게 쓰는 거다!"

사비가 힘을 상실했다 판단한 강창기가 그의 멱살을 잡고 번쩍 들어 올렸다.

"놔라! 멱살은 한 번 잡혀본 일이 있거든! 이번이 두 번짼데 그때보다 기분이 더 나쁘다! 그리고……!"

사비는 멱살을 잡은 강창기의 오른손으로 자신의 왼손을 살며시 가져가며 다시 말을 이었다.

"주먹은 이렇게 쓴다고? 그 말, 그건 너 같은 새끼가 쓰면 안 되는 말이거든!"

휙!

강창기의 손에 들려 있던 사비는 말을 마침과 동시에 그의 손에 양 다리를 걸치고 온몸의 체중을 실었다.

우드득!

"크윽!"

강창기의 눈에 핏발이 번졌다. 우측 어깨가 뜯겨져 나가는 고통이 느껴졌다. 다행히 아직은 멀쩡하게 붙어 있는 팔이 보였지만 그 끔찍한 고통만큼은 도무지 가실 기미를 보이지 않았다. 이에 강창기는 자신의 의지와는 상관없이 조금씩 신형이 무너져 갔다.

그사이 강창기에게서 떨어져 나간 사비는 쓰러진 삼악파 무리들과 강창기를 쳐다보며 입을 열었다.

"좀 싱겁긴 하지만 여기서 끝내자! 이제부터 삼악파는 없는 거야! 알았어?"

"……."

"어쭈! 대답들 안 해?"

사비가 눈썹을 찡그리며 외치자 강창기가 두 눈을 부라리며 자리에서 벌떡 일어났다.

"으으! 아직 끝나지 않았다!"

"그건 네 생각이고! 정 원한다면 여기서 끝장을 내주지!"

사비가 피식 웃으며 강창기를 향해 걸음을 옮기는 순간,

쐐애액!

"흡!"

날카로운 파공음과 함께 시신경을 일시적으로 마비시킬 정도의 백광(白光)이 번쩍였다.

사비는 눈앞으로 다가오는 백광을 보고 헛바람을 집어삼키며 다급히 뒤로 물러섰다. 하지만 그 하얀 빛 무리는 자신으로서는 도저히 감당할 수 있는 빠르기가 아니었다.

'으음! 빠르다!'

사비는 저도 모르게 두 눈을 질끈 감았다. 순식간에 머리 속을 스치는 얼굴들. 어머니 현화부터 사군우, 화무영, 장도, 그리고 현현에 이르기까지 그가 이제껏 가슴속에 품었던 이들의 얼굴이 스쳤다.

살랑.

사비는 코끝을 스치는 이 바람이 죽음의 손짓임을 직감했다. 그 손짓이 자신의 몸을 조만간 반으로 쪼개리라는 것도.

'제길! 왜 벌써 왔냐고 아저씨에게 혼나는 건 아닌지 몰라.'

사비는 자신을 향해 짓쳐 들던 흰 빛과 불현듯 떠오른 사군우의 얼굴이 한데 어우러지는 순간 전신을 부르르 떨었다.

삶과 죽음의 경계선에 이르자 오랫동안 잊고 지냈던 느낌이 온몸을 휘감아왔다.

바람!

화류패공을 익히기 전, 사군우에게 들었던 풍류비공의 구결. 그 구결을 외우며 기이한 전율에 사로잡혔던 그때의 기억과 느낌이 선명하게 되살아났다.

'그렇군. 잊고 있었어. 바람이 되는 방법이 있었는데…….'

사비는 사군우의 손에 이끌려 허공으로 둥실 떠올랐던 당시, 사군우가 자신에게 전했던 말들을 되새겼다.

"풍류비공은 진기를 쌓는 심법도 아니고 상대를 공격하는 무공 또한 아니다. 다만 바람을 느끼고 바람이 되는 방법이지. 바람을 느껴라. 그리고 상대의 바람을 느껴라. 그리하면 상대의 기운이 보이고 그의 마음까지 보게 될 것이다. 하지만 풍류비공을 온전한 네 것으로 만들기 위해서는 네 마음속에 있는 바람을 느끼고 나아가 그 바람까지 모두 잊을 수 있어야 한다. 느껴보거라. 너의 바람을……."

하지만 눈을 감은 사비는 아무것도 느끼지 못했다. 자신을 향하고 있는 칼날 같은 예기도, 주변을 가득 메우고 있는 군중들의 시선도 전혀 의식하지 못했다. 그저 지난날 처음 바람을 느꼈던 그때처럼 오직 정적과 고요만이 온몸을 감돌았다. 하지만 그때와는 뭔가 다르다. 전신의 감각과 신경 세포 하나하나의 움직임을 체감하며 벅찬 희열을 느꼈던 그 묘한 기분은 여전했지만 지금은 스스로의 몸속에서 휘몰아치는 바람과 더불어 전면에서 불어오는 이질적이고 낯선 기운까지 느껴졌다.
'이건!'
사비는 저도 모르게 주먹을 와락 쥐었다.
'다른 바람이야!'
사비의 몸이 조금씩 움직이기 시작했다. 전면에서 불어오는 바람을 피하기 위해서였다. 몸은 마음과 달리 한없이 느리게 움직여졌지만 이전과 달리 피할 수 있을 것 같다는 생각이 들었다. 하지만 막 몸을 피하려던 사비가 갑자기 움직임을 멈췄다.
'그리고 또 다른…….'

카아앙!

귓전을 때리는 긴 금속성과 함께 사비는 고개를 뒤로 젖혔다. 얼굴로 휘몰아쳐 오는 검풍을 무마시키기 위해서였다. 하지만 사비가 행한 일련의 동작들은 육안으로 식별할 수 없을 정도로 빠르게 이어졌기에 어느 누구도 그의 움직임을 파악하지 못했다. 다른 이들은 그저 사비가 앞에 선 상대의 검공에 놀라 두 눈을 질끈 감고 엉거주춤 서 있는 것으로밖에 생각하지 않았다.

사비는 상대의 공격에 크게 놀랐다. 자신을 공격한 자의 검은 분명 또 다른 누군가에 의해 막혔는데도 불구하고 이렇게 얼굴이 따끔거릴 정도의 잔여 검풍이 몰아쳐 왔다.

현현의 경고보다 훨씬 강한 자다. 삼악파의 대두 강창기 같은 자는 비교할 수 없을 정도로 강한 무림인이었다.

'그 날카로운 기운, 그건 검기다. 아저씨가 말한 대로라면 날 공격한 자는 초일류급 고수. 생각보다 쉽지 않겠군.'

사비가 살짝 눈썹을 찡그리며 천천히 눈을 떴다. 자신과 엇비슷한 키와 체구를 지닌 사내의 등이 보인다.

'으음! 이놈도 강한 놈이군. 백색이와 비교해도 전혀 손색이 없을 정도로 강해.'

사비는 자신을 막고 서 있는 신도원의 등을 보며 속으로 침음성을 삼켰다. 야문 순찰의 검을 피하려던 자신이 곧바로 움직임을 멈췄던 이유는 신도원이 대신 검을 막았기 때문이다.

사비는 신도원이 나서지 않았어도 짓쳐드는 공격을 막을 수 있다는 자신감이 있었다. 하지만 불현듯 스스로 막지 않아도 누군가에 의해 야문 순찰의 검이 막힐 것이라는 확신이 들었다. 어느 순간부터 사방팔방에서 휘몰아치고 있는 수많은 바람의 숨결이 모두 읽혀졌기 때문이다.

그것은 자신의 주변을 둘러싸고 있는 이들이 저마다 지니고 있는 고유의 바람이었다. 이를 읽을 수 있게 되니 그들이 앞으로 어떤 행동을 취할지까지 미리 예측이 됐다. 야문 순찰의 검이 광대뼈 근처에 있는 문청혈(聞廳穴)을 노리다가 천령혈(天靈穴)부터 몸을 양분하려고 했다는 것도, 신도원이 나서지 않았어도 주변 어딘가에서 자신을 구하기 위해 몸을 날릴 조력자가 둘이나 더 있었다는 것까지 모두.

사비가 예상한 조력자들은 화무영과 현현이다. 사비를 구하기 위해 막 몸을 날리던 그들은 신도원의 앞선 등장으로 미처 그 기회를 잡지 못했고, 지금은 그저 상기된 표정으로 신도원과 사비를 번갈아 쳐다보고 있을 뿐이었다.

이윽고 사비가 신도원의 등에서 시선을 떼고 그의 맞은편에 서 있는 노인에게로 시선을 옮겼다.

야문 산동지부 순찰 감우련.

보리죽도 끓여 먹지 못한 사람처럼 비쩍 마른 육십대 노인이다.

그는 강호에 잘 알려진 인물이 아니다. 하지만 그렇다고 그가 지닌 야문 순찰이라는 지위까지 함부로 경시할 수는 없다. 그는 순찰이 되기 전까지 살수계에 몸담았으며 칠십여 차례의 청부를 실패 없이 마친 입지전적인 인물이라는 얘기를 굳이 전해 듣지 못했어도.

"야문의 검을 막은 이유는?"

감우련은 신도원의 검에 제지당한 것이 못내 자존심 상했는지 두 눈을 가늘게 치켜뜨고 물었다.

"무공도 모르는 친구가 죽는 것을 차마 볼 수 없었소"

신도원이 사비를 힐끗 돌아보며 답하자 감우련이 눈을 반개하며 물었다.

"노부는 산동 순찰, 삼악파는 야문 관할이다. 자네의 행동은 맹의 뜻인가, 아니면 독자적인 것인가?"

"……."

자신이 백천맹 소속임을 이미 알고 있는 듯한 감우련의 아무 거리낌 없는 질문에 신도원은 일순 입을 다물었다. 야문의 정보력이 자신이 백천맹 소속이라는 것을 이미 파악하고 있을 정도라면 자신과 다른 두 동료가 이곳에 온 이유도 알고 있을지 모른다. 하지만 신도원은 이내 속으로 고개를 저었다. 자신들이 이곳으로 온 건 공황식과 추밀원주를 제외하고는 아무도 모르는 사실. 그런 일까지 모두 파악할 정도라면 야문이 자신의 진정한 신분을 모를 리 없다.

신도원이 천천히 고개를 흔들며 입술을 뗐다.

"아니, 백천맹과는 무관한 일이오."

"그렇다면 다행이군."

파앗!

감우련의 신형이 흠칫 떨리며 신도원을 향해 쏘아져 왔다. 그와 동시에 둘의 모습을 지켜보던 사비가 이맛살을 찌푸리며 뒤로 물러섰다. 감우련의 검이 신도원이 아닌 자신을 향하고 있었기 때문이다. 하지만 사비를 제외한 중인들 모두 감우련의 이번 공격이 신도원을 향하고 있음을 믿어 의심치 않았다.

'이상한데. 저자의 속이 왜 이렇게 빤히 들여다 보이는 거지?'

감우련의 살기가 자신을 향하고 있음을 어렵지 않게 눈치챈 사비는 고개를 갸웃거리며 어깨를 슬쩍 틀었다. 장문혈(章門穴)을 향할 감우련의 검을 피하기 위함이었다. 하나 괴이한 것은 아직 감우련이 사비를 향해 검을 들이밀지도 않은 상황이었다.

카라라랑!

역시 사비의 예상대로 신도원을 향해 쏘아져 가던 감우련이 허공으로 도약하며 사비 쪽으로 방향을 틀었다.

"멈춰!"

휘이익!

감우련이 머리를 타 넘으며 사비에게 돌진해 가자 크게 놀란 신도원은 몸을 돌릴 겨를도 없이 들고 있던 장검을 우측 어깨 뒤로 휘둘렀다. 하지만 호선을 그리며 날아간 신도원의 검은 사비의 지척에 이른 감우련의 신형을 따라잡기에는 역부족이었다.

"야문을 건드린 죄는 죽음으로… 흡!"

쉭!

미약한 파공음과 함께 진한 살소를 피워 올리던 감우련의 입가에 잔경련이 일었다.

'백색이가 왔군.'

막 뒤로 몸을 빼려던 사비는 감우련의 콧등을 타고 세로로 가느다랗게 그어진 혈선을 발견하곤 눈썹을 꿈틀했다. 사비는 혈선이 화무영이 지니고 다니던 탈백은침에 의해 그어진 것임을 알고 있었다. 물론 감우련의 얼굴을 파고들어 간 은침은 사비의 위급함을 느낀 화무영이 마령심기를 담아 전력으로 날린 은침으로, 육안으로는 도저히 식별이 불가능한 속도였으나 사비는 분명 이 은침의 궤적을 따라잡았다.

직접 눈으로 본 것은 아니었다. 단지 은침이 허공을 가르며 발생시킨 바람을 온몸으로 체감했을 뿐이다.

'또 바람을 느낀 건가? 역시 이건… 풍류비공!'

주변에 모인 중인들은 어리둥절한 표정으로 자신과 앞에 선 감우련, 그리고 그 뒤에 서 있는 신도원을 바라보고 있었지만 사비는 그저 멍한 표정을 지은 채로 짧게 고개를 흔들었다.

사비는 잡힐 듯 말 듯 가물거리는 풍류비공의 오의를 마음속으로 되짚고 있었다. 그는 이전에는 전혀 이해할 수 없어 기억 저편에 묻어두었던 바람의 숨결과 만나는 중이었다.

"마… 공!"

불신이 역력한 눈빛으로 사비를 바라보던 감우련이 전신을 부르르 떨었다. 그 직후 사비의 복부로 힘없이 검극을 들어 올리던 감우련의 얼굴이 조금씩 좌우로 갈라지기 시작했다.

쩌억!

감우련의 얼굴에서 시작된 혈선은 조금씩 목 밑으로 번져 갔다. 순간 그의 전신이 좌우로 갈라져 나가며 피분수가 터졌다.

"꺅!!"

날카로운 여인의 비명 소리가 탐화만성가를 울렸고, 장내에 있던 중인들은 우왕좌왕하며 삽시간에 사방으로 흩어지기 시작했다. 하지만 사비는 감우련의 피로 온몸을 흠뻑 적신 채 무심히 중얼거릴 뿐이었다.

"어쩌면 내게 필요한 건 불이 아니라 바람인지도 몰라."

사비는 천천히 고개를 들어 올렸다. 주변에서 싸움 구경을 하던 이들은 썰물이 빠지듯 모두 장내를 벗어났고, 야문 순찰의 죽음을 확인한 현현도 군웅들 틈에 섞여 조용히 추향각으로 자리를 피했다. 감우련과 대치하던 신도원은 그의 몸이 찢겨져 나간 직후 그 이유가 사비의 뒤쪽 전각 지붕에서 날아온 암기에 의한 것임을 알아채고 공황작과 함께 급히 그쪽으로 몸을 날렸다.

거리에는 부상으로 신음하는 삼악파 무리들과 사비뿐. 사비는 당황으로 일그러진 강창기의 얼굴을 응시하며 터벅터벅 걸음을 옮겼다.

"어이, 박쥐! 이제 네 뒤 봐줄 인간이 골로 가버렸으니 이 일을 어떻게 하면 좋으냐?"

강창기는 온몸에 피칠갑을 한 사비를 보자 절로 오금이 저려왔지만 애써 정신을 추스르며 입을 열었다.

"미친놈! 야문 순찰을 죽이다니! 그리고도 살아날 수 있을 것 같으냐?"

"그러게. 나도 그게 걱정이야. 하지만 그 전에 니들 정리할 시간은 충분할 것 같은데. 안 그래?"

"으음! 어쩔 셈이냐?"

강창기의 등줄기로 식은땀이 삐질 흘러내렸다. 소매로 얼굴에 묻은 피를 슥 닦으며 피식 웃는 사비의 모습이 지옥의 야차 같았다.

"어쩌긴 뭘 어째, 약속한 건 지켜야지? 후후후!"

"으음!"

강창기는 지척에 이른 사비의 나지막한 웃음소리에 저도 모르게 나직한 침음성을 삼켰다. 광기로 번득이는 사비의 눈을 대하자 그 잘 돌아가던 머리가 돌처럼 딱딱하게 굳어만 갔다.

'으으! 야문을 건드리고도 이런 태도라니……. 이자는 미친 인간이 분명하다.'

강창기는 천천히 들려지는 사비의 손을 보며 두 눈을 부릅떴다.

휘이잉!

화무영은 혈매화와 만나기로 한 맹묘(孟廟)로 나는 듯이 달렸다. 맹묘는 맹부(孟府)와 함께 추성을 대표하는 명승지 중 하나로 맹자와 관련된 각종 유적들이 즐비한 곳이다. 삼악파가 자리를 잡기 전까지의 추성은 오십 리가량 떨어진 곡부와 더불어 중원 유사들의 성지나 다름없는 곳이었으나 지금은 맹묘와 맹부만으로 그 명맥만을 간신히 유지하고 있었다. 그나마 다행인 것은 그래도 맹묘만큼은 여전히 중원 각지에서 찾아오는 세객들의 발길로 붐빈다는 것이다.

화무영은 추격자들을 처리하고 먼저 와 있을 혈매화를 떠올리자 더욱 다리를 빠르게 움직였다. 신도원과 공황작이 뒤에서 추격하고 있었지만 크게 개의치 않았다. 야문 순찰을 처리했으니 사비를 위협할 어떠한 존재도 없었다.

'결국 주공께서는 화류패기를 끌어올리지 못하셨군. 할 수 없지. 굉천자 도장을 찾는 수밖에……'

화무영은 사비가 신도원이 아니었으면 야문 순찰의 검에 여지없이 당했을 것이라는 생각에 내심 안타까운 생각이 들었으나 이내 생각을 고쳐먹었다. 아마 이번 일로 인해 강호가 그리 호락호락하지 않은 곳이라는 것을 뼈저리게 느꼈을 테니까. 야문 감찰을 없애고 이를 백천맹 무사들이 목격했다는 사실이 조금 걸리기는 했지만 천하의 모든 곳에 눈과 귀를 깔고 있는 그들이라면 어차피 언젠가는 알게 될 일이다.

"이렇게 되면 당분간은 더욱 주공 곁에 모습을 드러내면 안 되겠군."

화무영이 맹묘에 들어서며 중얼거리는 사이 어둑했던 사위는 이내 칠흑처럼 까맣게 변했다. 하지만 그는 낮과 다름없는 익숙한 발놀림으로 혈매화와 만나기로 한 석종(石鐘)이 있는 곳으로 향했다.

"기다렸다."

"미안."

석종 위에서 스르륵 나타난 혈매화가 무심한 어조로 말하자 화무영이 피식 웃으며 한 손을 흔들었다.

"놈들은?"

"죽었다."

"내가 분명히 죽이지 말라고 했을 텐데?"

혈매화의 말을 들은 화무영의 얼굴이 대번에 굳어졌다.

"내가 안 죽였다. 그냥 혈도만 짚어놓으려고 했는데 지들이 알아서 죽었다."

"음!"

혈매화의 무심한 대꾸에 화무영이 침음성을 삼켰다. 관제묘에서부터 자신들을 추격한 이들은 백천맹의 무사들이었다. 그런 자들이 혈매화의 손에 제압당하자 자결을 했다는 말은 도무지 납득이 가지 않았다.

'왜, 백천맹 소속 무사들이 마도인들이나 하는 짓거리를 하는 거지? 도대체가 자결이라니…….'

잠시 안색을 굳히고 생각에 잠겼던 화무영이 멀리서 다가오는 신도원과 공황작의 기척을 느끼고 고개를 들어 올렸다.

"일단 이곳부터 벗어나자."

"주인님은?"

"당분간 떨어져 다니기로 했다."

"그럼 저 녀석들은 어떻게 할까?"

신도원과 공황작이 다가옴을 느낀 혈매화가 무심한 어조로 물었다.

"신경 쓰지 마라. 백천맹 무사들이지만 그냥 둬도 괜찮을 것 같다. 가자!"

화무영이 고개를 저으며 먼저 몸을 날리자 혈매화도 소리없이 그 뒤를 따랐다. 신출귀몰하고 은밀한 움직임. 지난 수년간 쫓고 쫓기는 추격전을 벌이며 쌓인 그들의 신법과 은잠술은 무르익을 대로 무르익어 있었다.

터턱!

화무영과 혈매화가 있던 자리에 날아 내린 공황작이 아쉬운 눈초리로 주변을 둘러보며 입을 열었다.

"아무래도 놓친 것 같소."

"서둘러 돌아가 보는 것이 좋을 것 같습니다."

신도원이 침중한 어조로 다시 말을 이었다.

"지금 사라진 속도로 보건데 야문 순찰을 죽인 자는 우리를 유인하기 위해 일부러 기척을 드러낸 것 같습니다. 그건 어쩌면 삼악파와 싸우던 자에게서 우리를 떨어뜨려 놓기 위한 의도가 아니었을까 하는 생각이 드는군요."

"흠, 그렇군. 암기를 발출했던 이유도 당연히 그를 구하기 위해서였을 테니까."

"예, 그렇습니다. 하지만 이해가 가지 않는 것이 한둘이 아닙니다."

"신 형이 이해가 가지 않는 일도 있습니까?"

"선배님도 어찌 그런 말씀을……. 제가 어떻게 모든 일을 알 수 있겠습니까?"

공황작이 의아한 눈초리로 묻자 신도원이 피식 웃으며 어깨를 으쓱해 보였다.

"그리고 공 선배님과 남궁 선배님과의 동행은 이제 그만 끝을 내야 할 것 같습니다."

"으음, 그 말은 이제 우리 임무가 끝났다는 뜻이오?"

"그렇습니다."

공황작의 물음에 신도원이 짧게 고개를 끄덕이며 몸을 돌렸다.

"일단 돌아가 봐야겠습니다. 그자가 자리를 뜨지 않았어야 하는데 걱정이군요. 이럴 줄 알았으면 남궁 선배에게 감시를 부탁하고 올 걸 그랬습니다."

"알겠소. 그럼 갑시다."

신도원은 행여 사비가 자리를 떠 찾지 못할까 걱정이 되는지 서둘러 걸음을 옮기기 시작했다. 그 뒤를 따르는 공황작의 머리 속으로 여러 가지 생각이 얽혀들었다. 자신과 남궁원예의 임무는 황보세가와 삼악 파의 분쟁을 주시하다가 신도원을 도와 분쟁의 주도권을 황보세가 쪽 으로 밀어주는 데 있었다. 그리고 추성에서의 임무는 전적으로 신도원 에게 권한이 있다. 그가 추성에서의 임무를 끝내려고 하니 자신이나 남궁원예는 본래 맡은 임무를 수행하기 위해 떠나야 했다.

'역시 이 친구도 이 임무 말고 다른 임무가 있나 보군.'

경공을 전개해 앞으로 쏘아져 가던 공황작은 자신의 옆에서 말없이 움직이는 신도원의 옆모습을 힐끗 쳐다봤다. 하지만 신도원은 그의 눈 길에는 전혀 신경쓰지 않았다. 그는 사비가 무장 해제된 삼악파 무리들 을 어떻게 처리했을지에 대한 강렬한 호기심을 지니고 있을 뿐이었다.

탐화만성가의 중심 대로. 열십 자로 펼쳐진 대로의 정 중앙에서는 두 눈을 똑똑히 뜨고 지켜보는데도 도저히 믿어지지 않는 광경이 펼쳐 지고 있다. 이 열 횡대로 늘어선 채 머리를 땅에 박고 있는 거대 장한 들. 그들은 분명 이곳 추성현의 주인이나 다름없는 삼악파 무리들이다. 더욱이 머리를 박고 있는 삼악파 무리들의 엉덩이가 하나같이 피범벅이었고, 가장 선두에 자리를 잡은 강창기는 남들보다 배는 많은 피를 묻힌 거대한 엉덩이를 엉거주춤 들어 올린 채로 바들바들 떨고 있었다. 중심을 잃지 않기 위해, 자칫 고통을 못 이기고 신음이라도 튀어나올까 이를 악문 그의 모습은 보는 이로 하여금 절로 안타까움이 일게 만들었다. 하지만 더욱 안타까운 것은 이미 사비에 의해 한쪽 어깨를 쓸 수 없게 된 강창기였기에 나머지 한 팔로 중심을 잡는다는 일은 결코 쉬운 일이 아니라는 것이었다.

"끄응!"

쿠웅!

강창기의 몸이 크게 휘청거리며 왼쪽으로 기우뚱 무너졌다. 이와 동시에 그의 옆에서 머리를 박고 있던 이수천을 시작으로 삼악파 무리들이 중심을 잃고 우르르 뒹굴었다.

"쯧쯧! 이런 것 하나 못 참으면서 삼악파는 무슨!"

사비는 설레설레 고개를 저으며 양손을 깍지 긴 채로 강창기의 뒤로 돌아갔다.

이를 본 강창기는 올 것이 왔다는 표정으로 마른침을 꿀꺽 삼키며 두 눈을 질끈 감았고, 그와 동시에 그의 거대한 엉덩이가 잘게 떨리기 시작했다. 이런 수모를 당할 바에는 차라리 자결을 해야 한다는 생각이 자꾸 고개를 쳐들었지만 그래도 개천에서 뒹굴어도 살아 있는 게 낫다는 자위를 하며 마음을 다잡았다.

'복수하겠어! 반드시! 네놈에게 천 배, 아니, 만 배의 고통을 안겨주겠다!'

강창기는 지금 당하는 이 수모를 뼛속 깊숙이 새겨놓고 후일 반드시 그 빚을 갚으리라 다짐하고 또 다짐했다. 하지만 의지와 달리 그의 항문은 자꾸 움츠러들었다.

푸욱!!

"으아악!!"

강창기의 입에서 처절한 절규가 터져 나왔다. 이를 들은 그의 수하들은 양손으로 귀를 틀어막고 싶은 심정을 가까스로 억누르며 두 눈을 질끈 감았다.

"니들이 고생이 많구나."

사비는 강창기의 항문에 쑤셔 넣었던 검지를 빼 눈앞으로 들어 올리며 미안한 표정을 지어 보였다.

"다음!"

"어, 억울합니다!!"

사비의 외침에 강창기의 옆에서 머리를 박고 있던 이수천이 어깨를 움찔 떨며 외쳤다.

"억울하면……."

"……."

사비의 말에 이수천의 눈이 일말의 기대감으로 물들었다. 하지만 잠시 후 사비의 입에서 그 기대감을 여지없이 무너뜨리는 발언이 터져 나왔다.

"똥꼬에 힘 팍 주고 참아! 혹시 내 손가락이 먼저 부러질지도 모르잖아?"

"으으으……!"

푸욱!

참담한 얼굴로 신음성을 흘리던 이수천의 엉덩이가 불을 뿜었다. 이에 그의 주변에 있던 이들의 두 눈이 공포로 물들었다. 조만간 자신의 차례가 올 것이다. 사비의 고문은 그만큼 처절하고 잔인했다.

야문 순찰 감우련의 시체가 차갑게 식을 정도의 시간이 흐르는 동안 사비는 가문의 독문 무공이라며 삼악파 무리들에게 항문지공(肛門指功)을 펼쳤다. 골고루 한 명도 빠짐없이 사비의 응징에 항문이 파열당한 삼악파 무리들은 한시라도 빨리 이 지옥 같은 시간이 지나가기만을 간절히 빌고 또 빌었다. 하지만 이제 어둑해져 서로의 얼굴이 흐릿하게 보이고, 시전 기루들의 불빛이 하나둘 켜지는 시간이 됐는데도 사비는 도무지 멈출 생각을 하지 않았다.

그저 아무 말 없이 그저 기분 내키는 대로 눈앞에 보이는 이들의 항문을 유린할 뿐이었다. 그리고 이제야 자신들에게 금쪽 같은 휴식 시간이 찾아온 것이다. 비록 머리를 박고 있어 약간의 고통이 들긴 했지만 사비의 항문지공을 맛보는 것에 비하면 천국이었다. 그러다가 결국 또 일이 터지고 말았다. 그것도 자신들이 그렇게 믿고 있던 대두 강창기의 실수로 인해.

사비는 입에 게거품을 물고 쓰러진 이수천을 내팽개치고 다음 사람을 향해 다가갔다. 계속해서 처절한 절규가 이어졌고, 바닥은 무려 오십여 명에 이르는 삼악파 무리들의 피로 붉게 물들어갔다.

그렇게 한 사람도 빠짐없이 사 씨 집안 고유의 무공을 펼쳐 보인 사비는 봉선화로 물들인 것처럼 빨간빛을 띠고 있는 손가락을 들어 코에 가져가 보더니 인상을 구기며 고개를 돌렸다.

"음! 모두 기상!"

사비가 손바닥을 툭툭 털며 외치자 그의 말이 떨어지기가 무섭게 삼악파 무리들이 그 자리에서 벌떡 일어나 차렷 자세를 취했다. 이를 본 사비가 피식 웃으며 강창기가 있는 앞으로 다시 걸음을 옮겼다.

"그래도 대두랍시고 다른 자식들보다는 참을성이 더 많은 것 같아?"

"좋게 봐주셔서 감사합니다!"

사비의 칭찬에 강창기의 입이 길게 찢어졌다. 그가 자신의 영역을 찾아와 개망신을 주었다는 것도, 자신의 어깨를 상하게 해 어쩌면 불구로 평생을 지내야 할지 모른다는 것도, 그리고 복수를 하겠다는 다짐도 전혀 생각나지 않았다. 지금 이 순간은 그저 사비가 자신을 칭찬했다는 사실에 너무도 황송하고 고마울 따름이었다. 사비는 강창기를 통해 매에는 장사가 없다는 만고불변의 진리를 입증하고 있었다.

'아니! 저 자식이!'

사비를 향해 자신이 할 수 있는 최대한의 황송한 표정을 지어 보이던 강창기의 얼굴이 급격히 굳어졌다. 좌측에 서 있던 이수천이 자신에게 따가운 눈총을 던지고 있었기 때문이다. 이에 강창기는 이수천을 향해 눈을 부라렸다. 하지만 이수천은 여전히 눈에 힘을 풀지 않고 강창기를 잡아먹을 듯 노려봤다.

'내가 대형으로 모셨던 인간이 저런 자였다니……'

이수천은 앞으로 사비가 자신들을 어떻게 처리하든지 간에 삼악파와는 결별할 것을 결심했다. 물론 계속 있고 싶다고 해도 오늘 일이 중원 전역으로 퍼져 나간다면 삼악파는 조직 간의 비웃음의 대상으로 전락하는 것은 시간문제였지만.

한편 창문 밖으로 사비가 하는 행동을 지켜보던 현현은 고개를 도리저으며 한숨을 내쉬고 있었다.

"휴우! 결국 일을 내고 말았어."

현현은 고민이 됐다. 사비가 삼악파를 건드려 놨으니 황보세가가 처음의 계획대로 나섰다가는 사비의 배후로 지목되는 것은 명약관화한 일이었다. 따라서 앞으로 삼악파와 관련된 모든 일은 사비의 손에 달려 있는 것이다.

"할 수 없지. 저이를 무림인으로 볼 리는 없고, 야문의 순찰이야 백천맹에서 나온 자들이 죽인 것으로 여길 테니 그것도 그들이 알아서 처리할 테고… 문제는 사비 저 인간이 삼악파를 어떻게 처리하느냐에 따라 달라진다는 건데… 후훗!"

잠시 고민에 휩싸였던 현현은 삼악파 무리 몇을 시켜 야문 순찰의 시체를 치운 후 그들을 줄지어 세우고 장황하게 연설을 해대는 사비를 보며 실소를 머금었다.

도무지 이해할 수 없는 사람. 죽음의 위기에 놓였는데도 무공을 쓰지 않았다. 그리고 화무영이 자신을 구했다는 것도 탈백은침을 보고서야 깨달은 눈치였다.

그런 것을 보면 죽기를 각오하고 삼악파를 상대했다고 봐도 과언이 아니다. 도대체 어디서 그런 용기가 나온 것일까.

사군우의 죽음으로 충격을 받고 망연자실한 그를 놔두고 왔을 때만 해도 사비가 이런 엉뚱한 모습으로 자신 앞에 서리라는 것은 꿈에도 예상치 못했던 현현은 그럴 상황이 아닌데도 자꾸만 웃음이 새어 나왔다. 비록 헤어질 때는 그리 좋은 기분이 아니었지만 계속해서 사비의 얼굴을 바라보고 있자니 지난날의 서운하고 원망스러웠던 감정이 봄날 눈 녹듯 사라졌다.

이윽고 한 손으로 입을 가리고 살포시 미소짓던 현현이 두 눈을 반짝이며 시선을 돌렸다. 사비의 등 뒤 대로, 아직까지 아무도 나다니지 않고 있는 그 거리를 걸어오는 두 사내가 보였다.

"신도원이라고 했지?"

현현이 그의 얼굴을 바라보며 중얼거리는 사이, 부지런히 걸음을 놀리던 신도원이 환한 미소를 머금고 공황작을 향해 힐끗 고개를 돌렸다.

"하핫! 다행입니다. 아직 가지 않았군요."

"그러게 말입니다."

공황작이 착잡한 표정으로 고개를 끄덕였다. 솔직히 그는 사비가 이곳을 떠나지 않았으리라는 것을 짐작하고 있었다. 일전에 겪어본 그의 겁없던 모습으로 미루어 야문 순찰이 죽었다는 것 때문에 도망갈 사람이 아니라고 판단했기 때문이다. 하지만 다른 한편으로는 착잡한 심정을 금할 길이 없었다.

'이자, 무공도 일천하고 지닌 세력도 없다. 도대체 아무것도 내세울 게 없는 이자는 어디서 저런 용기가 나오는 걸까?'

공황작은 자신들이 없던 사이, 어느새 삼악파를 자신의 수족처럼 부리고 있는 사비를 보며 또 한 번 감탄했다. 그것은 신도원도 마찬가지였다.

'삼악파 같은 무력 단체를 이렇게 빨리 장악하다니… 아무리 보이지 않는 조력자가 있었다고 해도 이건 불가능한 일이야. 저 친구에게는 이자들을 제압할 수 있는 뭔가 보이지 않는 힘이 있는 게 분명해.'

신도원은 사비의 눈짓을 따라 좌우로 이동하고 있는 삼악파 무리들을 바라보며 속으로 감탄성을 내뱉었다.

일사불란하게 움직이던 그들은 사비의 턱짓 한 번에 모두 신속히 땅에 머리를 처박고 있었다.

'저게 뭐지? 고문인가? 아니면, 주먹 세계에서 행하는 법도?'

신도원은 태어나 한 번도 본 적이 없는 희한한 광경에 고개를 갸웃거렸다.

"여어! 친구! 왔나?"

신도원이 사비와 가장 지척에 머리를 박고 뒷짐을 진 자세로 있는 강창기를 향해 의아한 시선을 던지는 순간, 그를 발견한 사비가 반가운 표정으로 한 손을 흔들어 보였다.

"선배님, 혹시 예전에 저자와 싸운 게 아니라 교분을 맺었던 겁니까?"

신도원이 공황작을 향해 고개를 돌리고 물었다.

"그게 저어… 내가 아니라 신 형에게 손을 흔드는 것 같소만……."

공황작이 당황한 표정으로 말끝을 흐리자 신도원이 사비를 향해 다시 고개를 돌리고 물었다.

"지금 내게 말을 건넨 것이오?"

"응!"

"소협과는 오늘 초면인 것으로 압니다만……."

"오늘 보면 어떻고 내일 보면 어때? 그냥 마음 맞고 뜻 맞으면 친구 하는 거지. 안 그래?"

"하지만……."

"하지만은 무슨 하지만이야! 그렇게 서 있지 말고 이리 좀 와봐!"

사비가 손가락을 까딱거리며 부르자 신도원이 마지못한 표정으로 쭈뼛쭈뼛 걸어갔다.

"험! 그럼 나는 먼저 들어가 있겠네."

"예, 그러시지요."

공황작이 헛기침을 하며 슬며시 몸을 돌리자 신도원이 고개를 끄덕여 보인 후 다시 사비에게 걸음을 옮겼다.

사비는 신도원이 옆에 이르자 그의 어깨에 한 손을 척 걸치며 입을 열었다.

"아까는 고마웠어. 너 아니었으면 아마 고생 좀 했을 거야."

"약자를 보호하는 건 장부의 도리. 별말씀을 다하시오."

신도원은 자신의 어깨에 걸쳐진 사비의 손을 슬며시 풀며 말했다.

"약자?"

사비의 얼굴이 살짝 구겨졌다. 하지만 그는 이내 피식 웃으며 고개를 주억거렸다.

"하긴, 약자였지. 아저씨가 없으면 아무것도 할 수 없는 약자였어. 그건 그렇고, 넌 내가 이 자식들을 어떻게 처리했으면 좋겠어?"

"그걸 왜 내게 묻소?"

사비의 물음에 신도원이 살짝 눈썹을 찡그리며 되물었다. 자신은 여전히 존칭을 쓰는데도 사비는 눈치없이 자꾸 자신에게 하대를 하는 것이 귀에 거슬렸기 때문이다. 다른 때 같으면 아무렇지도 않게 넘겼을 그였지만 괴이하게도 사비가 하는 행동에는 자신이 생각해도 이상할 정도로 민감한 반응이 튀어나왔다.

"아무리 생각해도 마땅한 방법이 생각나지 않아서 말이야. 내가 이런 쪽으로는 머리가 잘 안 돌아가거든. 그러니 네가 머리 좀 굴려봐. 히히히!"

사비는 머리를 긁적이며 멋쩍은 웃음을 흘렸고, 이를 본 신도원의 눈에는 이채가 서렸다.

신도원은 문득 어린 시절부터 혹독한 수련을 거치며 자랐던 흑천에서도, 몇 년 간 활약한 백천맹에서도 자신을 이렇게 자연스럽게 친근하게 대해준 적이 없었다는 사실이 떠올랐다. 그래서인지 스스럼없이 대하는 사비의 태도가 낯설면서도 싫지가 않았다.

그는 사비가 위기에서 구해준 은혜에 대한 감사의 인사를 하기가 멋쩍어 이런 식으로 반응하고 있다는 것을 미처 상상치 못했다.

'친구라고? 내가?'

신도원은 속으로 친구라는 말을 되뇌어 보다가 천천히 고개를 들었다. 자신에게 환한 미소를 보내고 있는 사비의 얼굴이 들어왔다. 하지만 신도원은 역시 사비의 그 미소 뒤에 숨은 저의는 짐작하지 못했다.

'으음, 설마 이렇게까지 했는데 은혜를 갚으라는 소리 같은 건 안 하겠지?'

신도원이 눈을 빛내며 자신을 뚫어져라 응시하자 사비는 그를 향해 더욱 환한 미소를 보냈다. 자신이 화무영에게 그랬던 것처럼 혹시 신도원이 자신에게 은혜를 갚는 대가로 종이 되라고 하면 어떻게 하나 하는 생각에 몹시 불안했다.

'후우! 설마 나 같은 놈이 또 있으려고? 아니겠지?'

사비가 불안한 마음을 애써 추스르며 미소를 보내자 이를 보고 잠시 주저하던 신도원이 천천히 입술을 뗐다.

"정말… 나를 친구로 생각하는 거요?"

"그, 그럼! 당연하지! 나는 너 같은 녀석을 친구로 삼는 게 꿈이었다고! 처음부터 마음에 들었다니까! 정말이야!"

사비는 신도원이 다른 말을 하지 않고 자신이 의도한 화제를 입에 담자 이에 반색하며 횡설수설 입을 열었다.

"미안하지만 그건 좀 곤란할 것 같소. 난… 친구가 없소. 전에도 없었고 앞으로도 그럴 생각이오."

"뭐야? 쳇! 너도 역시 무공 좀 하는 인간이라 이거지? 그래서 나란

놈하고는 사귀고 싶지 않다는 건가? 알았어! 알았다고!'

　신도원이 살며시 고개를 가로저으며 말하자 사비가 눈살을 찌푸리며 말했다. 그렇다고 기분이 나쁘다거나 자존심이 상한 것은 아니었다. 현재 사비에게는 신도원이 자신을 친구로 삼는 여부가 중요한 것이 아니라 좀 전의 구명지은의 은혜를 갚지 않아도 되는 상황을 만드는 것이 중요했다. 하지만 이를 모르는 신도원은 금세 미안한 표정으로 얼굴색을 고치며 사비를 향해 정중히 머리를 숙였다.

　"아니오. 결코 그런 뜻은 없소. 어찌 지닌 힘과 신분을 저울질하여 친구를 사귄단 말이오. 내 뜻은 그런 것이 아니오."

　"됐으니까, 그럼 가봐! 그리고 앞으로 다시는 보지 말자! 알았지?"

　"미안하오. 내게 친구라는 존재는 사치일 뿐이오. 그러니……."

　"꺼져!"

　사비는 신도원의 말을 막으며 한 손을 휙 내저었다.

　"그럼 이만!"

　잠시 주저하던 신도원이 읍을 취해 보인 후 곧바로 몸을 돌렸다.

　"이 자식들이! 아직 정신 덜 차린 모양인데? 눈 안 깔아!"

　신도원이 몸을 돌리고 추향각 쪽으로 걸음을 옮기자 사비는 머리를 처박은 채 자신의 눈치를 살피기에 바쁜 삼악파 무리들을 향해 꽥 소리를 질렀다. 마치 삼악파 무리들 모두가 자신의 의도를 눈치채고 있는 것 같았다.

　'이거 너무 눈에 보이는 수를 썼나? 쩝!'

　사비는 신도원이 막상 자신의 뜻대로 아무런 말도 하지 않고 물러나자 찜찜한 생각이 들었다. 오히려 미안한 얼굴을 하는 그의 순진함을 악용한 것 같아 못내 마음에 걸렸다.

"젠장! 야! 잠깐 서봐!"

사비의 외침에 신도원이 어깨를 움찔 떨며 걸음을 멈췄다. 등을 보이고 있어 사비는 보지 못했지만 신도원의 얼굴은 벌레 씹은 표정이었다.

"아직 내게 더 볼일이 남았소?"

"그래! 아무리 생각해도 안 되겠어!"

신도원이 천천히 몸을 돌리며 묻자 사비가 고개를 끄덕이며 그를 향해 성큼성큼 걸음을 옮겼다.

"무슨 일이오?"

사비가 자신의 앞에 와 멈춰 서자 신도원이 긴장한 얼굴로 그의 입술을 뚫어져라 응시했다. 이에 잠시 망설이던 사비는 이내 크게 고개를 끄덕이며 앞으로 오른손을 쑥 내밀었다.

"좋아, 이제부터 너는 사비의 친구다!!"

"휴우! 나는 친구를 사귈 만큼 한가하지 못하오."

신도원은 사비의 내민 손을 암담한 표정으로 바라보며 짧은 한숨을 토했다.

"멍청한 놈! 친구는 여유가 있어서 사귀는 게 아니야!"

사비는 고개를 저으며 한심하다는 투로 신도원의 말을 끊었다. 이에 한참 동안 사비가 내민 손을 말없이 바라보던 신도원이 천천히 고개를 들어 올렸다.

"난… 신도원이라고 하오."

"난 사비! 반갑다!"

사비는 신도원이 어색하게 내민 손을 꾹 움켜쥐고 흔들었다. 사비의 얼굴에 점점 환한 미소가 번져 갔고, 이를 본 신도원의 눈가에도 미미한 경련이 일기 시작했다. 그것은 그에게 있어서는 실로 오랜만에 지어보는 미소였다.

낯설었지만, 세상에 태어나 처음으로 가져보는 친구라는 존재가 낯설었지만 싫지는 않았다.

'친구라……'

신도원이 속으로 중얼거리는 사이, 창문 너머로 이들의 모습을 지켜보던 현현의 얼굴이 어이없는 표정으로 변해갔다.

그 밤.

우두커니 침상에 기대앉은 현현은 한 손을 턱에 괴고 창문 너머로 떠오르는 달을 물끄러미 바라봤다.

"황보세가도 함부로 하지 못할 정도로 방대한 조직을 하루아침에 초토화시켰어. 그것도 무공을 전혀 사용하지 않고 그런 일을 해냈어. 이게 말이 되는 건가?"

천천히 고개를 젓던 현현은 이내 살포시 미소를 머금었다. 사비는 다른 일반적인 사람들과는 전혀 다른 사고를 지닌 인물이었다. 사군우를 만나고 함께하는 동안 많이 달라지고 정화되었다고 해도 그의 거칠 것 없는 성격이 모두 죽은 것은 아닌 모양이었다. 아니, 사군우의 죽음을 계기로 그의 가슴 구석에 웅크리고 있던 독특한 기질이 다시 고개를 쳐들고 밖으로 나왔다고 보는 것이 더 적절했다.

하지만 그렇다고 사비가 광견이라는 악명을 떨치던 이전과 같은 것도 아니다. 물론 이전처럼 안하무인에 천방지축이었지만 현현이 보기에는 사비의 행동이 모두 어떤 의도나 생각이 깔려 있는 것으로 보였다. 그렇지 않고서는 사비가 벌인 일련의 행동들을 도저히 납득할 수가 없었다.

"확실히 화류패공에 문제가 생긴 게 분명해. 그러니 무공을 사용하지 못하는 몸으로 삼악파 전부와 맞선다면 당연히 삼악파 대두를 목표로 하는 게 가장 효과적이었겠지. 하지만……."

현현은 다음 생각을 이어갈 수 없었다. 사비는 분명 백주에 행패를 부려 삼악파를 동요시켰고, 나중에는 의도대로 강창기 대두와 맞설 수 있는 기회를 맞이했었다. 하지만 막상 그 상황이 되자 유리한 여건을 포기하고 삼악파 전부와의 대결을 벌였다. 현현이 생각을 잇지 못하는 이유는 거기서부터였다.

"그건 말이야, 갑자기 내가 좀 치사한 것 같다는 생각이 들었거든. 그래서 생각을 바꿨어."

현현은 어깨를 흠칫 떨며 창문 쪽으로 고개를 돌렸다. 창틀에 거꾸로 매달린 채 씩 웃고 있는 사비의 얼굴이 들어왔다.

"다, 당신!"

"쉿! 조용히 해. 네 서방한테 또 얻어 터지기는 싫으니까. 후후후!"

말을 마친 사비는 빙글 공중제비를 돌며 방 안으로 사뿐히 날아 내렸다.

그를 바라보는 현현의 눈동자가 세차게 떨린다. 처음 만났을 때도 이렇게 느닷없이 창문을 넘어 들어왔었다. 하지만 그때와는 다르다. 그때는 거슴츠레하고 흐릿하던 눈동자가 지금은 어느 누구보다 맑고 밝게 빛났다. 그 빛나는 눈동자와 마주친 현현의 얼굴이 일순 발그레해졌다.

"여긴 어쩐 일이세요? 제가 여기 있다는 건 어떻게 알고 왔죠?"

"아까 들어가는 거 봤어. 그리고 부탁이 있어서 찾아왔다."

현현이 애써 무심한 음색으로 묻자 사비가 무뚝뚝한 어조로 답했다.

"부탁이요?"

"그래. 네가 삼악파 아이들을 정리해 줬으면 해서 말이야."

"제가 그런 일을 왜 해야 하죠?"

"내가 아는 사람 중에 네가 제일 똑똑하니까. 백색이는 여기 없고, 아까 사귄 녀석도 머리가 좋을 것 같기는 한데 그런 쪽으로는 소질이 없는 것 같아서 믿지를 못하겠어."

"그럼 저는 믿는다는 말씀이에요?"

현현이 눈을 빛내며 물었다.

"뭐, 믿는다기보다는 네가 적격일 것 같아서라고 해두지."

"제가 당신 뒤치다꺼리하는 일에 적격이라는 뜻인가요?"

"아니. 네가 여기 온 이유도 삼악파 때문이라는 걸 알아서 하는 말이야. 그러니까 황보세가에서 그렇게 떼거리로 왔겠지. 그러니까 너한테 맡긴다는 거야. 설마 네가 삼악파를 이용해서 나쁜 짓이야 하겠어? 후후후!"

사비가 피식 웃으며 답하자 현현이 샐쭉한 표정으로 다시 입을 열었다.

"사양하겠어요. 전 그렇게 착한 여자가 아니거든요. 그리고 황보세가에서 삼악파 때문에 이곳으로 왔다는 그 말도 안 되는 지레짐작도 정중히 사양하지요."

"좋을 대로. 아무튼 난 내일 떠날 거야. 삼악파를 어떻게 할지에 대해서는 그때까지 더 생각해 보라고. 만일 내일 아침에도 내 부탁을 들어주기 싫다는 생각에 변함이 없으면… 그냥 삼악파 놈들이 청도 땅에만 얼씬거리지 못하도록 해줘. 그 정도는 해줄 수 있지?"

"……."

사비의 물음에 현현은 잠시 입을 다물었다. 사비가 삼악파를 건드린 이유를 이제야 깨달았기 때문이다.

'바보 같은 사람. 이 사람… 왕 대인을 걱정해서 이곳까지 왔던 거야. 그래서 삼악파를 없애려고 했던 거였어. 목숨을 걸고.'

현현은 사비가 겉은 이렇게 거친 성격으로 보여도 속은 더할 나위 없이 따뜻한 사람이라는 생각이 들었다.

"그럼 난 간다!"

사비는 목을 휙 돌리고 곧바로 창가로 걸음을 옮겼다.

"잠깐만요!"

"왜?"

사비가 걸음을 뚝 멈추자 현현이 빠르게 말을 뱉었다.

"내가 당신 부탁을 들어주면 당신은 내게 뭘 해줄 거죠?"

"으음, 지금 조건을 거는 거야?"

"아니요. 조건이라고 하기는 그렇고, 그냥 한 가지 대답만 해주면 돼요."

"물어봐."

사비가 몸도 돌리지 않고 흔쾌히 고개를 끄덕이자 현현이 힘겹게 입술을 뗐다.

"언젠가 내가 위험에 처해 있을 때… 당신이 내 앞에서 그 장면을 보게 된다면… 그때 당신은 어떻게 할 거죠?"

"후후, 그걸 질문이라고 하나?"

실소를 흘리며 몸을 돌린 사비는 현현의 얼굴을 뚫어져라 응시하며 다시 입을 열었다.

"난 내 주변 사람이 다치는 걸 원치 않아. 다행히 내가 목숨을 걸고 지켜야 하는 사람은 다섯 손가락으로 꼽아도 남을 정도지. 그 손가락 안에는… 네 이름도 들어 있다."

말을 마친 사비는 다시 몸을 돌렸다. 하지만 현현은 그의 떠나가는 모습을 지켜보면서도 아무런 말도 하지 못했다. 그저 그의 목소리만이 귓전에 맴돌 뿐.

'내 이름도 있다고?'

현현의 눈에 창문을 타 넘어 밑으로 푹 꺼져 가는 사비의 모습이 들어왔다. 사비가 떠난 창문에서 횅한 바람이 불어왔다.

"형수님, 모두 떠날 채비가 됐습니다."

"네, 저도 금방 나갈게요."

우두커니 침상 한쪽 구석에 앉아 있던 현현은 방문 밖에서 들려온 황보상의 부름에 답하며 천천히 창문 쪽으로 고개를 돌렸다. 중천에 걸린 해가 들어왔다. 그렇다면 사비가 떠나고 벌써 반나절의 시간이 흘렀다는 뜻. 이제 자신도 이곳 일을 마무리하고 떠나야 할 시간이다. 황보세가에서 나온 인물들은 자신을 포함해서 모두 다섯. 사비에 의해 거의 모든 조직원들이 초주검이 되다시피 한 삼악파를 처리하기에는 충분한 인원이었다. 또한 황보세가의 개입을 의심하던 야문은 결코 세가를 건드릴 수 없을 것이다. 추성에 있던 모든 이들이 무인이 아닌 주먹 간의 세 싸움임을 목도했으니까. 이를 확실히 해두기 위해 현현은 사비를 강창기 다음의 삼악파 대두로 만들 생각이었다. 그렇게 해놓으면 황보세가뿐만 아니라 사비에게도 여러모로 도움이 되리라.

이윽고 현현이 입술을 잘근 씹으며 자리에서 일어났다.

"이름은 뭘로 하는 게 좋을까? 그래, 그게 좋겠어. 호홋!"

끼이익!

현현은 입가에 미소를 머금고 천천히 방문을 밀었다.

*　　　　*　　　　*

짹! 짹!

푸른 노송 위에서 지저귀는 제비 한 쌍을 발견한 사비는 잠시 걸음을 멈추고 주변을 둘러봤다. 사방 천지를 가득 메운 녹음이 무척 어색하게 느껴졌다.

"겨울인 줄 알았는데……."

사비는 고개를 갸웃거리며 시간이 얼마나 흘렀는지 가늠해 봤다. 사군우의 죽음 이후로 주변 일에 일체 신경을 안 쓰고 살아서인지 좀처럼 감이 오지 않았다.

"벌써 석 달이 흘렀구나."

사비는 믿어지지 않는 듯 살며시 고개를 흔들며 하늘 위로 시선을 들어 올렸다. 사군우가 죽고 시간이 참으로 빨리 흘렀다는 생각이 들었다. 하지만 이상했다. 그가 이 세상을 떠난 뒤로도 시간은 아무 문제 없이 흘러가고 있고, 자신과 세상은 바뀐 게 없다. 아무것도.

"거 봐요! 그렇게 죽으면 누가 알아줄 것 같아요? 죽은 놈만 불쌍한 거지! 두고 봐요! 난 오래오래 아주 자아알… 살 테니까!"

사비는 하늘을 보며 길게 소리쳤다.

츠츠츳!

그가 지른 소리에 화답하듯 주변의 나무들이 잘게 흔들린다. 바람에

흔들리는 나무들을 바라보던 사비는 문득 추성에서 겪었던 일이 떠올랐다. 하지만 삼악파를 박살 낸 일이나 눈앞에서 몸이 반으로 찢겨졌던 야문 순찰의 얼굴 같은 건 전혀 떠오르지 않았다. 오직 한 가지 일만 머리 속에 맴돌 뿐.

바람의 비기 풍류비공(風流飛功).

만일 사군우가 봤다면 풍류비공의 진전을 축하해 주며 크게 기뻐했을 것이다. 하지만 사비의 관점은 조금 달랐다.

'바람하고 조금 더 친해진 것뿐이야. 남들보다 조금 더.'

사비는 그렇게 생각했다. 다른 사람이었다면 이 깨달음을 완전히 본인의 것으로 만들기 위해 더욱 수련에 박차를 가하고 있을 테지만 사비는 그렇지가 못했다. 풍류비공의 구결을 잊어버렸기 때문이다.

"젠장! 내가 왜 그걸 안 적어놨을까?"

사비는 아쉬운 투로 중얼거리며 다시 걸음을 옮기기 시작했다. 하지만 터벅터벅 걸음을 옮길수록 자꾸 자신이 한심하게 느껴졌다. 풍류비공의 구결은 하루 종일 수련해야 할 만큼 복잡하거나 긴 것이 아니다. 몇 줄 되지도 않는 간단하고 짧은 구결. 그걸 까맣게 잊어버린 본인의 머리가 의심스러웠다. 하지만 기억이 가물거린다고 해서 이대로 놔둘 수는 없었다. 풍류비공의 구결을 운용했던 그 순간 이제껏 꿈쩍도 하지 않던 화류패기와 마령심기가 움직이기 시작했으니까.

사비는 그 시점이 다른 이들이 지니고 있는 바람, 그러니까 야문 순찰 감우련이나 신도원이 움직이며 발생한 바람을 포착한 순간부터라고 확신했다. 자신의 몸속에 잠들어 있던 화류패기와 마령심기가 그때부터 일어났다.

'어쩌면 이 풍류비공이라는 거, 단순히 느낄 수 있는 것만이 아니라

내 의지대로 움직일 수 있는 힘일지도 몰라. 어디.'

사비는 입술을 잘근 씹으며 고개를 쳐들었다. 눈앞에 쭉 뻗은 관도 위에는 사비 외에 다른 사람은 아무도 보이지 않았다. 이를 확인한 사비는 곧바로 걸음을 멈추고 어제의 느낌을 떠올리기 위해 두 눈을 지그시 감았다. 지금 자신이 풍류비공의 구결대로 정확하게 하고 있는지는 확신할 수 없었지만 그렇다고 틀린 구결을 운용해 잘못되면 어쩌나 하는 걱정은 별로 들지 않았다.

'까짓 거! 언제부터 내가 생각하고 행동했다고. 그냥 해보는 거야. 그저 몸이 가는 대로, 마음이 가는 대로 맡기면 되는 거야. 바람이 부는 대로 그렇게.'

휘잉!

사비의 눈가에 살짝 잔 떨림이 일었다.

시원함. 이 땅의 모든 더러운 것들을 씻어 내줄 것만 같은 청량한 바람이 불었다. 하지만 그 바람을 느낀 이는 사비뿐이다. 양 옆으로 길게 늘어선 노송들도, 요란하게 지저귀던 제비들도 조용히 숨을 죽인 채 사비를 지켜볼 뿐 아무런 움직임이 없다.

잠시 후 사비의 눈썹이 살짝 일그러졌다. 전신을 휘감아 돌고 있는 바람이 어제와 달리 무척 낯설게 느껴졌다.

'이건······!'

순간 사비가 살짝 눈을 떴다. 낯설다고 여겼던 기운이 불현듯 그렇지가 않은 것 같다는 생각이 들었다. 이에 사비는 다시 눈을 감고 풍류비공을 통해 일어나는 새로운 기운을 다시 움직이기 시작했다.

'그렇구나! 화류패기··· 그리고 마령심기야!'

사비의 입가에 시원한 미소가 걸렸다.

풍류비공의 운용을 통해 생성되어 전신을 휘돌기 시작한 그 기운은 분명 화류패기와 마령심기였다. 하지만 전혀 다른 이 두 가지 기운은 마치 처음부터 하나였던 것은 아닐까 하는 착각이 들 정도로 동일한 느낌을 주었다.

'그렇군. 풍류비공을 통해 자연스럽게 하나로 합쳐지고 있는 거야. 시원하든 따뜻하든 바람은 바람인 것처럼 화류패기든 마령심기든 이건 모두 내가 지닌 내 힘인 거야.'

사비는 전신을 부르르 떨며 천천히 눈을 떴다. 천명음양단에 의해 잠들어 있던 화류패기와 마령심기가 깨어나고 있었다.

"으음."

사비는 갑작스레 찾아온 고통에 입술을 바들바들 떨며 천천히 주변을 둘러봤다. 혹시 이런 급박한 상황에서 좋지 않은 감정을 지닌 사람을 만나기라도 할까 봐 두려웠다. 하지만 그런 염려도 잠시, 사비는 온몸이 폭발하는 충격을 받고 그 자리에서 무너져 내렸다.

쿵!

쓰러진 사비의 전신이 점점 기이한 변화를 보이기 시작했다. 신체의 우측은 붉게 타오르며 터질 듯 팽창하기 시작했고, 좌측은 푸른빛을 머금은 채 바람 빠진 가죽 공처럼 쪼그라들었다.

"아아악!"

그때,

휘이익!

사비가 쓰러진 지면 위로 검은 신형이 날아 내렸다.

"휴우! 정말 미치고 펄쩍 뛰고 싶습니다! 이런 백주 대로에서 탈태환골(奪胎換骨)을 시도하다니요? 이 정도로 정신 나간 인간은 아마 주공

이 처음이자 마지막일 겁니다!'

타락수라 화무영. 검은 장포로 전신을 감싼 그는 사비를 물끄러미 내려다보며 고개를 절레절레 저었다.

이해하려고 해도 이해할 수 없는 인간. 아무런 대책 없이 일단 부딪치고 보는 성미 급한 미련퉁이. 이젠 그 정도를 뛰어넘어 죽으려고 작정한 사람처럼 호위 하나 두지 않고 무공을 수련하고 있다. 그것도 절세 무공 둘을 동시에 가지고 있다는 광고를 하고 싶어 안달 난 사람처럼 관도 위에서 떡하니 말이다.

화무영은 이 미친 짓을 하는 사비가 내심 안쓰러우면서도 다른 한편으로는 부러웠다.

'제대로 배우지 못해서 그래. 치고 받고 싸울 줄만 알지, 이론에 대해서는 전혀 문외한이라서……. 하지만 꼭 그게 나쁜 것만은 아닌 것 같군.'

화무영은 부러운 눈초리로 사비의 몸을 쳐다봤다. 한쪽은 화류패기로, 다른 한 쪽은 마령심기로 가득 채워진 사비의 몸을.

'이상하군. 최소한 삼 년은 걸릴 줄 알았는데 벌써 천명음양단의 효과가 나타나다니……. 그리고 이건 또 뭐야? 화류패기는 그렇다 쳐도 어떻게 마령심기까지 저렇게 엄청난 양을 지니고 있는 거지?'

추성에서부터 은밀히 사비 뒤를 따르던 화무영은 느닷없이 사비의 몸에서 쏟아져 나온 화류패기와 마령심기에 놀라 득달같이 달려왔다. 풍류비공에 대해서는 전혀 모르고 있던 화무영은 사비의 증상이 천명음양단의 약효 때문이라고 결론 내렸다.

하지만 이해가 가지 않는 것은 사비가 지닌 마령심기의 양이었다. 본인과 비교해도 거의 손색이 없을 정도로 막대한 양의 마령심기. 화무영은 도대체 자신의 피를 얼마나 많이 빨아 먹었으면 사비의 마령심기가 저 정도로 많을까 하는 생각에 내심 괘씸하고 얄미운 생각이 들었다. 그리고 그를 물끄러미 쳐다보고 있자니 자꾸 예전에 사비에게 물어뜯겼던 목덜미로 손이 갔다.

'으음, 어쩌면 이 인간은 내 생명을 구해준 은인이 아니라 날 죽이려다가 살인 미수에 그친 원수일지도 몰라.'

화무영은 가슴속에서 모락모락 피어오르는 이유있는(?) 살심을 지우기 위해 고개를 도리질 치며 사비에게서 시선을 뗐다.

"매화야, 앞으로 내가 됐다고 할 때까지 오십 장 안에 살아 움직이는 것들은 아무것도 들이지 마라. 그리고… 죽이지 않고는 제압하기 힘들 것 같으면 그냥 죽여."

화무영의 말이 끝남과 동시에 그가 서 있던 지면이 잠시 흔들리다가 곧바로 진동을 멈췄다. 오늘 아침부터 땅속에 숨어 이동하는 지둔술에 취미를 붙인 혈매화였다.

한편 그 자리에 꼼짝도 못하고 누운 사비는 온몸으로 울부짖고 있었다.

'죽고 싶다.'

태어나서 처음이었다. 죽고 싶다는 생각이 든 것은…….

어머니의 죽음 앞에서도, 고아가 되어 모진 고초를 겪었을 때도, 그리고 사군우를 보낼 때도 단 한 번도 가져보지 않았던 감정이 서슴없이 고개를 처들었다. 손가락 하나 까딱할 수 없을 정도로 온몸의 힘이 쫙 빠져나간 상태에서 만근거석 두 개가 전신을 짓누르고 있는 것 같았다. 그것도 용암에서 방금 끄집어낸 시뻘겋게 달궈진 바위와 북해의 만년빙설보다 차가운 얼음 같은 극양, 극한의 바위였다.

'젠장, 내가 죽긴 왜 죽어! 산다! 꼭 살 거야!'

사비는 피가 나도록 입술을 베어 물었다. 끔찍한 고통에 죽음까지 생각했던 자신이 못마땅했다. 하지만 그것도 마음뿐, 몸은 여전히 그의 의지 밖에서 날뛰고 있었다.

'가만, 이 고통은?'

불현듯 사비의 뇌리로 사군우의 얼굴이 스치고 지나갔다.

그가 죽은 이유. 요미선자라는 여자의 검에 심장이 뚫려 죽었다는 것이 명목상의 이유였지만 사비는 그녀가 아니었어도 인력으로는 도저히 막을 수 없는 일이었음을 알고 있다.

지닌 힘이 워낙 패도적이어서 몸이 감당치 못한다고 했던가. 그렇다면 지금 자신이 겪는 고통은 사군우가 겪은 고통의 강도와 매우 유사할 것이다. 자신의 몸은 지금 화류패기와 마령심기의 힘을 감당치 못하고 팽창과 수축을 반복하고 있으니까.

'아저씨는 아무런 아픈 내색도 하지 않고 사 년을 버텼어. 죽는 순간까지… 난 이 잠깐의 고통만으로도 죽고 싶은 생각밖에 안 드는데 말이야.'

사비는 부끄러웠다. 사군우가 이 자리에 있다면 자신의 이런 모습을 보고 실망할 것 같았다.

잠시 후 사비의 눈가에 눈물이 고였다. 사비는 아니라고 펄쩍 뛸 테지만 그를 지켜보고 있는 화무영이 보기에 그것은 분명 눈물이었다. 하지만 고였던 눈물은 콧등을 타고 흘러내리다가 이내 치익 소리를 내며 수증기로 변했다.

'움직인다.'

순간 사비는 자신의 몸에서 또 다른 변화가 시작되고 있음을 알아채고 정신을 차리기 위해 사력을 다했다. 그 변화는 머리 꼭대기와 발바닥 끝 두 지점에서 동시에 시작되고 있었다.

머리 위 백회에 뭉쳐 있던 격렬한 화기는 혈관과 신경 줄기를 타고 발바닥에 있는 용천혈(湧泉穴)을 향해 몰아친다. 또한 엄지 발가락과 검지 발가락뼈가 맞닿은 발등의 태충혈(太沖穴)에서 시작된 날카로운 한기는 전신을 휘감으며 서서히 위로 올라가고 있다.

사비는 미미하게나마 몸이 움직이기 시작함을 느끼며 서서히 호흡을 가다듬었다.

번뜩 스치는 글자들.

그것은 그가 잊어버렸던 풍류비공의 구결이었다.

바람의 흐름을 느껴라[爲感風流],

그리하면 홀로 존재하는 바람을 느낄 수 있으리니[感孤有風].

이를 자아의 바람이라 한다[稱自我風].

이후 상대의 바람을 느낄 수 있게 되면[後他風感],

능히 바람을 움직일 수 있으리라[能調風動].

상대의 바람이 곧 내 의지이고[他風卽我意],

내 의지는 곧 상대의 바람이니[我意卽他風],

깨닫는 자가 대지와 함께 숨을 쉬리라[得悟者大地同吸].

바람을 얻는 자, 만물에 깃든 기운까지 얻으리니[得風者取氣],

이를 풍류기라 한다[稱風流氣].

쐐쐐쐐쐐……!

"헉! 저건?"

사비를 지켜보던 화무영의 눈이 경악으로 커졌다. 그의 눈, 코, 입을 포함한 전신 모공이 최대로 열리며 그곳을 통해 붉은 기류와 파란 기류과 쏟아져 나왔다.

쌔쌔쌔에에엥……!

이 두 기류는 거칠고 요란한 소리를 내며 사비의 몸을 집어삼킬 듯 회오리쳤다.

휘이이…….!

반 시진이 지나자 점차 바람 소리가 잦아들었다.

그리고 잠시 후 은은한 바람 소리와 함께 사비의 몸이 허공으로 둥실 떠오르기 시작했다.

"……."

화무영은 눈앞에서 펼쳐진 이 믿지 못할 광경에 입을 떡 벌린 채 눈알을 굴렸다.

"저 기운은? 저건 화류패공도… 마령심공도 아니야!"

이윽고 정신을 차린 화무영이 설레설레 고개를 저으며 중얼거렸다.

그의 눈에 어느새 가부좌를 틀고 앉아 제 기색을 회복해 가고 있는 사비의 얼굴이 들어왔다.

|第六章|
화평본주(和平本主)

별빛 한 점 없는 캄캄한 밤하늘 밑 산자락.

풀벌레 소리조차 들리지 않는 적막한 분위기에 숨 쉬는 것조차 부담스럽다. 여기는 사비 일행이 이틀째 묵고 있는 허창과 하루거리의 야산이다.

화무영은 모닥불 사이로 마주 보고 앉은 사비를 말없이 응시했다. 혈매화는 보이지 않는다. 그녀는 도착한 직후부터 지금까지 산 주변을 돌며 외인의 발길을 차단하는 중이다. 화무영이 지시를 내리지 않았는데도 자발적으로 움직이는 것으로 보아 이런 일이 적성에 맞는 모양이었다.

"어떻게든 방법을 찾아보겠습니다. 그러니 너무 심란해하지 마십시오."

화무영은 사비의 표정을 살피며 넌지시 말을 건넸다.

"......"

사비는 여전히 말이 없다. 이곳에서 보내는 내내 저렇게 멍한 표정으로 앉아 있을 뿐이다. 하지만 화무영이 염려하는 일은 따로 있었다. 이전에도 간간이 붉게 물들던 사비의 머리카락과 눈썹이 이곳에 있는 이틀 내내 계속해서 붉은 빛을 띠었다는 것과 이제는 아예 그의 피부까지 붉은 광채를 뿜어내고 있다는 게 걱정이었다.

'천명음양단의 약효가 나타났는데도 사부님께서 입으셨던 주화입마의 증상과 유사한 증상이 이어지고 있다. 아니, 오히려 더 짙어. 큰일이군.'

화무영은 사비를 향해 근심스런 눈길을 던지며 내심과는 다른 말을 입에 담았다.

"이래 뵈도 저는 선혜원 원주님께 인정받은 의술을 지녔습니다. 주공의 증상이 괴이하기는 하나 제가 지닌 의술이면 충분히 그 치료 방법을 찾을 수 있을 테니 이제 그만 기분을 푸십시오."

"백색아."

사비가 오랜 침묵을 깨고 드디어 입을 열었다.

"네?"

"너는 내가 머리털 때문에 이러는 것 같니?"

사비의 물음에 잠시 주저하며 말을 잇지 못하던 화무영이 천천히 입술을 뗐다.

"으음, 천명음양단으로도 화류패기와 마령심기를 합치지 못했기 때문이라면 그것도 걱정하지 마십시오. 본래 천명음양단 같은 천고의 영단은 단기간에 약효를 볼 수 있는 게 아닙니다. 또한 화평에 가서 자리를 잡는 대로 굉천자 노사를 모셔올 생각입니다. 그러니 조금만 참고 기다리시면……."

"아니, 그런 게 아니야."

사비는 살며시 고개를 가로저으며 말을 이었다.

"물론 난 네 말대로 화류패기와 마령심기를 완전히 합치지는 못했어. 처음에는 완전하게 합쳐진 줄 알았는데 다시 갈라지더라고. 하지만 그렇다고 성과가 아주 없었던 건 아니야. 한 삼 할 정도는 합쳐진 것 같으니까."

"그게 사실입니까?"

"아마도."

"그럴 리가? 주공을 진맥해 본 결과로는 속공단으로 인해 늘어난 공력 외에는 아무것도 찾을 수가 없었습니다."

화무영의 눈에 불신이 어렸다.

"풍류기(風流氣)라고 하지."

"네?"

"그래서 못 찾은 거야. 내가 아닌 다른 사람은 느끼지 못하는 기운이니까. 바람의 무공을 익히지 않은 사람에게는 전혀 감지되지 않는 기운이야. 화류패기도 그 비슷한 성질을 지니고 있지. 마령심기도 그렇고. 세상에는 아마 이것들 말고도 그런 게 더 있을 거야."

"바람의 무공이요? 전 도무지 무슨 말을 하시는지 이해하지 못하겠습니다."

"하긴 나도 끌어올리지 않았을 때는 이게 나한테 정말 있는지 헷갈리는데 너는 오죽하겠어."

"그럼 정말 풍류기인지 뭔지 하는 그 힘을 지니고 있다는 말입니까?"

"응. 하지만 화류패기도 돼. 마령심기도 되고. 이렇게 하면 화류패기고……."

순간 사비의 몸에 붉은 빛이 어리기 시작했다. 이에 화무영은 걱정스런 기색으로 급히 입을 열었다.

"어서 화류패공을 거두십시오. 주공은 아직 그 힘을 다스릴 능력이 없습니다."

"맞아. 난 네 말대로 아직 이 힘을 완전하게 다스릴 능력이 없어. 그래서 앞으로 조금 더 친해지려고 노력할 생각이고."

"친해지다니? 누구하고 말입니까?"

"바람. 그게 내 안에 있는 화류패기와 마령심기를 합치는 방법이니까."

"……."

화무영은 사비의 뜬구름 잡는 얘기에 일순 바보가 된 것 같은 기분이 들었다.

화무영이 아무 말 없이 응시하자 사비가 피식 웃으며 다시 말을 이었다.

"내가 기분이 꿀꿀했던 건 몸이 이상해져서가 아니야. 아저씨가 얼마나 아팠었는지 알았기 때문이지. 웬만한 고통에는 눈 하나 깜짝 안 할 자신이 있었는데 겪어보니까 그게 아니더군. 왜, 이틀 전에 말이야, 그때 아저씨가 겪었던 통증하고 비슷한 강도의 통증을 느꼈었거든. 그런데… 잠깐도 못 참겠더라고. 그냥 죽고 싶다는 생각만 들 정도로 너무 고통스럽기만 했어."

사비의 말을 듣던 화무영이 짧은 한숨을 토하며 입을 열었다.

"휴우! 어찌 타인의 고통과 본인의 고통이 같게 느껴지겠습니까? 내

손톱에 박힌 가시가 타인의 배에 박힌 칼보다 아픈 게 인간입니다."

"그런가? 하지만 난 미안했어. 아저씨는 나한테 어떻게든 뭔가를 남겨주려고 그런 모진 고통을 다 감내하면서 사 년이라는 세월을 보냈는데… 난 단 며칠도 버티지 못한 거야. 그런 내가 한심하고 원망스러웠어. 또… 난 벌써 아저씨 얼굴까지 가물거려. 아저씨가 죽은 지 이제 석 달뿐이 안 지났는데도 말이야. 그러니까 아저씨한테 더 미안하고 내 스스로가 너무 괘씸하더라. 그래서 나한테 아저씨가 아파한 것만큼, 아니, 더 큰 고통을 안겨줘야겠다고 결심했어. 감당할 수 없을 정도로 화류패기를 끌어올려서 고통 속에 몸부림치다 보면 아저씨가 한 번은 봐주지 않을까 하는 생각이 들어서."

"주공, 그런 행동은 오히려 사부님의……!"

그제야 사비의 신체가 왜 그런 붉은 빛을 띠었는지를 깨달은 화무영이 버럭 언성을 높였다. 하지만 화무영은 가슴속에서 뭔가가 울컥 치밀고 올라와 더 이상 말을 잇지 못했다.

사군우를 잊어가는 자신이 원망스러워서, 극한의 고통을 참아가며 버텼던 사군우를 몰라줬던 자신이 한심해서 일부러 제 몸과 마음에 생채기를 내고 있는 사비가 가련했다.

"휴우! 주공, 본래 인간의 기억력에는 한계가 있는 것입니다. 감정을 기억하는 능력은 더욱 보잘것없지요. 만일 세상 사람들이 모두 자신의 부모나 자식이 죽은 고통을 죽을 때까지 기억하며 살 수 있다고 생각해 보십시오. 그럼 누가 이 세상을 살아갈 수 있겠습니까? 산 사람이라면 잊어야 하는 건 빨리 잊고 어떻게든 살아야 합니다."

화무영의 말에 사비가 살며시 눈을 들었다.

"산 사람은 살아야 한다고?"

"그렇습니다. 그리고 그렇게 해야 떠나는 사람도 마음 편히 갈 수 있을 테지요."

화무영은 사비의 되물음에 고개를 끄덕이며 살며시 두 눈을 감았다. 지금 자신이 사비에게 해주는 위로는 그냥 하는 말이 아니다. 사랑했던 소란이 죽고, 그녀를 떠나보내기 전까지 화무영 본인이 직접 느끼고 아파했던 과정의 결과물이었다.

"그렇구나. 아저씨가 바라는 건 당연히 이런 게 아닐 거야. 하지만 말은 참 쉬운데… 바보가 아니면 누구나 생각할 수 있는 건데… 쉽지가 않아. 그치?"

사비는 화무영의 말이 절실하게 와 닿았다. 사군우의 죽음, 이젠 그 충격에서 벗어났다고 생각했는데 다시 그 속으로 들어가 끊임없이 침잠(沈潛)하려는 자신의 모습이 느껴졌다.

"솔직히… 난 겁이 나. 내 안에서 자라고 있는 이 힘을 과연 내가 감당할 수 있을지 자신이 없어. 이러다가 아저씨처럼 화류패기가 내 숨통을 조이는 건 아닐지 걱정돼서 잠이 안 올 정도야. 아저씨는 풍류비공이라는 걸 익히거나 천명음양단을 먹으면 괜찮을 거라고 했는데 아저씨가 없으니까 이젠 그 말도 의심스러워. 그래서… 그래서 화류패공이고 풍류비공이고 다 집어치우고 싶은 생각도 들어."

"주공……."

화무영은 자신에게 처음으로 나약한 모습을 드러내 보이는 사비의 모습을 보며 일순 말을 잇지 못했다.

"이상해. 내가 원래 이렇게 겁이 많은 놈이 아니었는데 말이야. 뭔가를 자꾸 알아갈수록 그만큼 겁도 느는 것 같아. 무식해서 겁이 없었던 것 같아. 그치? 후후후!"

"……."

화무영은 사비의 씁쓸한 미소를 보며 속으로 고개를 저었다.

그게 아니라고, 자신의 약함과 모자람을 인정하고 밖으로 드러내는 것이 가장 행하기 힘든 용기라고 말하고 싶었다. 하지만 그 말을 입 밖으로 꺼내지는 않았다. 그 전에 이미 사비가 본래의 모습을 회복하며 입을 열었기 때문이다.

"사람의 수명이 얼마나 될까?"

"글쎄요. 일반인들은 육십 안팎일 거고 무인들은 한 팔십에서 구십 사이 정도 될 겁니다."

"그럼 무공을 쓰지 않고 살면 사십 년 정도 더 살 수 있다는 말이로군."

"그게 무슨 말씀이신지……?"

화무영이 의아한 눈초리로 묻자 사비가 피식 웃는 것으로 대답을 대신하며 밤하늘을 향해 눈을 들어 올렸다.

'내가 어떻게 살기를 원해요?'

사비의 눈동자 속 하늘에는 사군우의 얼굴이 투영되고 있었다. 하지만 사군우는 사비의 질문에 대답하지 않고 그저 웃기만 할 뿐이었다.

'네 마음이 가는 대로 살아라.'

사비는 사군우가 그렇게 말하고 있는 것 같았다.

"하긴, 어떻게 살았느냐가 중요한 거지. 얼마나 사느냐가 아니고."

사비의 입에서 튀어나온 말에 그를 물끄러미 바라보던 화무영의 눈이 잘게 흔들렸다.

'크셨군요. 사부님도 기뻐하실 겁니다. 저처럼요.'

인생을 다 산 사람처럼 자조적인 사비의 음성. 하지만 그 이면에는 강한 희망이 엿보였다.

화무영이 자신을 뚫어져라 응시하는 사이 사비가 고개를 내리고 다시 입을 열었다.

"불로불욕(不勞不慾), 앙심불회(仰心不悔). 아저씨는 노력없이 이득을 취하지 말고 하늘을 우러러 한 점 후회가 없어야 한다고 했어. 그런데 난 아무런 노력도 하지 않고 아저씨에게 너무나 많은 걸 받았어. 그래서 지금부터 다시 한 번 곰곰이 생각해 보려고. 내가 아저씨에게 받은 만큼 돌려주려면 어떻게 해야 하나? 그리고 그걸 누구한테 돌려줘야 하는지도… 하지만 그 전에 먼저 그럴 만한 능력부터 갖추는 게 순서겠지?"

"주공, 잠시만."

사비의 말에 귀 기울이던 화무영이 고개를 휙 돌렸다. 오십 장 밖에서 들려오는 인기척과 이에 즉각적인 반응을 보이는 혈매화의 기운이 느껴졌다. 이에 화무영이 다시 고개를 돌리고 빠르게 말을 뱉었다.

"누군가 이곳으로 오고 있습니다. 일부러 기척을 드러내는 것으로 보아 악의는 없는 것 같은데… 어떻게 할까요?"

"그냥 둬."

"그럼 저는 매화를 데리고 잠시 은잠해 있겠습니다."

"아니, 그러지 말고 처음에 말했던 대로 화평에서 보자."

"하지만 주공의 몸이 아직……."

"이젠 나도 내 한 몸 정도는 추스를 수 있으니까 걱정하지 마."

화무영의 염려 섞인 음성에 사비가 피식 웃으며 풍류비공을 끌어올렸다. 순간 사라졌던 붉은 빛이 다시 일어나며 그의 전신을 은은히 감쌌고, 이내 그 붉은 빛이 사그라지며 다시 제 빛을 회복했다.

이를 본 화무영의 눈에 이채가 서렸다.

'이건 마령심기!'

화무영은 사비의 몸에서 붉은 빛이 사라진 이유가 바로 전처럼 화류패기를 갈무리해서가 아니라 마령심기를 드러내어 화류패기와 균형을 맞춰서임을 대번에 알아챘다. 또한 화류패기를 감추는 것보다는 마령심기를 드러내면 자신이 훨씬 알아보기 쉬울 거라는 사비의 의도도 눈치챘다.

하지만 사비가 진기를 끌어올리며 느끼는 고통의 강도가 어느 정도인지는 짐작하지 못했다. 사비의 표정이 워낙 무심했기 때문이다.

이에 화무영은 더는 다른 말을 하지 않고 천천히 머리를 숙였다. 이렇게까지 화류패기와 마령심기를 조절할 수 있다면 더 이상 큰 걱정은 하지 않아도 되리라. 사비가 익힌 환우마하장법과 사가권법의 수준은 초식만 놓고 보면 자신에 비해 큰 손색이 없다. 거기에 이 두 무공에 실을 수 있는 진력을 회복했으니 이제는 절정고수라고 해도 무방할 정도.

"그럼 화평에서 뵙겠습니다. 아무래도 저는 조금 늦게 도착할 수도 있을 것 같습니다."

화무영은 사비를 잠시 바라보다가 이내 몸을 돌렸다.

'주공의 중상을 치료할 수 있는 사람은 굉천자 노사뿐!'

화무영은 화평으로 가는 것보다 굉천자를 찾는 것이 급선무라고 판단했다. 사비의 말을 듣자니 더욱 그런 생각이 확고해졌다. 사비는 사군우가 보였던 것과 유사한 증상을 지니고 있다. 말은 자신에게 화류패기와 마령심기를 다스릴 수 있을 것 같다고 하지만 그건 누구도 확신할 수 없는 일이다. 흑화검성 사군우도 다스리지 못한 힘을 이제 갓 스물을 넘은 젊은이가 이겨낼 가능성은 희박하다. 물론 사군우와 달리 천명음양단을 복용했다는 이점이 있긴 하지만 지금은 그것마저도 과연 이점으로 볼 수 있을지 의심스러웠다. 아무도 먹어본 적이 없는 약의 효능을 세상 어느 누가 확신할 수 있을까.

'아무 일이 없어야 할 텐데……'

막 신형을 날리려던 화무영이 일순 주저하며 힐끗 뒤를 돌아봤다.

"왜, 가기 싫어? 혹시 이 형하고 헤어지기 싫어서 그러는 거야, 아우?"

사비가 한 손을 흔들어 보이며 의뭉스러운 눈길을 던졌다.

"아니! 전혀요!"

아우라는 말에 화들짝 놀란 화무영은 짧은 침음성을 토하며 황급히 몸을 날렸다.

그리고 잠시 후 사비는 가늘고 날카로운 두 줄기 기운이 빠른 속도로 멀어져 감을 느끼며 천천히 자리에 앉았다.

"정말 갔군."

"가다니? 일행이 있었소?"

마치 옆에서 들리듯 선명하고 굵은 음성에 고개를 돌린 사비는 한쪽 눈썹을 살짝 뒤틀었다. 곁이라 생각했던 그 음성의 주인공이 삼십여 장 밑 능선에서 어기적어기적 걸어오고 있었기 때문이다. 이에 두 눈에 초점을 모아 사내의 행색을 살피던 사비가 피식 실소를 흘렸다.

훤칠한 인상에 잘 다듬어진 체격을 가진 도사인데 하고 있는 복장은 무척 우습다. 다 떨어진 묵 빛 도복을 걸친 이 젊은 도사는 양팔 소매를 팔꿈치까지, 다리 소매는 무릎까지 가지런히 접은 우스꽝스러운 차림새다. 게다가 허리에는 이가 빠진 낡은 장검을 찼는데 검집조차 없는 그 검의 검신에는 천하제일검(天下第一劍)이라는 붉은색 글자가 휘황찬란하게 쓰여 있다. 하지만 자세히 보면 아무렇게나 휘갈긴 악필. 무엇 하나 제대로 된 것이 없는 모습이었다.

"반갑소. 난 유백(柳伯)이라고 하오. 주먹 세계에서는 이렇게 인사한다고 하던데 맞는지 모르겠군."

얼마 안 있어 사비 곁에 이른 젊은 도사는 오른 주먹을 가슴 앞으로 쭉 내밀며 천연덕스럽게 웃었다.

"후후! 재밌는 친구로군."

사비는 피식 웃으며 유백의 주먹 위로 자신의 오른 주먹을 가져갔다.

"엥! 방금 친구라고 했소? 딱 봐도 내가 열 살은 많은 것 같은데 친구라니……. 흠!"

유백은 사비가 툭 내뱉은 친구라는 말을 물고늘어지며 짐짓 고민스런 표정을 지었다. 물론 사비가 그런 의도로 말한 것이 아님은 누구라도 알 수 있는 것이었지만 유백은 이를 심각하게 받아들이고 있었다.

더욱이 본인의 지껄임처럼 그의 외모는 일견하기에도 삼십대 초반이었다. 사비와는 정말 열 살 터울은 됨 직한 나이였다.

잠시 한 손으로 턱수염을 쓰다듬으며 고개를 갸웃거리던 유백이 다시 입을 열었다.

"에잇! 까짓 거! 십 년이면 차이가 그렇게 많이 나는 것도 아니지. 좋소. 친구합시다. 옳거니! 이런 분위기에서 술이 빠질 수야 없지! 하하하!"

유백은 호쾌하게 웃으며 품속에서 호리병을 꺼내 사비를 향해 불쑥 내밀었다.

"받으시오! 진정한 사내의 술, 화주(火酒)요!"

사비는 유백이 내민 호리병을 받아 쥐며 고개를 갸웃거렸다.

"술이라……. 그리고 보니까 술 마신 지도 꽤 됐군. 그런데 중들은 안 되는 걸로 아는데… 도사는 술 마셔도 되는 모양이지?"

"도사라니? 큰일 날 소리! 누가 도사란 말이오?"

유백이 펄쩍 뛰며 손사래를 쳤다.

"도사가 아니면?"

사비가 호리병에 든 술을 한 모금 마신 후 되물었다.

"내 비록 근검절약 정신이 투철하여 사문에서 지급하는 옷을 잠시 빌려 입긴 했으나 엄연히 도관에 입적하지 않은 몸이외다! 즉, 장가를 가도 법적으로나 도덕적으로 하등 걸릴 것이 없는 진정한 사내란 말씀이오! 물론 우리 무당은 도사라도 혼례를 올릴 수 있는……!"

"무당? 무당파 도사였어?"

유백이 제 가슴을 탕탕 치며 큰 소리로 외치자 사비가 한쪽 귀를 후비며 물었다.

"아, 글쎄, 도사가 아니래도 그러네!"

유백은 오만상을 찌푸리며 자신이 도사가 아니라는 사실을 납득시키기 위해 애썼다. 하지만 사비는 유백이 도사든 아니든 그런 것에는 별 관심이 없었다. 그저 그가 찾아온 용건이 궁금할 뿐.

"내게 무슨 볼일이지?"

사비는 호리병에 담긴 술을 홀짝 마시며 입맛을 다셨다.

"후후후! 볼일이랄 게 뭐가 있겠소. 그저 우연히 길을 가다가 불빛을 발견하고 온 것뿐이외다."

어깨를 으쓱해 보인 유백은 만면에 웃음을 머금고 사비의 얼굴을 빤히 쳐다봤다.

"그럼 귀찮게 하지 말고 가봐."

"하하하! 그 무슨 섭섭한 말씀. 이 오밤중에 날더러 어딜 가라는 거요. 이거 인심이 너무 야박한 거 아니오?"

사비가 술까지 얻어 마셨으면서도 축객령을 내리자 유백은 당황한 표정을 지으며 실눈을 떴다.

"후후! 그럼 딱 까놓고 솔직히 말하든가."

사비는 삐딱한 시선으로 유백의 얼굴을 응시하다가 이내 들고 있던 술을 벌컥벌컥 들이켰다.

"꺼억!"

자신이 건넨 화주를 한 방울도 남기지 않고 마셔 버리는 사비를 보며 일순 주저하던 유백은 뭔가 결심한 듯 고개를 끄덕이며 그 자리에 털썩 주저앉았다.

"에잇! 나도 이렇게 빙빙 돌려 말하는 건 적성에 안 맞소! 까짓 거, 좋수다! 내, 단도직입적으로 말하지!"

유백의 도사답지 않은 행동과 말투에 흥미가 동한 사비는 잠자코 그의 맞은편에 엉덩이를 걸치고 앉았다.

"흐흐! 사실은 추성에서 당신을 봤소. 그때 마침 허창에서 누구하고 만나기로 하는 걸 우연히 듣게 돼서 이렇게 당신을 찾아 여기까지 온 것이오."

"우연은 무슨, 쥐새끼처럼 엿듣고 따라온 거겠지."

사비의 말투가 대번에 삐딱해지자 유백은 멋쩍은 미소를 지으며 잠시 사비의 표정을 살폈다.

"흐흐흐! 눈치챘소? 하지만 처음부터 당신을 미행했던 건 아니오. 당신도 알다시피 추성은 중원제일의 환락가가 아니겠소? 도박이면 도박, 술이면 술, 그리고 여자면 여자. 질적으로나 양적으로 모든 면에서 그렇지. 암, 그렇고말고. 때문에 사내들은 추성을 꼭 한 번은 와봐야 하는 곳으로 여기고 있소. 그래서 나도 이번에 큰맘 먹고 한 번 들른 것이라오. 하지만 뭐, 꼭 그렇다고 도박이나 여자를 품으려는 생각만 가지고 왔던 건 아니오. 내가 아무리 도사가 아니라고 해도 사문의 이름에 먹칠을 하고 다닐 정도로 낯짝이 두껍지는 못해서 말이오."

"용건만 간단히 말해!"

사비는 유백의 횡설수설하는 모습에 슬슬 짜증이 나기 시작했다.

"하하하! 모름지기 붕우는 성미도 닮는다고 하던데 그 급한 성미를 보아하니 우리는 친구로도 전혀 손색이 없을 것 같구려."

"……."

유백은 사비가 더 이상 자신의 농에 대꾸하지 않고 눈살만 찌푸리고 있자 더는 허튼소리를 하지 않고 진중한 어조로 다시 입을 열었다.

"내가 추성을 방문한 이유는 내가 필요한 뭔가를 지닌 사람이 있는지 찾기 위해서였소."

"필요한 거?"

"그렇소. 추성에 오는 사람들은 셋 중에 하나는 반드시 지니고 있으니까."

유백은 손가락 세 개를 펼쳐 보이며 다시 말을 이었다.

"돈이 있거나 힘이 있거나, 아니면… 욕심이 있거나."

유백은 한 자 한 자에 힘을 주어 말하며 주위를 환기시켰지만 사비의 반응은 여전히 시큰둥했다.

"근데?"

그러나 그의 내심은 그렇지가 못했다. 아무리 무림 일에 관심을 두지 않는다고 해도 유백이 사문이라고 소개한 무당파가 어떤 곳이라는 것쯤은 알고 있었다. 현재는 이전과 비교할 수 없을 정도로 미약한 힘을 지니고 있고 무당파의 본산이 있는 호북에서조차 헌원세가에 밀려 아무런 영향력을 행사하지 못하고 있지만 그래도 무당은 여전히 소림과 더불어 구파를 대표하는 문파였다. 게다가 사비와 말을 섞고 있는 유백은 무당 출신 중에서는 그나마 유일하게 육패나 오대세가의 신진들과 견주어도 전혀 밀리지 않는 명성을 지닌 사내였다.

소요검(逍遙劍) 유백(柳伯).

천성이 호방하고 모난 데가 없어 정사를 가리지 않고 친구를 사귀었고, 그 사귄 친구로 문파를 차려도 될 정도라고 소문난 무림의 마당발. 하지만 유백은 그런 자신의 명성을 떠벌릴 생각이 전혀 없었고, 사비 역시 그런 사실을 안다고 해도 태도를 바꿀 인간이 아니었다.

"좀 전에도 말했듯이 난 무당을 사문으로 두고 있소. 하지만 지금은 백천맹 소속이오."

"그게 무슨 말이지? 그럼 무당파가 백천맹의 똘마니라도 된단 말이야?"

"헉! 또, 똘마니?"

사비의 막말에 유백의 얼굴이 급격히 굳어졌다.

"그럼 아니야?"

"으음! 아니, 백 번 지당한 말이오. 사실 말이 났으니 말이지, 무당이나 소림… 아니, 중원의 모든 세력은 육패와 백천맹의 눈치를 보며 숨죽여 지내고 있소. 그런 자들이 똘마니가 아니면 누가 똘마니라 불리겠소? 핫하하하!"

유백은 애써 호쾌하게 웃었으나 사비에게는 그의 웃음소리가 처량하게 들렸다. 이에 일순 미안한 기분이 든 사비는 다른 쪽으로 화제를 돌리기 위해 입을 열었다.

"그럼 그 셋 중에 당신이 필요한 건 뭔데?"

"소협이 보기에는 뭘 것 같소?"

유백의 표정이 언제 그랬냐는 듯 장난기 가득한 표정으로 바뀌었다.

'사내자식이 뭐 저렇게 기분이 들쑥날쑥이야!'

사비는 일순 속은 기분이 들었다. 유백의 얼굴을 다시 한 번 천천히 뜯어보니 도무지 진지한 구석이라고는 찾아볼 수 없었다.

"내가 제일 싫어하는 게 빙빙 돌려서 말하는 거거든! 그러니까 쥐어 터지고 싶지 않으면 알아듣기 쉽고 간단하게 말해!"

"커억! 쥐어터지긴 누가 쥐어터진단 말이오?"

사비의 협박을 받은 유백은 순간 헛바람을 집어삼켰다. 아무리 그의 사문인 무당이 이빨 빠진 호랑이 같은 신세라고는 하나 이런 협박을 받을 정도로 약한 것은 아니었다. 더구나 자신은 무당의 자랑 소요검 유백이었다. 하지만 성격 좋기로 소문난 유백은 대번에 안색을 풀고 사비를 향해 고개를 돌렸다.

"삼악파를 그런 식으로 개박살 낼 때부터 알아봤지만 소협의 그 지 랄맞은 성질과 말투는 정말 따를 자가 없을 것 같소."

유백은 사비의 얼굴을 흐뭇한 눈길로 바라보며 엄지손가락을 추켜 세웠다.

"그거, 칭찬 맞지?"

사비가 눈을 가늘게 뜨고 묻자 유백이 황급히 입을 열었다.

"험! 험! 내가 찾는 이는 욕심을 지닌 사람이오. 물론 욕심에도 다양 한 종류가 있소. 내가 바라는 욕심은 개인적인 탐욕이 아니라 세상을 보다 아름답게 바꾸고 싶어하는 대승적인 차원의 욕심이오."

"그런 게 나랑 무슨 상관이 있는데?"

사비가 어이없는 표정으로 묻자 유백이 눈을 빛내며 입을 열었다.

"추성에서의 당신 모습은, 정말 대단했소. 하루 만에 삼악파를 궤멸시킨 것도 모자라 채 반나절이 지나기도 전에 새로운 세력으로 싹 바꿔놓다니… 도무지 보고도 믿어지지가 않더군."

"새로운 세력? 이건 또 뭔 소리래?"

"하하하! 게다가 이렇게 겸손까지 갖추고 있다니, 이런 기재의 출현은 실로 무림의 홍복이 아닐 수 없소."

"미안하지만 난 무림인 아니거든. 아니, 내가 제일 싫어하는 게 무림인이야. 그보다도 삼악파가 새로운 세력으로 바뀌었다니 그게 무슨 소리지?"

"에이, 시치미 좀 그만 떼시오. 내가 소협을 따라 바로 추성을 뜨지 않고 오후에 출발한 건 소협이 과연 삼악파를 어떤 식으로 마무리했는지가 궁금해서였소. 다시 말하면 난 이미 소협이 그 무지막지한 범죄자들을 순한 양으로 만들어놓은 걸 모두 보고 왔다는 말이오. 그 위대하고 훌륭한 업적을 직접 봤단 얘기지."

유백이 양팔을 허우적거리며 열변을 토했다.

"으음."

사비는 일순 입을 열지 못했다. 유백의 말을 듣다 보니 분명 삼악파에 무슨 일이 일어난 것 같기는 한데 어떤 일인지는 도무지 감이 오지 않았다.

'현현이 그 계집애가 또 쓸데없는 짓을 해놨나 보군.'

사비가 속으로 현현의 얼굴을 떠올리는 사이 유백은 자신의 과도한 동작으로 인해 흘러내려 온 양쪽 팔 소매를 주섬주섬 접으며 다시 입을 열었다.

"아마 이삼 일 내로 열혈갱생회(熱血更生會)에 관한 소문이 중원 전역으로 퍼지면 한동안은 당신 얘기로 중원이 들썩거릴 것이오. 천하에 법이란 법은 모두 어기고 살던 하오배들을 '뜨거운 피를 가지고 새롭게 태어나겠다'고 선포시키다니 참으로 대단한 일을 해냈소이다. 지금 생각해도 아까 느꼈던 감동의 물결이 다시 밀려오는구려."

유백은 두 눈을 지그시 감고 추성에서 목격했던 그 감동적인 장면을 다시 떠올려 봤다.

대두였던 강창기를 필두로 삼악파의 전 조직원들이 탐화만성가의 중심 대로에 모여 새로운 삶을 살겠다고 제창하던 그 광경은 유백뿐만 아니라 그 자리에 모인 모든 이들의 가슴에 깊은 감동을 안겨주었다.

더욱이 그들은 말만 그렇게 한 것이 아니었다. 그들은 그 자리에서 돈을 주고 사 온 기녀들을 전부 자유의 몸으로 해방시켜 준 것도 모자라 주루, 기루, 도박장같이 본인들이 가지고 있던 탐화만성가 유흥 업소의 소유권 대부분을 그곳에서 근무하던 직원들에게 골고루 나눠 주었다.

그리고 앞으로는 삼악파가 아닌 열혈갱생회라는 이름의 단체로 새롭게 태어나 불쌍하고 가난한 사람, 헐벗고 굶주린 사람들을 위해 살아가겠다고 천명했다.

주변에서 그 광경을 지켜보던 무림인, 관인, 평민, 거지 등 다양한 계층에 속한 사람 모두는 추성에 일어난 일대 혁명에 놀란 가슴을 진정시키기 힘들었다.

그렇게 해서 극악무도한 조직 삼악파가 열혈갱생회라는 순수 봉사

조직으로 재탄생했다. 더욱 황당한 일은 이 열혈갱생회의 회주로 사비가 선출됐다는 사실이었다. 하지만 사비는 그리 놀란 기색을 보이지 않았다.

"아하아암! 다 했어?"

유백에게 일련의 정황을 모두 들은 사비는 입을 쩍 벌리며 늘어지게 하품을 했다.

"그럼 이제 본론으로 들어가겠소. 난 당신 같은 사람이 백천맹에 가입해야 한다고 생각하는 사람이오. 악한 이들에게도 새 삶을 누릴 기회를 준 당신, 음지도 햇살이 비치면 양지가 될 수 있음을 직접 몸으로 보여준 당신의 그 열정과 마음을 백천맹을 위해 써주시오."

"백천맹? 난 무림하고는 안 친한 사람이라니까 그러네."

"무림인들과 왕래가 없어서 행여 가입이 되지 않을까 걱정하는 거라면 염려 붙들어 매시오. 그건 내가 알아서 처리하겠소. 내가 다른 건 몰라도 발은 조금 넓은 편이라오. 하하하!"

"발 넓어서 좋겠네. 알았으니까 그만 가봐."

"저어… 소협이 아직 내 말을 이해하지 못했나 본데……."

"아니, 충분히 알아들었어. 삼악파 떨거지들 정리할 정도의 실력이면 당신이 추천해 줄 테니까 백천맹에 한번 가입해 보라는 거잖아. 그래서 무당파가 백천맹 똘마니 짓 하는 것처럼 나도 당신 똘마니 노릇 좀 해달라는 거고. 아니야?"

"아니… 그게 아니고……."

"그럼 이제 그만 가봐. 난 눈 좀 붙여야겠어."

유백이 일순 입을 다물고 대답하지 못하자 사비는 졸린 눈을 껌뻑이며 자리에 누웠다.

잠시 후 사비의 코 고는 소리가 들렸다.

유백은 어느새 쌔근쌔근 잠이 든 사비의 얼굴을 물끄러미 쳐다보며 생각했다. 과연 이 사내를 선택한 것이 최선일까. 무공은 반 초식도 익히지 않고 그저 막싸움만으로 단련된 이 사내를 중원 무림의 중심인 백천맹으로 끌어들이려는 자신의 판단이 과연 옳은 것일까?

"휴우! 아무것도 옳은 것은 없다. 그저 주어진 일에 최선을 다하면 그뿐."

유백은 긴 한숨을 토하며 슬며시 고개를 들어 올렸다.

어느새 밤하늘 위로 하얀 별들이 드문드문 박혀 있었다.

사비는 허창을 둘러싸고 있는 외륜성이 눈에 들어오자 고개를 홱 돌렸다.

"제기랄!"

혹시나 하는 마음에 뒤를 돌아봤던 사비는 왜 아직까지 경공을 배우지 않았을까 하는 후회로 땅을 치고 싶은 심정이었다.

지금도 이십여 장 뒤에서 졸졸 따라오는 유백을 보니 괜스레 짜증이 솟구쳤다. 마음 같아서는 횅하니 달음질쳐 떼어놓고 싶었지만 경공을 모르는 자신이 걸음마를 배우기 전부터 제운종을 먼저 배웠을 유백을 떼어놓기란 사실상 불가능한 일이었다.

결국 나중에는 너무 화가 나서 유백으로서는 생전 처음 들어봤을 욕지거리를 퍼부어댔다. 하지만 유백은 도무지 요지부동이었다. 그저 사비가 입이라도 열라 치면 잽싸게 이십 장 뒤로 물러나서 그 특유의 느물거리는 미소만 가득 머금고 묵묵히 뒤를 따를 뿐이었다.

그래서 사비는 허창에 다다를 무렵까지도 그를 혹처럼 달고 다닐 수밖에 없었다.

　허창 외륜성 서문 앞.

　"왔군."

　관도 쪽으로 시선을 고정하고 있던 신도원은 사비의 모습이 눈에 들어오자 반가운 얼굴로 걸음을 옮겼다.

　"어? 벌써 와 있었어?"

　신도원을 발견한 사비가 한 손을 번쩍 들며 인사했다.

　"동료들이 생각보다 일찍 떠났네."

　"그래? 그럼 바로 출발하면 되겠군."

　"그렇긴 한데, 화평까지 가려면 꽤 오래 걸릴 것 같은 데 맨몸으로 갈 수는 없으니 뭔가 준비해야 하지 않을까 싶네만."

　"그건 걱정하지 마. 백색이 녀석이 허창에 마차를 맡겨놓기로 했으니까."

　"백색이? 그 사람도 같이 가기로 한 건가?"

　신도원이 의외라는 표정으로 바라보자 사비가 어깨를 으쓱해 보이며 말했다.

　"아니. 나중에 화평에서 만나기로 했어. 근데 너 정말 화평에 가보긴 한 거야?"

　사비가 실눈을 뜨고 물었다.

　"가봤네."

　신도원이 크게 고개를 끄덕이는 사이 유백이 거리를 좁히고 슬금슬금 그들 곁으로 다가왔다.

　"신 향주, 오랜만이오!"

"유 향주가 여기는 어쩐 일이십니까?"

신도원을 향해 읍을 취해 보인 유백의 눈에는 이채가 가득했다. 사비의 친구가 신도원임은 짐작하고 있었기에 별로 이상할 게 없었다. 하지만 사비에게 건네는 신도원의 말투가 굉장히 낯설게 들렸다.

"사실 추성에서도 뵈었었는데 그때는 아는 체하기가 어려운 상황인 것 같아서 그냥 참았었답니다."

유백은 씩 웃으며 사비에게 슬쩍 곁눈질을 했다.

"둘이 아는 사이였어?"

사비가 신도원과 유백을 번갈아 쳐다보며 의아한 눈초리로 물었다.

"음!"

신도원이 살며시 고개를 끄덕였다. 유백과는 입맹 동기다. 신기전에서 부대 배치를 받기 전까지 함께 있었고, 배치받은 부대도 백천단 산하 청룡대로 같은 곳이었다. 또한 이 둘은 백천맹에 들어온 후기지수 중에 가장 두드러진 실력을 보인 군계일학의 인재로 일반 무사에서 부향주로, 부향주에서 향주로의 진급이 초고속으로 이어졌다는 것까지 묘하게 일치했다. 하지만 지금은 다르다. 신도원이 새롭게 발령받은 추밀원의 요원 직은 향주 바로 위의 직급인 대주와 동급. 그래서 지금은 신도원이 유백보다 한 단계 높은 직급에 있었다.

"그동안 안 보여서 궁금해하던 차였는데 이렇게 만나게 되니 정말 반갑습니다그려. 참, 벽 뒤로 자리를 옮겼다는 소문이 있던데……."

"……."

신도원은 대답하지 않았다. 벽 뒤라는 유백의 말은 맹주 집무실이 있는 천웅전을 통과해야 나오는 곳에 위치한 부서들을 의미한다. 그러나 이 기관들은 의천단이나 추밀원처럼 맹 내의 주요 기밀을 다루는 곳들이었기에 속해 있다는 말조차 함부로 발설해서는 안 되는 곳이었다.

"나도 신 향주가 떠나고 얼마 안 있어 발령이 났지 뭐요. 난 수호대 향주가 됐소."

"수호대라면?"

신도원의 얼굴이 살짝 굳어졌다. 자신과 함께 청룡대 향주로 있던 유백이 백천수호대 향주로 발령 났다는 건 같은 직급이라도 좌천이나 다름없었다.

청룡대는 백천단에서도 대문파 출신의 제자나 지닌 실력이 출중한 인재들로 구성된 부대로, 맹주 친위부대인 의천단과 추밀원이라는 감찰 기관을 제외하면 가장 끝발 있는 부서 중 하나였다.

하지만 수호대는 아니다. 백천수호대는 맹에서 가장 출신 성분이 낮고 미흡한 이들이 근무하는 부서로 백천맹이라는 명성의 끝 자락이라도 잡고 싶어서 안달이 난 중원 각처의 소규모 방파와 무가의 자제들이 모인 곳이었다.

물론 수호대가 아무리 빈약한 출신 성분을 지닌 무사들의 집합체라고 해도 그곳의 향주 정도 되는 중급 간부는 영향력이 막강한 대문파 출신들이 대부분이었다. 하지만 그렇다고 유백처럼 십회주 중 한 명인 무당 장문의 제자가 근무할 정도는 아니었다.

이런 사정을 잘 알고 있는 신도원이었기에 유백의 말은 적지 않은 충격으로 다가왔다. 하지만 유백은 전혀 개의치 않는 듯 피식 웃으며 입을 열었다.

"신기전에서 대기 중이던 친구들과 노름하다가 걸렸소. 험험!"

유백이 어색하게 헛기침을 하자 신도원은 속으로 실소를 흘렸다. 유백과는 같은 부서에서 근무한 사이였으나 별 교류는 없었다. 그저 그와 관련된 괴상한 소문을 통해 유백이 일반적인 인간은 아님을 짐작하는 정도. 하지만 백천맹 내에서 절대 엄금하는 도박을 할 정도인 줄은 전혀 몰랐다. 그것도 부푼 꿈을 안고 백천맹에 갓 가입한 신진 무사들을 데리고.

신도원은 그동안 유백과 왕래하지 않은 것을 다행으로 여기며 사비를 향해 슬며시 고개를 돌렸다.

"그럼 갈 사람은 다 온 건가?"

"갈 사람이라니? 이 인간?"

신도원이 묻는 말이 무슨 뜻인지 잠시 생각해 보던 사비가 갑자기 눈을 동그랗게 뜨고 유백을 손가락으로 가리켰다.

"그럼 아니야?"

사비가 유백을 함께 데리고 가려는 줄로 알았던 신도원은 의아한 눈길로 되물었다.

"미쳤어? 이 인간이 왜 같이 가?"

사비가 펄쩍 뛰며 손사래를 쳤다.

"친구, 정말 왜 이러나? 끝까지 장난칠 건가?"

"헉! 지, 지금 뭐 하는 거여?"

유백이 자신의 어깨에 팔을 걸치고 목을 조르는 시늉을 하며 너스레를 떨자 사비가 두 눈을 희번덕거리며 물었다.

"하하하! 사비 이 친구는 다 좋은데 장난이 심해서 탈이야. 안 그렇소, 신 향주?"

유백은 이번에는 신도원을 향해 한쪽 눈을 찡긋해 보였다.

"그럼 출발하지. 마차는 어디 맡겨났나?"

신도원이 피식 웃으며 사비에게 고개를 돌렸다. 그는 지금 사비가 유백의 말대로 장난을 치는 것이라 여겼다. 그렇게 볼 수밖에 없는 것이, 유백의 행동이 너무 천연덕스러웠고 그에게 목을 졸린 사비의 표정도 그리 싫은 기색이 아니었다.

허창을 벗어나고 광동 관로를 따라 이동한 지 칠 주야.

짜악!

"으하하하! 천하의 소요검 유백이 마차를 몰다니!"

마차 밖에서 말을 몰던 유백은 애꿎은 말잔등에 채찍질을 가하며 산천이 떠나가라 크게 웃었다. 자신을 졸지에 마부로 만들어 부려먹고 있는 사비에게 보내는 시위다. 그러나 마차 안에서는 아무런 반응이 없다.

'휴우! 어쨌든 같이 가게 됐으니 일단은 그 정도에 만족하지.'

유백은 속으로 짧은 한숨을 토하며 애써 스스로를 위안했다.

그래도 자신을 완강하게 거부하지 않고 마부로라도 동행을 허락한 것을 보면 자신에 대한 인상이 그리 나쁘지만은 않은 것 같았다. 더욱이 무엇보다 아쉬운 사람은 본인이었다.

백천맹은 공룡이다. 맹에 상주하는 무사가 일만을 넘고 중원 각 지역에 퍼져 있는 지지 세력을 모두 합치면 그 수는 십만에 육박한다.

세인들은 백천맹을 이끌어가는 기관을 육패로 구성된 집법원로회로 알고 있다. 그러나 실상은 다르다. 육패는 강소공가를 제외하고는 백천맹의 일에 관여하지 않는다. 그저 자신들의 세력권에서 벌어지는 일에만 민감한 반응을 보일 뿐이다. 따라서 집법원로회라는 존재는 백천맹 내부에서만 봤을 때는 그저 껍데기에 불과할 뿐 실제 백천맹을 움직이는 힘은 엄연히 따로 있다. 이는 백천맹의 돌아가는 일에 조금이라도 관심을 갖고 있는 사람이라면 모두 알고 있는 사실이기도 하다.

백천맹에 몸담고 있는 사람들은 이들을 가리켜 정의회와 평심회라 부른다.

정의회(正義會)는 오대세가와 구대문파 중 다섯이 가입한 단체로 백천맹의 요직 중 팔 할 이상을 차지하고 있다. 거기에 맹주를 제외하면 맹 내 최고위직인 십회주가 무려 여섯이나 속해 있다. 즉, 현재 백천맹 내에서 최고의 영향력을 행사하는 곳이 바로 정의회라는 소리다.

그리고 평심회(平心會)가 있다. 정의회에 비해서는 상대적으로 약한 전력이지만 그렇다고 함부로 무시할 수 있는 전력도 아니다. 이 평심회라는 모임에는 십회주 중 셋, 그러니까 소림, 무당, 아미가 속해 있다. 또한 이 세 문파를 지지하는 군소 방파들도 참여하고 있다.

정의회와 평심회는 무림 명숙들 간에 친목을 도모하기 위해 만든 친목 모임에 불과했다. 하지만 마도와 대립하는 작금에 이르러 상반된 의견을 표방하게 됐고, 각자의 의견을 관철시키기 위해 서로 대립하며 파벌을 형성하기 시작했다.

유백이 청룡대에서 백천수호대의 향주로 밀려난 것도 이런 대립 과정에서 벌어진 일이었다. 사실 그는 신기전에서 도박을 한 적이 없다. 신기전에서 도박을 하다가 발각된 무사들이 평심회 소속이라는 것 때문에 대신 그 죄를 뒤집어썼던 것이다. 그나마 그가 호북회주인 무당 장문의 제자였기에 수호대 발령으로 끝난 것이지 그렇지 않았다면 더 심한 문책을 당했을 것이다.

유백은 이번 일을 겪으며 백천맹이 썩을 대로 썩었음을 깨달았다. 자신들의 이득을 위해서라면 아무 죄 없는 자들을 희생시키는 것도 하등 이상할 것이 없는 곳으로 변질되어 있었다. 게다가 정의회는 마도와의 공생을 추구하는 평심회와 달리 마도를 같은 하늘 아래 살 수 없는 자들로 규정하고 강경 노선을 펴고 있다.

이에 유백을 포함해 평심회에 속한 사람들은 어떻게 되든 마도와의 전쟁만은 피하고 싶어 다방면에 걸쳐 노력을 기울였지만 안타깝게도 이 마도와의 전쟁이라는 사안은 십회주들에게만 그 의결권이 있었다. 정의회의 표는 여섯이고 평심회의 표는 셋. 그렇다면 결과는 뻔했다.

그래도 아직까지 희망의 불씨는 꺼지지 않고 있었으니 이는 모두 공황식 맹주 덕분이었다.

존경받아 마땅한 인물, 인자검 공황식. 항상 겸손하고 자비로운 성품을 보이는 것도 모자라 이제는 자신이 겸임하던 총회주 자리까지 선뜻 내놓았다. 이를 계기로 공황식 맹주가 정의회 쪽의 손을 들어주고 있다는 세간의 추측은 일거에 소멸될 수 있었다. 평심회로서는 다행인 일이 아닐 수 없었다.

그리하여 전쟁 의결에 관한 회의는 공황식이 내어놓은 총회주와 전대 황보세가주가 죽은 후 공석으로 남아 있는 산동회주를 뽑은 뒤에 하는 것으로 무기한 연기됐다.

이것이 유백이 추성에 온 이유였다. 그는 평심회를 대표해 산동을 찾았고, 은밀히 황보가주를 만나볼 생각이었다. 하지만 황보세가는 이미 정의회 측에 넘어간 상태. 이에 유백은 지푸라기라도 잡는 심정으로 추성 땅을 찾았다. 황보세가와 더불어 산동회주를 다툴 만한 인물이 있을지 알아보기 위해서. 그런 정보라면 산동 무림인이 많이 모이는 추성이 적격이었다.

그리고 그곳에서 사비라는 희망을 발견했다. 나이가 조금 어린 것이 걸리긴 했지만 다른 것은 전혀 문제가 없었다. 황보세가와 산동회주 자리를 다툴 인물이 절실해서 그렇게 보이는지도 모르지만 유백에게 있어 사비는 모든 것이 완벽한, 그야말로 산동회주 자리에 적격인 인물이었다. 거칠 것 없이 몰아붙이는 과감한 추진력, 사람들의 마음을 일거에 휘어잡는 영도력, 그리고 삼악파 같은 악당들에게 관용을 베푸는 미덕까지 모두.

'신도원은 백천맹에 곤륜의 힘을 보탤 수 있는 열쇠. 사비를 잡으면 곤륜까지 잡을 수 있게 되는 거야.'

유백은 입술을 질끈 깨물며 마차 안에서 들려오는 둘의 대화를 들으려 귀를 기울였다. 마차가 멈췄을 때는 입이 아플 정도로 사비를 설득하느라 바빴지만 지금처럼 마차를 몰 때는 사비와 신도원의 대화를 듣는 재미가 쏠쏠했다. 신도원이나 사비는 유백이 듣거나 말거나 전혀 개의치 않고 하고 싶은 대화가 있으면 서슴없이 나눴다.

마차 안. 마주 앉은 사비와 신도원은 한창 대화에 열중이다. 한 명은 거칠 것 없이 아무 말이나 툭툭 내뱉는 성격이고, 다른 한 명은 생각에 생각을 거듭한 뒤에야 비로소 한마디 꺼낼까 말까 한 신중한 성격이었지만 이 대조적인 성격의 두 청년은 생각보다 죽이 잘 맞았다.

유백이 더욱 의외였던 것은 주로 말을 하는 쪽이 신도원이고 듣는 쪽이 사비라는 사실이었다.

사비는 신도원의 다양한 지식과 무공 얘기에 큰 흥미를 보였다. 청도에서 태어나 그 근방을 벗어나 본 적이 없는 사비와 달리 신도원은 가본 곳도 많고 배운 것도 많았다. 그래도 자신에 비해서는 언변이 딸릴 것이라는 유백의 예상과 달리 한번 터진 입에서 나오는 말들은 청산유수였다. 사비가 주눅이 들어 입을 다물 정도로. 하지만 사비는 그렇게 다소 주눅이 들라 치면 가장 자신있는 화제를 꺼내며 일거에 그 분위기를 바꿨다. 그 화제는 신도원도 마차를 모는 유백도 좋아하는 그런 얘기였다.

지금이 그런 순간이었다. 사비는 짐짓 의젓한 얼굴을 하고 있고, 신도원은 두 귀를 쫑긋 세운 채 불신의 눈빛으로 입을 열고 있었다.

"지금 그 말을 믿으라는 건가? 뭐? 여덟 시진? 자네가 무슨 뱀인가?"

"왜? 못 믿겠어? 자식, 아직까지 해보지도 못한 주제에 네가 할 수 있는지 없는지 어떻게 아냐? 그냥 이 형님이 그렇다고 하면 믿어!"

"으음, 이제 보니 내가 그 방면에 문외한인 걸 이용해서 아무렇게나 말을 했나 보군. 아무튼 난 그런 말도 안 되는 경험담을 듣는 건 이제 그만 사양하겠네."

"말이 안 되다니? 이거 왜 이래? 청도에서는 광견 사비가 한번 떴다 하면 여자들이 모두 방문을 닫고 나오지를 않았다고. 어린아이부터 할머니까지 모두 말이야. 그게 왜 그런지 알아? 바로 이 강력한 남성의 힘!! 거기에 빠져들까 봐 두려웠기 때문이지. 믿지 못하겠으면 나중에 청도에 가서 직접 확인해 보라고."

"그럼 정말 여덟 시진 동안 여자와 잠자리를 했단 말인가?"

사비가 오른 손날을 들어 왼손 손바닥을 탁탁 치며 열변을 토하자 신도원의 얼굴에도 점차 믿는 기색이 나타나기 시작했다. 이에 더욱 신이 난 사비가 침을 튀겨가며 말을 이어갔다.

"믿어. 요새 애들은 이게 문제라니까. 왜 사람이 말을 하면 의심부터 하고 보는지 알다가도 모르겠단 말씀이야. 자, 그럼 지금부터는 어떻게 해야 여자를 만족시키고 나 외에 다른 사내는 생각도 못하게 만드는지에 대해서 강의해 주지. 이름하여 사비환장유도법!"

"으음!"

사비의 말을 들은 신도원은 기대에 찬 눈빛으로 마른침을 꿀꺽 삼켰다. 그는 안타깝게도 저 너머에 있는 진실을 모르고 있었다. 모르는 건 마차 밖에 있는 유백도 마찬가지였지만.

사실 사비는 신도원과 별반 다를 바 없는 총각 신세였다. 물론 이른 나이의 경험이 전혀 문제가 안 되는 환경에서 자라 주워들은 게 많긴 했지만 그뿐이었다. 어려서부터 지금까지 항상 보고 듣는 것으로만 만족했다. 여자를 사귀어본 적도 없고 기녀의 몸을 취해본 적은 더더구나 없었다. 아니, 오히려 기녀들은 더욱 건드릴 수가 없었다. 다른 사내들이 서슴없이 취하는 꽃이 사비에게는 모두 어머니처럼 느껴졌기 때문이다. 하지만 신도원과 유백에게 있어 사비는 천하에 다시없을 풍류공자로 보였다.

두 사람은 날이 갈수록 친해졌다. 그리고 유백 또한 본인의 뛰어난 사교성을 살려 이들이 자신에게 지녔던 경계심을 허물어 버렸다. 그로 인해 이들의 이동 속도는 차츰 느려졌다. 기분 내키면 마차를 세우고 주변 경치를 감상하거나 너른 풀밭에 자리 잡고 앉아 주거니 받거니 대화를 나누기 일쑤였다. 또 가끔은 산에 들어가 사냥을 하거나 강가에서 물고기를 잡으며 어린아이마냥 시간을 보냈다.

더욱이 유백의 폭넓은 강호 지식과 인간 관계 덕분에 그 흔한 산적조차 만난 적이 없었기에 여행은 아무 문제 없이 마냥 즐겁기만 했다.

그래서인지 이들 삼 인에게는 광동까지의 긴 여정이 그리 길게 느껴지지 않았다.

　　　　　*　　　　　　*　　　　　　*

　사방으로 끝없이 펼쳐진 지평선. 질 좋은 토양과 온난한 기후가 상
조하며 사시사철 농작물 재배가 가능한 축복의 땅, 광동.

　이 광동에서도 가장 비옥한 평야 지대는 화평(和平)이다. 그리고 그
화평의 거의 모든 땅이 한 가문의 소유임은 그 누구도 부정하지 못한다.
그런데 지금 그곳에서 이를 부정하는 뜻밖의 소란이 벌어지고 있었다.

　"허! 지금 뭐라고 했나? 다시 한 번 말해 보게."

　장주는 하도 어이가 없어 하얀 수염을 부들부들 떨며 실소를 삼켰
다. 자신이 잘못 들은 게 아니라면 지금 눈앞에서 머리를 조아리고 있
는 자신의 수하가 실성한 것이 틀림없으리라. 하지만 흑뇌당주는 평상
시처럼 차분한 모습으로 앞서 한 말을 또 한 번 반복했다.

　"어떤 자가 이곳의 주인이라며 찾아와 땅을 내놓으라고 소란을 피우
고 있습니다. 자신이 화평의 본주니 삼 일 내로 모두 떠나라고……."

　"으음! 지금 그 말을 날더러 믿으라는 건가?"

　장주의 하얀 눈썹이 꿈틀거렸다. 그는 이제껏 믿음직스럽게만 보아
오던 흑뇌당주가 말할 수 없이 못마땅했다. 이곳은 외부인이 함부로
들어올 수 있는 곳이 아니었다. 그것도 땅을 내놓으라고 요구하는 실
성한 사람이라니.

　장주가 다시 입을 열었다.

　"흠! 여긴 그의 땅이다! 천하에 누가 감히 그의 땅을 넘본단 말인가?
어찌 이런 일이! 설마 죽은 그가 살아 돌아오기라도 했다는 건가?"

　"하지만 그자가 들고 온 토지 문서를 확인해 본 결과 진본이 틀림없

었습니다."

장주의 눈치를 살피던 흑뇌당주가 천천히 입술을 뗐다. 목소리가 살짝 떨리는 것으로 보아 장주가 생각했던 것과 달리 그 역시 당황하고 있음이 분명했다.

"당주, 솔직히 오늘 일은 자네에게 몹시 실망했네. 그래, 자네 말대로 그자가 들고 온 토지 문서가 사실이라고 치세. 그렇다고 해서 그에게 이 화평 땅을 고스란히 넘길 셈인가?"

"저어… 그게 아니옵고……."

흑뇌당주가 머리를 조아리며 말끝을 흐리자 장주는 더욱 얼굴을 굳히며 버럭 고함을 쳤다. 좀처럼 화를 내지 않는 그로서도 이번 일만큼은 참기 힘든 모양이었다.

"그게 아니라니? 그럼 그를 어떻게 처리해야 할지 내가 직접 내 입으로 말해 주기를 바라나? 그런 건가?"

"아니옵니다. 저도 제 선에서 조용히 해결할 생각이었으나 저로서는 감당키 어려운 문제가 있기에……."

"으음!"

장주는 침음성을 삼키며 입을 꾹 다물었다. 감당키 어려운 문제가 있다는 흑뇌당주의 발언이 예상 밖이었다.

이윽고 흑뇌당주가 청천벽력과도 같은 말을 쏟아냈다.

"토지를 내놓으라고 요구한 청년의 일행 중에 소천주님이 계십니다."

"뭣이?! 원이가 왔다고?!"

장주의 눈가에 경련이 일었다.

"그렇습니다. 하지만 문제는 소천주님이 제게 아무런 지시를 내리지 않고 계시다는 겁니다. 그리고 소천주님과 그자의 관계를 도무지 종잡을 수 없습니다. 저로서는 도무지 어떻게 해야 할지…….”

“으음, 종잡을 수 없다니? 그건 또 무슨 말인가?”

“그 청년을 마치 친구처럼 다정다감하게 대하고 계십니다.”

“뭐라? 지금 친구라고 했나?”

장주는 이전과는 비교도 할 수 없을 정도로 놀랐다. 자신의 아들이 친구를 사귀었다니? 그 말은 지금까지 흑뇌당주에게 들었던 그 어떤 말보다 더욱 믿어지지 않았다.

“허허허! 삼 년 동안 연락 한 번 없던 놈이 이렇게 엉뚱한 모습으로 나타나다니…….”

허허롭게 웃던 장주는 앉아 있는 의자 밑으로 양팔을 늘어뜨렸다. 그의 두 팔 끝으로 의자 양측에 매달린 바퀴가 닿았다.

“어떻게 처리를 해야 할지…….”

흑뇌당주의 물음에 장주의 눈가에 희미한 미소가 담겼다.

“어쩌긴 뭘 어쩌나, 녀석의 친구라면 만나봐야지.”

“그럼 모시겠습니다.”

흑뇌당주는 정중히 허리를 굽힌 후 그의 등 뒤로 돌아갔다.

살그락!

그는 장주의 의자 양어깨에 달린 손잡이를 조심스레 밀며 앞으로 나아갔다.

“허허허! 녀석, 친구라니… 이제야 사람다워 보이는구먼.”

흑뇌당주에게 몸을 맡긴 채 이동하는 장주가 나지막이 중얼거렸다.

| 외전 |
신비령주(神秘令主)

"으하하하하하!"

공우생의 웃음소리에 산천초목이 온몸을 떨었다. 하지만 호탕한 웃음소리와 달리 그의 얼굴은 무척 씁쓸해 보인다. 입은 웃고 있지만 불끈 쥔 그의 두 주먹은 참을 수 없는 자괴감으로 떨렸다.

웃음을 뚝 그친 그는 눈앞에 꽂은 장검을 바라보며 입술을 질끈 깨물었고, 그 순간 그의 눈빛을 받은 장검이 부르르 떨리며 굵은 검명을 토하기 시작했다.

우르르르릉……!

이윽고 공우생이 쏘아내는 눈빛에 의해 장검 검파(劍把)에 장식된 용이 꿈틀거렸다.

공우생은 자신이 끌어올린 만천대허경에 반응해 울고 있는 천룡검을 보며 상념에 잠겼다.

가전 무공을 모두 익히고 강호에 나왔던 이십 년 전.

그때 사귀었던 호협한 기상의 사내. 그 친구의 이름은 신도세가의 차기 가주로 내정된 신도연이었다. 그는 자신과 마찬가지로 협객행을 하기 위해 강호에 나왔다고 했다. 의기투합한 두 젊은이는 그 뒤로 함께 강호를 주유하며 수많은 거마들을 쓰러뜨렸다.

중원쌍협(中原雙俠) 산동검유(山東劍柔) 강소검패(江蘇劍覇).

중원에 쌍협이 있으니 산동의 검은 부드럽고 강소의 검은 으뜸이다.

공우생은 인구에 회자되는 이 말이 죽도록 싫었다.

산동의 검이 부드럽다는 뜻은 상대한 적들을 죽이지 않고 개과천선 시키는 신도연을 가리키는 말이었고, 강소의 검이 으뜸이라는 뜻은 결코 적을 살려두는 법이 없는 자신을 가리켰다. 이런 연유로 천하에 산재해 있는 마도인이나 사파인들은 신도연보다 자신을 더 두려워했다. 그러나 실상은 다르다.

사실 공우생도 신도연처럼 자비를 베풀고 싶었다. 하지만 안타깝게도 그에게는 그럴 만한 여력이 전혀 없었다.

공우생은 은연중에 신도연을 경쟁 상대로 생각하고 있었다. 이에 신도연에게 밀리지 않으려고 그가 상대한 마두들보다 더 강한 상대를 찾아 겨루다 보니 적을 죽이지 않고 살려둔다는 것은 도저히 불가능했다. 물론 항상 벅찬 상대와 싸웠던 것은 아니었다. 그저 세인들의 눈이 두려웠을 뿐이다. 누구는 살려두고 누구는 죽인다면 머지않아 자신과 신도연의 실력이 차이가 난다는 것을 모두 알게 되리라. 공우생은 바로 이 점 때문에 자비를 베풀 수 없었다.

이런 내막을 모르는 세인들은 공우생의 의도대로 신도연과 그의 차이는 마도를 향한 성정뿐이라고 생각했다.

누가 더 낫다고 할 수 없을 만큼 막상막하, 용호상박의 두 영웅.

그래서 나온 말이 산동검유 강소검패다. 공우생은 이 말을 들을 때마다 가슴 한쪽이 공허함으로 시려왔다. 세상 사람 모두가 이 말을 믿는다고 해도 진실을 알고 있는 둘이 존재했다.

공우생 본인, 그리고 신도연이다.

"난 우리 공가의 단천발아검이 광명비검을 이길 수 없다는 현실을 인정하지 않았지. 하지만 자네를 만나고 나서 비로소 깨달았지."

공우생은 회상에서 깨어나며 천룡검에서 시선을 떼고 허공을 향해 고개를 들어 올렸다. 시리도록 푸르기만 하던 하늘에 조금씩 검은 그림자가 드리워지고 있었다.

"하지만 지금도 단천발아검이 모자란다고는 생각하지 않네. 공가와 신도가 무공의 차이는 따로 있으니까 말이야."

공우생은 천천히 고개를 내리고 품속에 갈무리하고 있던 뭔가를 꺼내 들었다. 검은 천으로 친친 동여맨 한 통의 서찰이었다.

"정령신공, 그게 자네와 나의 차이였네."

공우생은 두 눈을 빛내며 서찰을 싸고 있던 검은 천을 풀어헤쳤다. 그의 눈에 서찰에 깨알같이 적힌 글씨들이 한눈에 들어왔다.

이 땅의 모든 기운을 흡수하여 진기로 삼고, 그 힘을 다룰 수 있는 무공이 있습니다. 이를 정령신공이라 합니다. 세인들은 정령신공의 진정한 위력을 알지 못합니다. 그래서 이 땅에 정령신공에 맞설 무공이 존재하지 않는다는 사실은 더 더욱 모르고 있습니다. 맞설 수 없는 절대의 힘, 그것은 존재한다는 자체만으로 마(魔)입니다.

세상 모든 만물은 서로 상생과 상극의 인연으로 얽힌 채 존재하며 생성과 소멸을 반복합니다. 이는 자연의 이치이고 우주의 섭리입니다. 정령신공은 쉽게 움직이지 않는 힘입니다. 하지만 이 절대력은 결국에는 반드시 움직여야 하는 힘입니다. 즉, 종국에는 모든 것을 파멸로 몰아가는 악(惡)의 힘이라는 말씀입니다.

신비령은 그런 마를 없애고 악의 뿌리를 제거하기 위해 태초부터 이어져 온 힘입니다. 본 신비령의 숭고한 뜻에 동참하시기 바랍니다. 신비령이 직접 이 땅에 나오게 되면 천하는 피를 뒤집어쓰고 태어날 수밖에 없습니다. 그러기 전에 신비령을 대신해 세상을 새롭게 바꿔주시기 바랍니다. 그리하면 한 지역을 영세무궁토록 다스리게 될 것입니다. 혹여 개인의 사리사욕을 채우려는 모습으로 보이지는 않을까 우려하실 필요는 없습니다. 본질적으로 악과 마의 근원인 신도세가를 멸하기 위해 심판의 검을 들었음은 부정할 수 없는 사실이니.

세상에서 가장 순수한 혈통과 강력한 힘을 지닌 이 마(魔)의 뿌리는 오히려 세인들의 존경을 한 몸에 받고 있습니다. 이제 더 이상 망설이지 마십시오. 이렇게 망설이고 있는 지금 이 순간도 신도세가의 정령신공은 커지고 있습니다. 이들의 힘을 막고 이 땅에 새로운 정의를 실현할 수 있는 분은 오직 당신뿐입니다. 마지막 날 운태산 정상에서 뵙겠습니다.

신비령주(神秘令主).

공우생은 서찰을 와락 움켜쥐었다.

"정령신공… 역시 마공이었군. 그래서 넘을 수 없던 것이었어. 그래, 천하의 안위를 해치려는 마의 씨앗은 반드시 제거해야 한다. 반드시."

공우생은 핏발 선 두 눈으로 전면을 응시하며 속으로 다짐했다. 신도세가는 몰래 마공을 익히고 있는 악마 집단이다. 이들을 없애야 천하의 안위를 이어갈 수 있다. 설령 목숨을 잃는다 해도 이 숭고한 일을 위해 전력을 다하리라. 그는 다짐하고 또 다짐했다. 그리고 자신의 결심이 정의임을 믿어 의심치 않았다.

하지만 공우생이 모르는 것이 있었다. 서찰을 읽으면 읽을수록 신도세가와 신도연을 향한 살심이 불꽃처럼 솟구친다는 것과 그가 읽은 이 서찰이 천하 각처로 날아갔다는 것을.

공우생의 눈이 조금씩 제 빛을 찾기 시작할 무렵,

어느새 하늘에서는 하얀 눈이 펑펑 쏟아지고 있었다.

그해가 끝나는 마지막 날, 이름만 들어도 다 아는 거대 세력 여섯의 수장이 운태산 정상에 모였다.

신비령이라는 이름으로.

그리고 다음 해가 오고 얼마 후,

신도세가라는 이름이 이 땅에서 지워졌다.

신비령이라는 이름으로.

이후 그들은 육패라 불렸다.

『풍류비공』 4권으로 이어집니다.

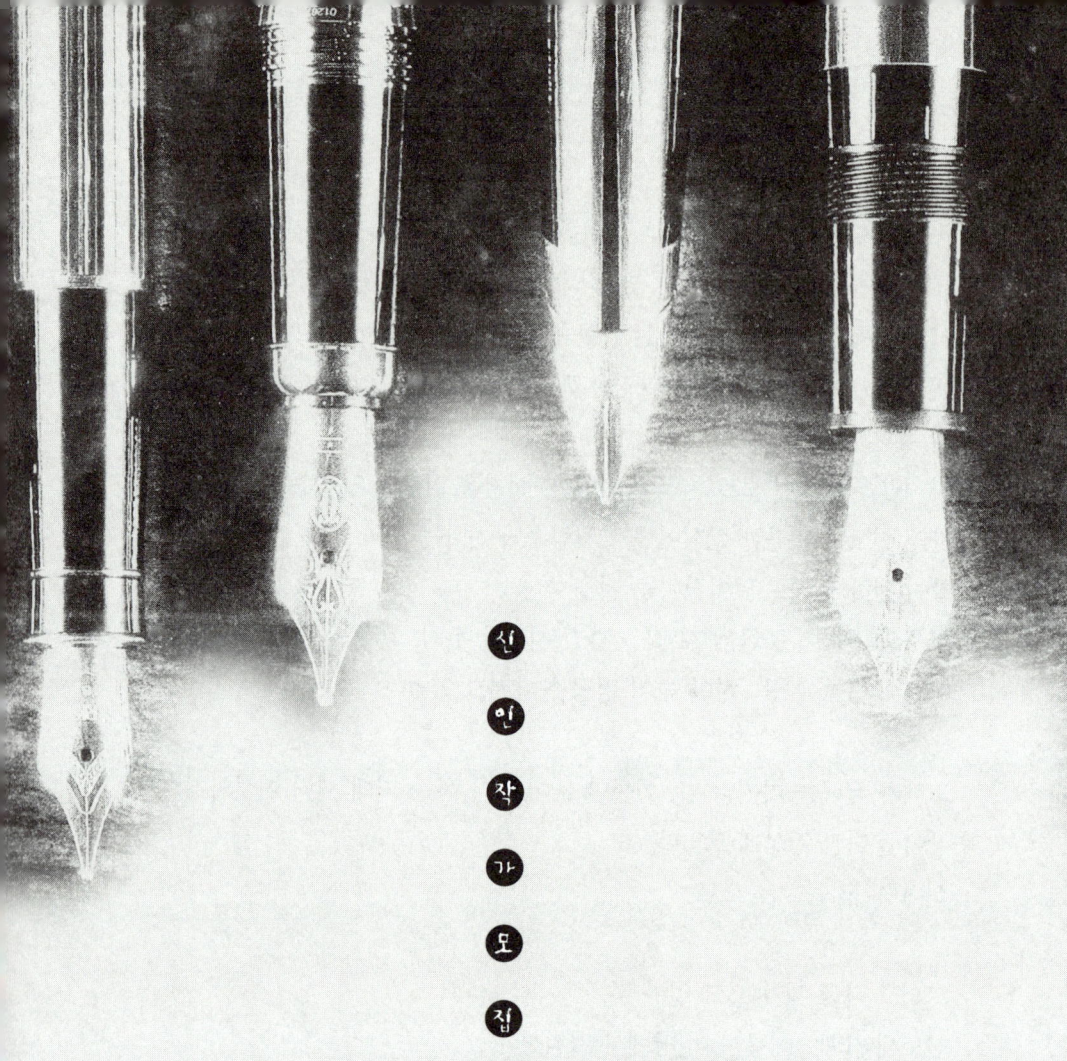

신 인 작 가 모 집

시작이 반이라고 했습니다.
작가의 길에 대한 보이지 않는 벽을 과감히 깨뜨리십시오!
청어람은 작가 지망생 여러분들의
멋진 방향타가 되어드리겠습니다.

저희 도서출판 청어람에서는
소설 신인 작가분들을 모집합니다.
판타지와 무협을 사랑하시는 분들의 많은 참여를 바랍니다.
소정의 원고(A4용지 150매)를 메일이나 우편으로 보내주시면
검토 후 출판 여부를 알려드리겠습니다.

주소:경기도 부천시 원미구 심곡1동 350-1 남성B/D 3F 우편번호420-011
TEL:032-656-4452 · **FAX**:032-656-4453
http://www.chungeoram.com
e-mail:chungeoram@chungeoram.com